Hinc

I edizione Gennaio 2022

Progetto grafico, copertina e logo design: Maurizio Ceccato | IFIX

Finito di stampare con Artigrafiche La Moderna S.r.l., Guidonia (RM)

ISBN 978-88-6004-634-5

www.giulioperroneditore.com

Matilde Falasca

Puoi chiamarmi Emma

GIULIO
PERRONE
EDITORE

A Lara

Bianco e nero

È un giorno di noia. La sento nel sapore rancido in bocca e nello strato appiccicoso che si mescola al tepore della stanza e sedimenta sulla mia pelle. Gli unici suoni sono il cigolio delle finestre al vento e il sordo borbottare della televisione.

Il cielo grigio sembra proiettare il suo colore su ogni cosa.

È uno di quei giorni piatti, dove non succede nulla e, visto che neanche i fatti vengono a farti compagnia, rimani sola. E le persone sole finiscono a fare soltanto una cosa: pensare. Rimuginare, discutere con quel *non so chi* che ci abita, su ciò che vuole, si chiede, teme. Un *non so chi* di cui la natura ha dotato l'uomo per non farlo sentire abbandonato, per dargli sempre un compagno.

Allora il *non so chi* esce e come l'aria si espande in tutto lo spazio di cui dispone e lo occupa, pesante. Eravamo amici, io e il *non so chi*. Anni passati a travestirsi da pirati e principesse, a chiacchierare di amori acerbi, a sognare viaggi in paesi colorati e a dipingere il futuro lontano. Tanti disegni grossolani, creati da mani inesperte, avevano decorato le pareti della mia cameretta. E in ogni disegno c'era lui, nascosto sulla cima di un monte, dietro a un albero fiorito, o in una casetta dal tetto rosso. Ma nel tempo e con l'azione che questo esercita sulle persone, modellando le menti, le nostre opinioni si sono fatte tanto diverse, o meglio complesse, da farci litigare.

Il *non so chi* si è trasformato in un'entità distante e poco nitida, torbida, tuttavia presente. La naturale complicità si è persa e fra noi c'è soltanto una forte insoddisfazione che lui non si cura affatto di nascondere e anzi fa presente a ogni occasione.

Anche oggi ne porta una e io, stesa sul letto, fisso un punto indistinto del soffitto, così da evitare, se non il turbamento del *non so chi*, almeno il suo volto.

Accanto a me è aperto un quadernino azzurro, sul quale ho scarabocchiato tante volte la stessa identica parola. Un termine che descrive con precisione l'unta sensazione di questo giorno di noia.

Il tedesco *fernweh*: la nostalgia per un posto in cui non si è mai stati.

Impossibile, si direbbe. Eppure capita talvolta di cercare ardentemente un luogo senza avere la minima idea di dove si trovi, con la consapevolezza, tuttavia, che capitandoci lo si riconoscerebbe subito. Come quando ci si sveglia e, sebbene il gusto impresso addosso, non si riesce a ricordare cos'è successo nel sogno appena fatto. Come una sedia lasciata vuota, ancora calda del corpo che prima la occupava. Ed è paradossale quanto un vuoto, alla fine, risulti essere massiccio. Se non altro, è definito dal nome *fernweh*, come se quella banale sequenza di lettere fosse in grado di contenerlo. Di renderlo più concreto, più governabile. Quasi un oggetto da prendere in mano, spostare e buttare, quantomeno nascondere.

O una scritta su un foglio bianco.

Ora osservando la mia calligrafia tondeggiante mi chiedo se l'inchiostro non sia venuto a galla dalla carta stessa. Se le parole non siano sempre state là, aspettando che qualche penna venisse a liberarle. Se gli scrittori non siano in realtà degli esploratori, che viaggiano per il mondo alla ricerca del nascosto. I fogli a volte sono come certe foreste, pullulanti di bestie feroci e piante velenose. Forse è necessario un coraggio che io non ho, per dedicarsi costantemente alla scoperta.

Molestato dallo squillo di un telefono, il *non so chi* si ritrae bruscamente. Mi siedo a gambe incrociate sul letto e schiaccio il volto tra le mani, parecchio stordita e in parte seccata dall'improvviso cambio di scena. Il tono petulante della suoneria mi giunge come un rimprovero.

«Pronto?».

«Margherita, tutto bene?».

«Sì, dimmi» rispondo mordendomi la guancia nel tentativo di addolcire la voce.

«Ti passo a prendere per le otto, fatti trovare giù».

«Ok».

Qualche minuto più tardi, quando già il *non so chi* risguscia fuori ancor più risentito per lo schiaffo avuto, credo di aver immaginato la conversazione. Per accertarmi dell'accaduto prendo il telefono e controllo il registro delle chiamate. Al pensiero di una simile passività, una vaga inquietudine mi coglie e mi sveglia. Quindi spengo la televisione e subito si riflette la mia sagoma nel rettangolo scuro, anche lei guardandomi con severità. Poi, seppur con una certa pigrizia ma sollevata di avere un pretesto per muovermi, mi alzo.

Quando più tardi esco di casa, le nuvole scure si sono sciolte, colando in grosse gocce. Le macchine passano e schizzano via l'acqua accumulatasi sull'asfalto. Ai bordi della strada si sono formati piccoli torrenti che serpeggiano fino ai tombini, dove vengono inghiottiti per finire a stagnare nel buio delle fogne. A poco a poco gli ombrelli si asciugheranno, la gente ricomincerà a occupare i tavolini esterni dei bar e solo un fresco luccichio tutt'intorno suggerirà che c'è stata la pioggia.

Provo apprensione per quelle piccole gocce cadute, allontanate e dimenticate e, turbata, mi fermo per un attimo davanti al cancello. Nel riconoscere poi una ragazza bionda che mi guarda, subito mi ricompongo, con un salto aggiro una pozzanghera e le vado incontro salutandola.

Entriamo nella macchinetta di Luna.

Il cruscotto è ricoperto di adesivi tra cui spicca una nostra foto insieme attaccata male con lo scotch. Mi ricordo quando è stata scattata. Risale a quattro anni fa, durante il nostro primo viaggio in treno da sole.

Era la fine dell'anno scolastico e l'inizio dell'estate portava con sé prospettive di divertimento, di follie, di libertà. La prima estate da liceali, da grandi. La prima estate della nostra vita, quella vera, con tutto il fascino dei cominciamenti. Ogni volta che per caso il mio sguardo si posa su quella foto e vedo il mio sorriso storto, i capelli al vento e gli occhiali da sole a occhi di gatto, si fa vivo il ricordo di canzoni e significati, di sigarette al sapore di gelato e di bicchierini di Coca-Cola e gin, della fierezza che avevo provato nel trangugiarli, dell'insicurezza dei nuovi baci, di parole passionali e di albe sui tetti, dei tramonti nel sale e dell'acqua sulla pelle.

Il ricordo, concentrato in un'unica, vaga sensazione che per un istante, prima di spegnersi e ritornare al passato, mi sfiora. Quel dolce soffio basta a ricordarmi il bene che voglio a Luna. Quel bene, nella sua semplicità, mi procura un po' di sollievo dalla stancante malinconia che impregna la giornata. Quindi mi volto, sorrido alla mia amica e, spinta da un senso di gratitudine, mi sforzo di ascoltare le sue chiacchiere. In poco tempo mi lascio assorbire dal discorso, riprendendo la disinvoltura che tante ore di noia hanno impacciato. E quando io e Luna, all'ingresso di un locale sotterraneo, incontriamo altre due ragazze, il mio malumore è quasi inavvertibile.

Il locale si trova nella via accanto al nostro liceo e ogni venerdì e sabato sera è meta imperdibile per la maggior parte degli studenti. Stasera in particolare, in occasione di un concerto organizzato dalla band punk della scuola, è parecchio affollato. La band è formata da quattro ragazzi del quinto anno, uno dei quali, il bassista, è un mio compagno di classe. I Devil-kiss rappresentano appieno la personalità fricchettona del liceo Saffo, noto per essere "un covo di zecche", e ne sono diventati un simbolo. Ogni loro esibizione è infatti presenziata e sostenuta da un nutrito numero di ragazzi, addirittura alcuni hanno fatto stampare il logo del gruppo su delle magliette e, durante la ricreazione, girano per le aule nella speranza di venderle al prezzo eccessivo di venti euro.

«È proprio carino» dice Federica, seguendo con lo sguardo il cameriere che ha appena portato le birre. Carlotta allora alza il boccale ed esclama: «Al bel cameriere e a questo 2019!».

Il numero ha un suono pungente, minaccioso, e mi spaventa tanto che cerco di concentrarmi su altro. Riesco a scorgere la cantante, Greta: gli occhi avvolti dal trucco scuro, una massa di capelli rossi che scuote rabbiosamente e due gambe perfette nei pantaloni di pelle. Accanto a lei saltella il chitarrista, un ragazzo dai capelli lunghi legati in un codino, che porta un mantello rosso e una finta corona in testa.

A scuola seguiamo tutti quel tipo di ragazzi, ci fingiamo anarchici e indipendenti, facciamo di un modo per distinguersi uno stereotipo. Ci vestiamo con abiti che non ci piacciono e diciamo: «Ognuno si veste come gli pare». Parliamo di libertà di pensiero e ci sentiamo obbligati ad andare alle manifestazioni, anche se non sappiamo per cosa si protesta.

Abbiamo perso le idee, ciò che conta è l'ideologia.

Siamo stupidi, stupidi che ogni sera si chiudono meccanicamente in un locale convinti che quella è la vita e ignari della monotonia che in verità ci guida, dell'assenza di colore, di incanto. Come fanno le persone a ballare scioltamente e a discorrere con tanto animo, senza accorgersi del sentore di muffa? Come fanno a immergersi in questo fluido di spensieratezza dove solo io non so respirare? Forse loro non hanno un *non so chi* ad angustiarli, a sporcare e spegnere qualunque cosa li circondi.

«Fa troppo caldo qui, esco un secondo» dico d'un tratto.

Fuori mi accendo una sigaretta. Aspiro con forza e sputo il fumo arricciando leggermente le labbra in una smorfia di disgusto.

Non ho un motivo preciso per fumare, non mi tranquillizza, non mi conforta, non è neanche un vizio. Ma mi sembra una cosa da fare, una cosa che almeno mi impegna.

L'aria fredda mi fa lacrimare gli occhi e rabbrividire sotto al cappotto. Penso che forse, se ci rinchiudiamo in un locale a fare gli stupidi, è per questo, per avere riparo dal gelo e riscaldarci. Forse è così, lì fuori tremiamo, siamo in difficoltà, e allora troviamo una scusa solo per rilassarci, per non affrontare il problema, che sia il freddo o il mondo. Ma il freddo è reale, è leale. E mi fa lacrimare gli occhi, come a volerli lavare. Mi fa rabbrividire, come a volermi scrollare di dosso la polvere.

Mentre torno al tavolo, avanzando a spintoni tra la folla, il braccio di Luna mi agguanta.

«Dov'eri? Noi qui abbiamo fatto altri due giri!».

«Resti a ballare? Ti prego» mi domanda Carlotta, spuntata dietro di lei.

Capisco che sono già brille e che non c'è altro da fare.

«Sì», rispondo più a me stessa che a lei.

Il giorno si libera di quella sorta di parassita che è la noia e, incoraggiato dalla musica, comincia intimidito a prendere il ritmo.

A poco a poco mi lascio andare e ballo, mi diverto e non penso ad altro, mi comporto da stupida come tutti.

Scavare è vantaggioso, ma rimanere sotterrati è deleterio.

Il *non so chi* resta assopito finché non torno a casa e mi ritrovo nuovamente davanti allo schermo nero della televisione a osservare il mio riflesso.

Allora ho il sospetto di non essermi mai allontanata, di essere rimasta sempre lì, a guardare un film. Ma ora che è finito, ora che la televisione è spenta, nulla è davvero accaduto. Una spettatrice senza niente da guardare se ne sta impalata, a chiedersi:

E adesso?

L'autobus

Allo scorgere del numero illuminato sopra al parabrezza, mi rasserenò. Il 72 è un numero innocuo che, a differenza di tutti gli altri, non pensa solo a correre il più velocemente possibile, con gli occhi egoisti puntati sul traguardo. Ha deciso di lasciare la gara per aspettarmi e ogni mattino, alla stessa ora, mi viene incontro con il fare di un amico. La puntualità con cui si presenta mi costringe ad avere un programma suddiviso in orari, il che rende tutto più ordinato e allontana la consapevolezza di nullafacenza e perdita di tempo, che spesso mi assale.

Alzarmi prima, lavarmi, vestirmi, uscire e camminare per quei cento metri che mi separano dalla fermata, giungere lì e con gli occhi ancora stretti per il sonno guardare ripetutamente l'orologio e poi, circa alle 7.38, salire sull'autobus e andare a sedermi al penultimo posto sulla destra accanto al finestrino.

Non che quello sia esclusivamente il mio posto ma, in un certo senso e almeno a quell'ora, lo è. La maggior parte della gente torna a sedersi ai soliti posti, è un comportamento naturale. Abbiamo bisogno di sapere che una cosa è nostra, e che è la stessa.

È interessante pensare che quel posto è diventato il mio soltanto perché le persone salite prima di me lo hanno escluso e, quando scenderò io, anche il mio posto diventerà di qualcun altro. E così via, in un perpetuo gioco d'incastri tra tempi, persone e spazi vuoti che si mescolano.

Sono seduta con la testa appoggiata al vetro e osservo il traffico fuori. Mi infilo le cuffiette nelle orecchie e chiudo gli occhi. Sebbene non senta freddo, mi stringo nella felpa di qualche taglia più larga, come a volerci sparire dentro. L'autobus, lo stare seduta tra cento persone e potermi comunque sentire sola, l'inevitabile incontro con il *non so chi* che ne deriva, mi dispiace meno del solito. La consuetudine di questi momenti fa sì che la loro presenza si infili nella mia vita e ne diventi una parte, seppure banale, essenziale.

Sono le ciglia nel viso pallido delle mie giornate e, proprio come le ciglia, credo che permettano ai miei occhi di non venir del tutto contaminati dalle impurità.

Picchietto con le dita sulle cosce, a ritmo di musica, quando siede di fronte a me una ragazza con i ricci biondi che le scendono sulle spalle come edera.

Da quattro anni, io e Alice ci incontriamo regolarmente andando e tornando da scuola, ma mai abbiamo scambiato una parola. A essere sincera, non credo che avremo mai intenzione di farlo e contravvenire così a questo tacito patto che abbiamo siglato. Se un giorno una delle due facesse una semplice domanda sull'ora, le volte seguenti ci sentiremmo in dovere di trovare un argomento di cui parlare e sappiamo entrambe di voler essere lasciate in pace.

Questa mattina ci scambiamo una breve occhiata imbarazzata, è il nostro saluto.

Ho scoperto il suo nome quando una volta una sua amica, che forse stava andando a casa sua, parlandole l'ha chiamata Alice. So molte cose di lei. Per esempio, dalla felpa che spesso ha indosso e dalla fermata a cui scende, ho intuito che va al liceo Aristotele. Un palazzetto antico, i cui studenti sono sempre stati oggetto di prese in giro e insulti da parte di noi del Saffo.

Sono quelli senza opinione, che nel quartiere si tengono sempre fuori dagli eventi politici che organizziamo, quelli che non manifestano, che non occupano la scuola.

Ho scoperto che recentemente i suoi genitori si sono separati e vive con la madre. L'ho capito ascoltando le chiamate che il papà le fa ogni mattina, chiedendole se sta bene, se sta andando a scuola e cosa ha fatto il giorno prima, a volte le chiede anche della mamma. Lei risponde fredda e sbrigativa e, verso la fine della chiamata, a una domanda di lui replica sempre «Non posso, devo studiare». Credo che sia arrabbiata con lui.

Un'altra cosa che ho capito è che le piace disegnare, tanto. Ogni volta che apre i suoi quaderni o i libri per ripassare sottovoce la lezione, vedo le pagine piene di piccoli ritratti a matita. Spesso disegna occhi, occhi di ogni tipo ed espressione, e mi sembra strano, perché evita sempre lo sguardo degli altri e per questo non so se lei mi conosce bene tanto quanto a me sembra di conoscerla.

È molto brava, nelle iridi degli occhi disegna paesaggi, dal mare al cielo. Noto che non li colora mai.

Ha anche un blocco su cui fa degli schizzi e accanto scrive una frase o una citazione, spesso in inglese. Una volta che ha iniziato a sfogliarlo, ho sbirciato una frase che mi ha particolarmente colpita, tant'è che ho preso una penna dall'astuccio e me la sono segnata di nascosto sul polso.

"Voglio sapere com'è all'interno dell'amore, sono al cancello e vedo la bellezza oltre".

Anche io voglio saperlo. Avendone la forza, mi arrampicherei su quel cancello pur di arrivare dall'altra parte e fare una passeggiata tra le meraviglie del giardino custodito. Sono già rapita dal profumo che le fronde lucide emanano oltre il cancello. Lo avverto.

Ma la cosa più bella che ho scoperto di Alice è che le piace un ragazzo.

Dall'inizio dell'anno, all'avvicinarsi della fermata di via Mainetti, inizia ad agitarsi sul sedile. Si sistema una ciocca di capelli dietro l'orecchio destro e poi la rimette giù, ripetendo lo stesso gesto con l'orecchio sinistro.

Quando l'autobus si ferma, lei inclina leggermente il capo verso il finestrino per poter essere riconosciuta dall'esterno, e trattiene il fiato fingendosi distratta.

In quel momento un ragazzo esce di casa e saluta l'amico che lo ha aspettato al portone. Il ragazzo scorge di sfuggita Alice e distoglie lo sguardo. Poi le porte si richiudono, l'autobus oltrepassa i due ragazzi e Alice si rilassa, concedendosi di guardarsi indietro e osservarlo mentre si allontana. Io ammiro la scena divertita, ma lei, tanto presa, non ci ha mai fatto caso.

Mi dispiace che il ragazzo distolga lo sguardo. Se rimanesse a guardarla, si renderebbe conto di come, alla sua vista, l'azzurro degli occhi di lei si concentra e si rimesta, mentre per il resto del tempo rimane congelato. Allora non potrebbe più voltarsi con tanta indifferenza.

Alcune persone, come Alice, sono parte indispensabile dell'autobus.

C'è la grossa donna delle pulizie ucraina sempre in compagnia di un'esile vecchietta, di nome Stefania, che si trascina dietro uno di quegli ingombranti carrellini da mercato. Si aggiornano a vicenda sugli ultimi scandali e pettegolezzi del quartiere e ne discutono fitto fitto l'una con accento sovietico, l'altra in dialetto romano. Poi c'è il prete africano, tanto alto che la sua testa spicca tra la folla che pian piano si crea. Di solito, dopo essersi seduto vicino a me e Alice, apre un libricino sulla fede, scritto in francese, e si chiude in silenzio a leggere. Poco più in là, appoggiati alle porte, stanno i gemelli Moretti, fratello e sorella, che non sono poi tanto simili. Vengono nella mia stessa scuola e conoscono tutti, perciò li trovi sempre intenti a chiacchierare con qualcuno. Lei, Valentina, ha i capelli lisci e biondi ed è molto graziosa. Ha un'aria naturale, quasi trasandata, che la fa sembrare ancora più bella. La sua espansività la rende affabile per la maggior parte delle persone, come per altre insopportabile. A me alla fin fine piace, e se è una buona giornata capita che, sentendo la sua risata nasale, che si carica come un giocattolo a molla ed esplode, non possa fare a meno di sorridere anche io. Il fratello Giulio è invece meno affascinante, anche lui con gli occhi azzurri e un ciuffo biondo che gli copre la fronte. Ha il fastidioso tic di passarsi una mano sui capelli per lisciarseli. Abitualmente, come d'altronde questa mattina, fa coppietta con il suo migliore amico Tommaso, un ragazzo con uno strano colore di capelli, tra il rosso e il castano chiaro. Sono sempre insieme, a parlottare con le loro voci che col tempo si sono fatte più basse, o a vagare per la scuola scappando dalle lezioni. La nostra classe e la loro sono andate in camposcuola insieme per due anni di seguito e quindi abbiamo fatto amicizia, ed è frequente che usciamo con i loro compagni. Ma sull'autobus, fuori dal gruppo, io li evito accuratamente e loro d'altro canto non danno segno di riconoscermi. Un cenno, un saluto, ma niente di più. Loro tornano ai loro discorsi, e io alla mia musica.

Quando arriviamo alla fermata di scuola, scendo con un salto e attraverso velocemente le strisce, certi giorni calpestando solo quelle bianche, altri solo quelle nere.

Poi entro in classe e mi appoggio al termosifone senza levarmi le cuffiette, finché Luna, Carlotta o Federica arrivano e incominciano a dire le solite cose: non mi è venuta la versione di greco, posso copiare matematica, oggi c'era un ragazzo carino, ho mandato la richiesta su Instagram alla nuova tipa di tizio, ho sonno. Una cantilenante filastrocca a cui prendo parte senza ascoltarmi, con la musica nelle orecchie non del tutto acquietata e con ancora intorno la fievole presenza del *non so chi* che si sforza di farsi notare e che a me, ormai in mezzo alla gente, risulta solo d'intralcio.

«Stamattina hai visto Giulio?» mi chiede Federica.

«Sì».

«Non ricominciare» l'ammonisce Carlotta.

«Ci voglio parlare».

«E che cosa hai intenzione di dirgli?».

«Che per me il bacio contava».

«Sicuramente ci crederà dopo che ieri sei stata tutto il tempo con Lorenzo» dice Luna con ironia.

«Shh! Sta qui! Piantala, lo sai benissimo che parlavamo di te».

Luna avvampa e le dà una spintarella.

«Secondo me dovresti prima chiedere a Tommaso, è il suo migliore amico, saprà se gli interessi» suggerisce Carlotta.

«O a Valentina» mi intrometto io.

«No, Valentina è una stronza, meglio Tommaso».

«Allora parlaci».

«Sì, avete ragione, a ricreazione vado» conclude sussurrando Federica, quando, all'entrata della professoressa Carelli, di Latino e Greco, tutti i ragazzi corrono a sedersi e, nel rumore delle sedie trascinate, il chiasso si spegne.

Le scelte

La prof Carelli è una donna di mezz'età, con i capelli corti neri e gli occhiali a rettangolo. Porta sempre delle gonne fino al ginocchio e dei maglioncini aperti, facendo abbinamenti di colore alquanto eccentrici.

Indossa collane bizzarre, fatte con le cialde del caffè o i tappi di bottiglie, con plastica, stoffa e qualsiasi altro materiale possa essere riciclato. Nonostante questo suo modo di vestirsi, ha il tipico atteggiamento arido e spigoloso da professoressa.

Passa il suo tempo a caricarci di compiti e interrogazioni e almeno una volta a settimana un alunno esce di corsa dalla classe fra le lacrime, umiliato da un suo voto o rimprovero. Si può dunque immaginare la nostra contrarietà nel ritrovarla, dopo le vacanze di Natale, alla prima ora del primo giorno, con un'aria particolarmente allegra.

L'ora trascorre lenta e la sua voce è solo un ronzio di sottofondo ai pensieri che corrono dietro ai volti inebetiti dei miei compagni. Mi piacerebbe intrufolarmi nelle loro menti e ascoltare i loro pensieri, appena concepiti, prima che vengano lavorati, perfezionati, così onesti rispetto a quelli che mostrano all'esterno. Frugare fra gli scompartimenti più nascosti, quelli che loro stessi non sanno di avere. L'aula emana una soporifera nebbia che suggerisce ricordi e pensieri diversi a ciascuno di noi.

D'un tratto la professoressa, poco prima della fine dell'ora e dopo essersi inumidita le labbra con la lingua e aver tossicchiato più volte, esordisce con il suo tono ossequioso: «Ragazzi, prima di andarmene volevo parlarvi...».

Nella classe la nebbia svanisce e fra gli studenti, che ora si riconoscono, balenano parecchie occhiatine nervose.

«Ci troviamo proprio all'inizio del pentamestre e spero sappiate che da qui agli esami è tutta una tirata. Questo però non vi deve spaventare, perché ora più che mai dovete essere costanti nello studio e quindi applicare quella maturità che si presuppone abbiate acquisito negli anni e che poi al termine di questi mesi verrà per l'appunto testata. Il giorno dell'esame si decide la vostra vita. E non esagero. È ora il momento delle scelte» si ferma e lancia un'occhiataccia a un ragazzo che gesticola dietro di lei, «e la scelta, ricordatevi, è un fatto soggettivo, anzi è la soggettività in un'azione. Questo però può avvenire solo... ascoltatemi, Pietro!... solo in seguito a un'elaborazione del proprio volere. La scelta è porre la preferenza come fine e concentrare i propri mezzi sulla sua realizzazione… mi seguite ragazzi? Vi sto facendo un discorso abbastanza complesso, ma siete grandi e, se prestate attenzione, sicuramente capirete». La campanella la interrompe, ma nessuno si muove. Come tante volte malediciamo la prof Carelli, così, altre, quando ci fa questi discorsi, in cui traspare tutta la sua partecipazione e la sua passione per l'insegnamento, pendiamo dalle sue labbra.

Fra tutti è la professoressa più odiata e ugualmente stimata.

«Ora devo concludere, quindi vi chiedo per favore di riflettere su questo e sulla vostra effettiva scelta, che forse la maggior parte di voi ha già in mente, ma ragazzi dovete essere certi» e qui fa una pausa per sottolineare la parola, «che sia quella più adatta a voi. Quindi guardatevi, perché le scelte dovrebbero essere la rappresentazione di voi stessi. Va bene? Arrivederci ragazzi, a martedì», prende la borsa di jeans cucita da lei ed esce dalla classe a grandi passi, guardandoci con affetto, quasi sorridendo.

«L'ho adorata!» esclama Luna non appena tutti tornano in piedi.

«Sì, in questi casi sembra tanto carina, poi all'esame ci farà neri».

«Sicuro! Però ha detto delle cose belle. Nessuno degli altri prof ci ha fatto un discorso del genere».

«Infatti, per fortuna abbiamo lei, pensa se avessimo Danese, quella pazza!».

E scoppiamo a ridere, celando la nostalgia e l'ansia che

il discorso ha evocato in tutte noi e sapendo che ciò che ci mancherà di più è proprio questo: ridere per stupidaggini, uno spiffero di allegria nell'apatia delle ore di scuola.

Rimpiango di non avere la macchina fotografica.

Mi succede sempre quando ridiamo tutte insieme. Mi viene voglia di fotografare quei momenti per poi un giorno mettere vicine tutte le foto e, confrontandole, notare quanto siamo cambiate e compiacermi che siamo comunque, anno dopo anno, sempre uguali.

Anno dopo anno, mattina dopo mattina ad appoggiarci su quelle mura imbrattate, sorseggiando quaranta centesimi di caffè annacquato. Un caffè che fa schifo, ma ci dà un'aria da signore che ci piace tanto.

Anno dopo anno a indossare vestiti stretti, a truccarci, per essere più attraenti a feste che si fanno sempre in discoteche confuse dove a malapena si distinguono le sagome.

Anno dopo anno a parlare degli altri, parlare in continuazione degli altri, a studiarli, a imitarli, a giudicarli.

Anno dopo anno a trasgredire, scrivendo sulle pareti dei bagni, per marchiarle. Fumando in cortile, con le sigarette poggiate tra l'indice e il medio come cuscinetto tra giusto e sbagliato. Giusto, sbagliato, giusto, sbagliato. Il caffè, i vestiti, le sigarette: sono i nostri cartelli. Piazzati sulla nostra strada, le danno un senso, una direzione, un nome. E noi stiamo lì a seguirli, con gli zaini pieni di libri in spalla.

La parola *schilderwald* in tedesco significa bosco di cartelli.

Ed è questa la verità: siamo in un bosco di cartelli, ce ne sono troppi, più fitti sono, come gli alberi, meno la luce del sole passa. Sì, forse li seguiamo, ma non sappiamo dove ci condurranno. In passato abbiamo attribuito la fine del viaggio alla fine della scuola, senza preoccuparcene, perché è sempre sembrata troppo lontana. Questa distanza però, al termine del discorso della professoressa, viene coperta in un solo passo. Tutti i giorni trascorsi lì mi riempiono le narici e vengono spazzati via da un sospiro.

Nell'istante dopo resto senza fiato.

Mi rendo conto che ancora non siamo usciti dal bosco, e che ormai i cartelli non servono più. Ora la strada la dobbiamo trovare noi. Ma come facciamo? Se anche riuscissimo a trovare un sentiero, come possiamo essere sicuri che non dovevamo prenderne un altro? Come facciamo a sapere quale sentiero è il più panoramico?

Luna vuole studiare Giurisprudenza, per diventare un'avvocata come suo padre. Carlotta vuole fare Lettere. Federica Economia. Io ho pensato a Medicina. Ora come ora sicuramente è l'idea che più mi riflette. Potrei confortare i malati, aiutarli e magari salvarli. Potrei ogni giorno fare del bene, fare un piccolo gesto eroico. Eppure, per quanto rispettabile possa essere la scelta, la sua prospettiva non mi convince del tutto. Non riesco proprio a vederla come il mio grande sogno, quello che tutti dovrebbero avere, quello indispensabile per soddisfare il bisogno di vivere una vita piena, immensa.

Una volta all'odiata e ripetitiva domanda di un professore «Che cosa vuoi fare?», ho risposto chiedendo a mia volta se fosse possibile seguire più facoltà contemporaneamente. Lui ha detto di no e io, stizzita, ho pensato che è una società limitativa, la nostra. Devi essere quello che hai scritto nel tuo tesserino. Nome, cognome, nascita, occupazione e per ogni voce la risposta è solo una: questa è la nostra identità, la nostra esistenza.

Vorrei poter godere di mille occasioni, mille opportunità. La gente potrebbe fare ciò che vuole, nel momento esatto in cui lo desidera.

Un giorno l'astronauta, un altro la ballerina, quello dopo la commessa del supermercato e quello dopo ancora non fare nulla, pensare solo a respirare.

Il quadro

Sebbene ripeta di continuo che non dovrei farlo, mio padre è contento che abbia deciso di studiare Medicina.

Lui è un medico cardiologo, un po' burbero forse, ma le persone gli vogliono bene.

C'è stato un periodo, quando la mamma faceva la cameriera in un ristorante, in cui le sere che lavorava, mi lasciava in ospedale da papà. Ricordo che lui mi veniva a prendere all'ascensore, al terzo piano, e mi portava oltre una grande porta rossa, in un corridoio dalle pareti azzurrine e dal nauseante odore di disinfettante. Mi raccomandava di camminare e di non guardare nelle camere da letto.

Io allora cercavo di fissarmi i piedi ma, quando lui veniva fermato da un altro medico con il lungo camice o da qualche infermiere in tuta verde, lo sguardo strisciava in una stanzetta lì accanto.

Dentro vedevo sempre persone in pigiama, sedute sul letto o sdraiate, che al polso avevano attaccato un tubicino che, salendo su per una stecca, li collegava a una sacca. Quella scena mi agitava e ogni volta mi veniva da piangere.

Arrivati alla stanza dei computer, così la chiamavamo, io mi sedevo su una di quelle grandi sedie nere girevoli, ciancicando le caramelle o i dolciumi che i colleghi di papà nascondevano negli armadietti, e aspettavo che lui finisse il turno. Nella stanza dei computer entravano e uscivano sempre tanti medici, alcuni mi erano simpatici e dalle cataste di fogli sulle scrivanie ne sfilavano uno e me lo regalavano per disegnarci.

Altri invece non facevano che tartassarmi di domande a cui non sapevo mai cosa rispondere. Spesso prendevano a chiacchierare fra loro, chiamando i pazienti con il numero del letto. Usavano termini professionali e parlavano di peggioramenti, intubazioni, pronto soccorso e rianimazione e io, anche non capendo quel linguaggio, sapevo per certo che si trattava di qualcosa di brutto. Allora mi stupivo di come la loro voce risultasse tranquilla e non riuscivo proprio a spiegarmi come potessero esserlo, avendo in giro così tante persone attaccate alle stecche.

Col passare degli anni ho visto molti familiari dei pazienti chiamare papà, sussurrando dalla porta delle camere. I loro occhi, alle volte lucidi e angosciati, sorridevano grati, mentre le mani nervose gli porgevano buste o pacchi, sempre pieni.

Pian piano ho iniziato a vedere più distintamente le tante emozioni che circolavano in quel posto.

Un giorno papà mi aveva portato al quarto piano e, indicandomi un'altra grande porta di colore rosa, mi aveva detto che lì nascevano i bambini. Quando l'avevo varcata, avevo visto tante persone aspettare fuori, con un'aria molto agitata ma felice. E allora mi ero resa conto che in quel posto si vivevano le più grandi gioie e i più grandi dolori.

Avevo pensato a chi nasceva e a chi moriva. Avevo pensato ai primi e agli ultimi saluti. Alle famiglie che si stringevano con affetto, a prescindere dalla situazione. Ai bambini che stavano male e che piangevano quando i genitori non stringevano loro la mano, in quella stretta che non sapevo se servisse più a rassicurare chi la chiedeva o chi la dava. Avevo pensato a tutti i letti e a tutti i loro numeri. Tutti minuscoli puntini che si muovevano in quel grande posto, chi per operare, chi per portare da mangiare o pulire le stanze, chi, lentamente, cercando di camminare, chi per alzarsi e guardare fuori dalla finestra, chi invece voltandosi dal lato opposto per non vederla.

Mi era venuto di unire tutti i puntini, come nel gioco dei giornalini che mi comprava la nonna, in cui si scopriva sempre un disegno.

La cosa che preferivo quando mamma mi lasciava in ospedale era, alla fine del turno di papà, prima di tornare a casa, andare con lui al bar, ormai quasi deserto, e prendere due pizzette calde, una per me e una per lui.

Ero affezionata a quel bar perché avevo scoperto che lì mamma e papà si erano conosciuti, quando papà era uno studente e andava più volte a prendere il caffè, soprattutto per vedere la bella ragazza che serviva.

Questa è l'unica cosa che so della loro storia d'amore, me l'ha detta mamma per caso.

I miei genitori non mi hanno mai raccontato come si sono innamorati e come si sono messi insieme, e d'altra parte io non ho mai mostrato interesse. Da piccola non mi era mai passato per la mente, per l'innocente convinzione che fossero nati già così, insieme.

La sola cosa che ho domandato riguardo alla loro storia è perché non si fossero sposati.

Era tardi e stavamo tornando in macchina dal matrimonio di Simona, una cugina di mamma a cui avevo fatto da damigella. Loro avevano liquidato la domanda, distogliendo lo sguardo con una risata imbarazzata, e mi ero accontentata semplicemente di dire: «Io invece da grande voglio sposarmi tutti i giorni e fare una grande festa».

Quando sono cresciuta e ho capito che da qualche parte dovevano essersi incontrati, avevo un'età in cui mi vergognavo a chiederlo. Loro non sono mai stati affettuosi in pubblico e probabilmente da qualche tempo hanno smesso di amarsi, parlano poco e non hanno neanche più voglia di litigare. Eppure, per quanto non sia visibile, si vogliono bene e contano l'uno sull'altra.

Nell'ultimo mese ne ho avuto la prova. La mamma, che nel frattempo è diventata una maestra, ha avuto alcuni problemi sul posto di lavoro e, quando la sua richiesta a una scuola privata è stata rifiutata, si è parecchio dispiaciuta.

Papà si è sforzato, nei limiti del suo carattere riservato, di tirarla su in tutti modi.

Questa settimana, per esempio, ha deciso di portarla a cena fuori con certi suoi colleghi, seppure lui eviti volentieri questo tipo di eventi.

Quindi di preciso non saprei spiegare quale sia il rapporto fra i miei genitori. Certe volte succede che una relazione diventa più complessa di quanto possano comprendere le stesse persone che l'hanno creata. Però mi piace associarla, per ricordarla nella sua forma più bella, a un quadro che si trova in salotto, accanto alla libreria e sopra al pianoforte.

Non è molto grande e, anche se spicca per il verde sgargiante del paesaggio campagnolo che raffigura, non suscita l'interesse di nessuno. Eppure, sembra conoscerci uno per uno e se ne sta silenziosamente lì, a osservarci passare distratti per il salotto. Ogni tanto penso che vorrei essere quel quadro, dimenticato sulla parete, sopra al pianoforte che nessuno più ha suonato, ma di cui si sente ancora l'eco.

Sono venuta a sapere che il quadro è stato regalato da mamma a papà, perché una volta, intenta a studiarlo più nei dettagli, l'ho staccato dal muro e ho scoperto dietro la tela una scritta: "Per Carlo da Viola", con accanto disegnato un piccolo cuore. Dopo aver accarezzato la scritta, ho riposto velocemente il quadro sulla parete e da quel giorno, ogni volta che mi accade di guardarlo, mi perdo in congetture sull'aneddoto di quel dono.

Un mercoledì, mi metto al centro della stanza, nel rettangolo di luce che i raggi, penetrando dalla finestra, disegnano sul pavimento. A pancia in giù, leggo un libro: *Emma* di Jane Austen. È una cosa che faccio sempre, quella di leggere nelle sagome di luce: ogni volta che ne ho voglia, le cerco per la casa.

È una sorta di abitudine e le abitudini sono come rocce in un torrente, l'acqua può travolgerle, può levigarle, ma difficilmente le sposterà.

Questo mercoledì le pagine del libro brillano al sole, il loro odore vissuto è scaldato dall'aria. Percorrendo i significati delle parole, la mia immaginazione si attiva, e parecchie volte, colta da un'improvvisa curiosità, sgattaiola via e va a sistemarsi sull'angolo ripiegato della pagina: "Perché aspettiamo per qualsiasi cosa? Perché non afferriamo immediatamente il piacere? Quante volte la felicità viene distrutta dalla preparazione, stupida preparazione!".

Da lì lo sguardo si posa sul dipinto, osserva il giardino costeggiato da grandi alberi, sotto uno dei quali due bambini stanno seduti, e si fa a poco a poco scongelare dalla bella giornata, così placida che si può sentire il vento sibilare. Poi vedo il vento fare il solletico alle foglie, che una dopo l'altra scoppiano in una fragorosa risata, e strappare le voci ai bambini. Nel terreno, i fili d'erba si alzano e poi si curvano in giù, pressati dall'aria vuota. E che cosa c'è in quello spazio, tra cielo e prato? Ci sono io, c'è la mia immaginazione che se ne sta sul precipizio di una pagina e non osa lanciarsi giù. Il *non so chi* mi sussurra: «Li vedi loro, vero? Sono come te e non possono andare via».

In mezzo al prato scorre un sentiero sterrato, che lo divide in due. Da una parte si può scorgere un sottile filo d'erba che si protende verso un altro filo d'erba, dall'altra parte. Ma per quanto si allunghino, restano separati. E così passano tutto il giorno, tentando con la loro debole vocina di superare il frastuono circostante, a chiamarsi e a urlarsi affetto. Chissà se si sentono. All'alba la brina scivola sullo stelo di lui e lei mormora: «Dove sei?».

Qualcuno, penso. Solo qualcuno ci sarà. Qualcuno che esce di casa e si confonde nella folla, la stessa folla che ho intorno io.

Credo che in qualche modo le persone si muoveranno, si sposteranno, finché a un certo punto lo troverò davanti a me, quel qualcuno che mi cerca. Ma in realtà devo stare ai capricci del destino e sperare in un suo atto di generosità. Un manipolatore che tra sette miliardi di persone viventi, tra quelle vissute nei sessanta milioni di anni passati, e quelle che vivranno negli anni a venire, ha buttato il mio qualcuno. Mi concederà di conoscerlo? E se fosse già morto secoli fa? E se stesse morendo in questo momento? E se nascerà in futuro?

Queste sono le domande che mi pongo, guardando il quadro, con il *non so chi*, seduta nel rettangolo di luce.

Capisco che non potrei mai essere me, senza qualcuno da amare. Essere con qualcuno, per qualcuno, grazie a qualcuno. E, allo stesso modo, essere la compagnia di qualcuno, il suo fine, la sua causa. È sbagliato credere nell'amore?

«Dove sei?» mormoro ormai dimentica del libro davanti a me.

Il film

La sera che mamma e papà escono per andare a cena fuori, mi invitano a casa loro i nonni, ma declino la proposta e rimango sola. Mi faccio la pasta con il sugo e mi metto a mangiare sul divano, cosa che solitamente, quando i miei sono a casa e ceniamo a tavola insieme, è impossibile. Decido di approfittarne per vedere un bel film, altra cosa che faccio sempre da sola, perché in compagnia starei la maggior parte del tempo a spiare le reazioni dell'altra persona, per controllare se le piace quando a me piace, se piange quando a me fa piangere e, in tal caso, a cercare anche di nascondere le lacrime.

Guardare i film, ma i film quelli belli, è una cosa che per farla come si deve ho bisogno che non ci siano interferenze, per calarmi nel personaggio, farmi assorbire dalla storia e dopo, una volta spenta la TV, avere il tempo di separarmene.

Scelgo un film, quasi per caso, mi fermo, mentre scorro i canali, per un dettaglio. Come a volte capita se ti colpisce un attore, una battuta, il luogo o la musica, o non trovi niente di meglio. Nel mio caso il dettaglio è il titolo, che ha un suono assai familiare e perciò sono sicura che qualcuno, anche se non ricordo chi, me l'abbia consigliato. Si chiama: *Bolle di sapone*. È una storia di solitudini, di incontri, di tenerezze.

Parla del portiere di un condominio e di un bambino. Il bambino si chiama Gabriele e tutti i pomeriggi, dopo scuola, torna a casa con la nonna e va a giocare in cortile con il cugino, che abita nella palazzina di fronte. Quando il cugino lascia la palazzina per la separazione dei genitori, Gabriele si ritrova da solo.

Passa interi pomeriggi, seduto sempre nello stesso punto, ad aspettare, che qualcosa cambi, che qualcuno arrivi.

Massimo, il portiere, non riesce a vederlo così solo e un pomeriggio decide di intrattenerlo con un gioco che faceva da bambino: le bolle di sapone.

Nasce un'amicizia tra i due che li porta a essere insieme. Nelle bolle di sapone che si formano e salgono nel cortile vedono cavolfiori, phon e cavallucci marini.

Gabriele prende l'abitudine di fermarsi sempre in portineria, cresce lì dentro, ha un posto dove stare.

Finito il film, lascio scorrere i titoli di coda, incantata sul divano. Rimango immobile con una smorfia per un po', lì, senza nulla da fare, senza nulla da dire, da chiedere o spiegare. Poi mi alzo con calma e, camminando leggera sulle punte, mi avvio in camera, mi metto sotto le coperte, senza sentire il silenzio della casa, con la mente tanto occupata dalla storia da non poter essere disturbata dalla solita paura del sonno. Rivedo Gabriele guardare le bolle salire nel cortile, sono sempre più alte, sono sopra ai palazzi.

Mi chiedo quanti modi esistano per non far sentire gli altri terribilmente soli.

Il giorno dopo

Uno schiaffo gelato mi sveglia quando il mattino seguente apro la finestra. L'orologio della cucina segna le 6.34, ma quell'affare, lo so bene, va avanti di qualche minuto. Visto che nessun abitante della casa ha mai trovato il tempo per sistemarlo, è stato lasciato così. Ognuno di noi ha accettato quel difetto e io ne ho fatto un piccolo stratagemma per tranquillizzarmi all'idea di avere più tempo, ogni volta che leggo 6.34, ma in realtà sono le 6.28.

Il cielo è rosa, pizzicato dalla brezza mattutina, o lievemente arrossito nel salutare la terra che si sveglia.

Rabbrividendo, mi siedo e avvicino le gambe al petto, poi appoggio la tazza fumante sulle ginocchia per sottrarle un po' di calore. Per qualche minuto rimango rannicchiata a osservare il vapore sollevarsi e disperdersi nell'aria con gli ultimi aromi del giorno precedente, e inspiro forte.

Dal bar all'angolo giunge il profumo di cornetti sfornati, come ogni mattino, a riferirmi che tutto va bene, tutto prosegue secondo i piani.

Nelle case le serrande vengono alzate, e altri come me si affacciano a guardare il giorno rivelarsi intimidito. Eppure, c'è qualcosa di diverso nell'aria e, anche se nessuna nube oscura il cielo, si avverte quella pienezza, quella pesantezza tipica dei giorni di pioggia.

Mi sento un po' trasognata, non riesco a svegliarmi del tutto. Forse è questo che mi impedisce di mantenere la disciplina delle mie emozioni, che già iniziano a turbinarmi in testa senza ordine né grandezza e la tenerezza di quel cielo, anziché accarezzarmi, mi calpesta.

In questo stato d'animo bevo d'un sorso il mio caffè e inizio a prepararmi. Vado alla fermata con una tranquillità disarmante. Consapevole a tal punto dei miei movimenti, del rumore dei miei passi, dell'asfalto solido su cui questi sembrano lasciare impronte, che è impossibile non avvertire un certo distacco fisico tra me e la strada. Osservo le macchine e le persone che camminano, tracciando quello spazio come se sia soltanto transitorio, inconsistente. Non vedono, non sanno vedere e non ritengono necessario saperlo fare. Probabilmente qualcuno di loro si è arrischiato a mettere a fuoco il mondo circostante e poi, per il timore di ciò che può scorgere o per la delusione di ciò che ha già scoperto, ha rinunciato a provare di nuovo.

Comunque sia, quel mattino nessuno dà segno di vedere, vedere cosa accade. Non si accorgono della completa immobilità intorno.

Nella strada, nei palazzi, nelle macchine, nelle persone e in loro stessi, non distinguono le scatole che invece vedo io.

Scatole su scatole, un ammasso di scatole.

Scatole stracolme o vuote, comunque chiuse, sigillate con il marchio di proprietà di un certo individuo, noto come Tempo, che può spostarle, traslocarle, sballottolarle a suo piacimento, incurante del contenuto e del pericolo di frantumarlo con i suoi gesti bruschi.

L'unica cosa priva di contorni spigolosi e fattezze rigide che sono in grado di vedere è il ricordo, la vivida e impressa immagine, del film: del bambino, della sua solitudine ormai risolta, del suo sorriso verso l'alto.

Lo spirito di Gabriele non è ancora svanito, al punto che essendo un po' io un po' lui, ho l'insolita sensazione di star recitando la sua parte o la mia in questo posto di scatole.

L'unica differenza fra me e lui è che io sono ancora sola: non so aspettare nel cortile come Gabriele, non ho trovato un Massimo che scenda in cantina e metta insieme qualche vecchio spago e un pezzo di legno per farne un gioco, una sorpresa.

Mi dimentico persino di Alice, non la degno di uno sguardo neanche al suo agitarsi prima di raggiungere la fermata di via Mainetti.

Quando poi arrivo in classe, non levo le cuffiette finché non incomincia la lezione, e alle chiacchiere delle mie amiche mi limito a partecipare annuendo o sorridendo senza interesse, ignara di quel che stanno dicendo. Sono presa dalla forte impazienza che provo, un'immotivata ansia che, concentrata all'altezza del torace, mi porta a sospirare. Continuo a ripercorrere la storia del film.

Per le tre ore a seguire rimango con la testa sul banco senza ascoltare una parola delle lezioni: non è quello che devo fare.

Sono nel posto sbagliato, io devo stare in quel film, in una storia così, fare qualcosa di più, essere qualcosa di più.

Il fatto che non è reale mi disturba, il fatto che è finzione ancora di più. Mi chiudo nel mio silenzio. D'un tratto ogni suono mi dà noia. Sono irritata al punto da sentire la rabbia addosso. Per un attimo sono tentata di rispondere male alla professoressa o a qualche mio compagno, per suscitare un litigio, un ingannevole sfogo. Sarebbe però solo un sollievo momentaneo e dopo tornerebbe il disturbo, così decido di tenermi isolata, inosservata.

Quando torno a casa, l'impazienza mi chiude lo stomaco, e mangio poco o niente.

Non mi va di fare nulla e mi struggo per trovare qualcosa da fare, e intanto scarabocchio sul mio quadernino, come sempre faccio per cancellare i turbamenti. Scrivo: "bolle di sapone", e non ne capisco il senso.

Nella mia mente, incontrollabile come un riflesso, si

ripete ossessivamente la frase *c'è qualcosa che non capisco.* La scrivo anche sul quadernino.

"Bolle di sapone. Bolle di sapone. C'è qualcosa che non capisco".

Queste parole riempiono disordinatamente il foglio ma, invece di conferire una forma al mio stato, non fanno che calcarne la confusione.

Guardandole mi metto a piangere e più piango, più mi chiedo perché lo stia facendo e più me lo chiedo, più mi viene da piangere. Non sono lacrime di delusione, né di rabbia, né di stanchezza. È solo tristezza lenta e pastosa: questo anno sta finendo e io non ho ancora scelto, io non sono come Massimo che prende e decide, inventa un gioco, cambia il corso degli eventi.

Prendo il computer e cerco il film e lo guardo di nuovo, e poi di nuovo, ogni volta finisce con Gabriele che accende la piccola televisione nella guardiola di Massimo, sceglie quale cartone animato guardare, quello con i supereroi, quello dove i buoni vincono e i bambini non sono soli.

L'attrice

Questo sconforto perdura da giorni e si intensifica. Le giornate sono così tediose, che vorrei addormentarmi o prenderle a sassate.

Mai come ora, il *non so chi* protesta e mi indispettisce. Ma come posso dare torto al suo disprezzo verso tutto? Non ne sono capace, non voglio zittirlo perché sono d'accordo con lui. Anche io inveisco contro il mondo e sputo lamentele. Com'è possibile che un film abbia mosso tutti questi pensieri e queste inquietudini? Non riesco a studiare, a leggere, quasi a parlare con gli altri. Ogni volta che ci provo, vari pensieri iniziano a litigarsi la mia attenzione, e nel caos l'angoscia ne approfitta. Mi metto davanti allo specchio e mi guardo piangere, fino al momento della giornata che più temo. Il momento in cui imbrunisce e mi rendo conto che in un attimo è arrivata la sera e io non ho fatto null'altro che abbacchiarmi, in una perpetua e sterile ricerca della risposta che potrebbe ammutolire la vocina stridula del *non so chi*: «C'è qualcosa che non capisci. C'è qualcosa che devi fare. Cos'è che vuoi fare? Qual è la tua scelta?».

I minuti mi accusano del poco rispetto che mostro loro. Ne giunge uno che, vedendomi, scoppia a ridere con disgusto e poi prosegue con gli altri, che mi hanno sfiorata appena, insensibili. Un altro ancora, poco dopo il suo compagno, mi sorpassa veloce, evitando il mio sguardo come un bambino davanti a un giocattolo rotto. Con desolazione penso ai minuti di questa giornata, che tanto freddamente mi hanno superata. Nessuno li potrà più incontrare e io mi sono persa con loro.

«C'è qualcosa che non capisci. C'è qualcosa che devi fare. Cos'è che vuoi fare? Qual è la tua scelta?».

Mia madre mi chiama per la cena. Odio la cena, è insostenibile per me stare ritta a tavola a sforzarmi di parlare e mangiare con gusto, quando quell'impazienza si dimena nel mio stomaco. Con la forchetta tasto il cibo rimasto nel piatto, mentre mio padre mi chiede: «Com'è andata a scuola?».

«Bene».

«Che avete fatto?».

«Niente».

«Insomma, sei di molte parole».

«No, è che domani ho un compito e devo finire di studiare».

«Su cosa?».

«Greco… infatti posso alzarmi? Devo ancora… prepararmi sulle ultime cose».

Non ho neanche iniziato.

«Vabbe', ma non finisci?».

«No, ho mangiato un sacco durante il pomeriggio».

Mio padre annuisce perplesso e io mi alzo, lasciandolo a parlare con mamma, probabilmente di me.

Dopo circa due ore che sono seduta sul letto, con i libri di scuola aperti, non saprei ripetere nulla. Fisso le parole, senza distinguerle.

Passa un'altra ora e quando lo sguardo cade accidentalmente sui libri, li scaglio a terra, rinunciando a studiare.

Così mi ritrovo da sola a ripetere a mente una parola russa: *toska*, un sentimento di grande angoscia spirituale senza causa, un desiderio privo di oggetto.

Le persone stanno zitte, addormentate. Rimango io, l'unica sveglia su tutta la terra. Ormai è notte, casa dell'inesistente, e il buio avanzando ha inghiottito ogni cosa che c'è. E ho paura. Tutto mi appare come quelle lenzuola stropicciate. Sciupato, sporco, consumato, spento. Questa vita è un'insulsa messinscena e quando piango non sto male davvero, è solo uno squallido copione. La storia di Gabriele e Massimo è finta, è solo un film, ma anche io voglio vivere quelle storie, voglio essere in quel film, affacciarmi nel cortile e vedere quella gentilezza, quegli sguardi felici. Sento che loro sono più veri di me, più forti, più saggi. E io?

«C'è qualcosa che non capisci. C'è qualcosa che devi fare. Cos'è che vuoi fare? Qual è la tua scelta?».

Potrei fare l'attrice.

L'idea si rivela all'improvviso. Scivola fuori dalla mia mente troppo piena di pensieri, gli stessi pensieri voltati e rivoltati, accartocciati.

La mia mente, una scrivania piena di fogli e penne. Di tutto ho scritto, cercando di conciliare domande e risposte. Le scritte si sono accumulate, cancellature, frasi illogiche. Ma un foglio dal mucchio è scivolato e ora leggerlo è più semplice.

Potrei fare l'attrice e non scegliere una cosa sola, una sola identità, una sola etichetta, una sola facoltà, un solo io, una sola storia.

Forse un giorno interpreterò la parte di una ragazza felice e allora, come un vero attore recita facendo appello alla propria coscienza, così in me, da qualche parte, troverò qualcosa di luminoso.

Perché non ho capito prima che l'attrice può essere qualsiasi cosa voglia? Seppur per finta, sarò un giorno un'astronauta, un giorno una ballerina e il giorno dopo una commessa del supermercato.

Devo farlo. Subito. Immediatamente.

È la sola porta per andare via, la sola che mi può condurre dappertutto, ma non qui, a piangere davanti allo specchio. Guardo il viso bagnato e arrossato, i capelli unti e spettinati, gli occhi cerchiati, di un verde che le lacrime hanno acceso.

Questo è ciò che vedo. Vedo una ragazza, minima particella, che non è mai stata così decisa nel dirsi: io non sarò così. Sa che un giorno diventerà un'attrice, magari anche un medico e molto altro. Sa che un giorno sarà più bella. Sa che un giorno a guardarla non ci sarà uno specchio, ma altri occhi.

Sul portatile inizio a cercare scuole di recitazione, teatri, qualsiasi cosa mi possa far diventare un'attrice. Devo sbrigarmi, prima che il tempo finisca, recuperare i minuti scappati. Devo costringere ogni minuto a guardarmi in faccia.

In bagno

Sono rimasta in piedi a ispezionare sul portatile i siti e ad appuntarmi numeri di teatri e scuole di recitazione per ore. Molte scrivono che le iscrizioni riaprono a settembre, altre si trovano troppo lontano.

Verso le quattro, quando ormai le necessità fisiche hanno prevalso sul tormento emotivo, mi sono assopita.

Quando mi risveglio, sono talmente stanca da non riuscire ad alzarmi e il pensiero di andare a scuola, di vivere un'ora di umiliazione per non aver studiato nulla, di stare a forza tra i miei compagni, tra i miei amici, è repellente.

Non voglio annoiarmi ancora un giorno, sentirmi inutile, una che non ha un progetto.

Esco di casa, prendo l'autobus e arrivo a scuola e, giunta all'entrata, mi volto, riprendo l'autobus e torno indietro. L'ho deciso uscendo di casa, ma ho comunque fatto quel giro, giusto per occupare un po' di tempo.

Quando rientro, mamma e papà sono andati al lavoro. Prendo il telefono e digito il primo dei due numeri che mi sono scritta sul quadernino, poi il secondo. Uno mi risponde che il gruppo è già formato e l'altro dice che non ho le qualifiche necessarie. Entrambi sembrano dirmi: ti devi rassegnare.

Mi butto sul letto prostrata, con le cuffiette come al solito a tappare le orecchie. Sprofondo nel materasso. Il corpo sembra sciogliersi e colare in basso. La musica, nel suo corso, assorbe in sé le emozioni, estraendole dalla mia massa pesante. Quando le ha aspirate, perde ogni impatto sul mio udito e mi ritrovo inerte, assente.

Anche il respiro viene assalito dalla momentanea inesistenza e pare dimenticarsi di sé stesso.

Sto morendo, penso.

Ma poi una lacrima striscia dall'estremità del mio occhio fino a raggiungere l'orecchio. L'unica coraggiosa che ha deciso di disertare quella battaglia interna che sono costretta a combattere. Lei è stanca di quelle scene pietose. Ed è scappata. Anche altre come lei vorrebbero, ma non osano. Devono restare dentro a sparare, uccidere, per un motivo che non ricordano o che forse non hanno mai saputo. Ma io voglio farle uscire, perché dentro sono un campo bombardato e ormai la battaglia è persa. Sento il sapore salato inumidirmi le labbra, labbra screpolate che ingoiano. E allo stesso modo in cui lecco via quella lacrima, anche io mi dissolvo: dopotutto sparire è indolore. Vengo svegliata da un brusco scrollo.

«Margherita!» esclama mia madre furente.

Mi stropiccio gli occhi e non appena il torpore si dilegua, ricordo. Non sono andata a scuola, mamma è tornata a casa prima del previsto.

«Margherita, che cosa ci fai qui?».

Faccio finta di continuare a dormire.

«Margherita?!» un'altra scrollata.

Rimango immobile.

«Margherita!» urla.

A questo punto devo socchiudere gli occhi e assumo l'espressione di una persona del tutto ignara della situazione.

«Per quale motivo non sei a scuola?».

Nessuna risposta.

«Margherita, rispondi!».

«Non mi andava».

Uno schiaffo violento e schietto mi arriva sulla faccia.

«Mamma!» esclamo ritraendomi.

«Dammi una motivazione!».

«Non avevo studiato».

«Che cosa vuol dire?» grida.

«Mamma».

«Margherita perché non sei andata a scuola?».

«Ti ho già detto che non mi andava» dico tra le lacrime, alzando la voce.

«Margherita, è successo qualcosa di grave?» chiede con serietà.

«No».

«E allora cosa vuol dire che non ti andava?».

«Ma che vuoi! Non ci volevo andare e basta!».

Altro schiaffo.

Mi tocco la guancia e urlo: «Ma sei matta?».

«Non esiste che non vai a scuola. Non esiste che mi rispondi in questo modo».

Fa un grido senza senso.

«Poi mi vieni a dire che l'anno prossimo te ne vai di casa, tu devi fare la maturità e ti pare che ti svegli un giorno e non vai a scuola perché non ti va? Ma chi ti credi di essere? Ma chi ti ha insegnato a vivere così?».

Non la sopporto più.

«Che cosa ti piangi?» dice con aggressività.

«Vattene!» e la spingo. Non ho mai alzato le mani su mia madre, su nessuno. Vedo la sua preoccupazione negli occhi.

«Margherita!».

«Ti ho detto vattene» grido.

Il suo viso impallidisce, stupefatto.

Getto la lampada a terra, mi sento violenta come un'onda sulle rocce.

Corro in bagno, dove mi chiudo a chiave e mi metto a fissare nuovamente lo specchio, sprezzante, con la voglia di spaccarlo.

«Vaffanculo» dico con foga al riflesso.

Non ricordo cosa sento nei dieci minuti seguenti, sono accoccolata nella vasca, stritolandomi le mani, quando d'un tratto cigola la porta ed entra mia madre.

«Ohi» mormora fissando davanti a sé per non guardarmi con quegli occhi, lo capisco troppo bene, desolati. Mi fisso i piedi.

«Come hai fatto a entrare?».

«Ho la seconda chiave da quando sei rimasta chiusa qui a quattro anni» e prova a sorridere debolmente.

Continuo a fissarmi i piedi.

«Marghe».

Silenzio. Per un buon minuto restiamo mute, una a cercare di capire come avviare l'argomento che le preme, l'altra studiando un modo per evitarlo. Poi mamma dice: «Marghe, cosa c'è che non va?».

Non rispondo, mi limito a guardare fuori dalla finestra, con la vista offuscata. Gli alberi si stagliano contro l'orizzonte. I grandi tronchi si spaccano in rami sempre più sottili, per salire, per poter sperimentare tutte le vie possibili verso la cima, verso la sconfinata tela azzurra, graffiata soltanto da qualche scia d'aereo. Questi piccoli sentieri s'inerpicano in aria, facendo a gara. E poi l'ultimo fuscello, interrotto a un passo dall'alto. La frustrazione di avere il cielo sopra di sé e non poterlo toccare. Io sono esattamente lì, su quel fuscello sempre mosso dal vento, troppo fragile per sostenere il mio corpo. Protesa verso il mondo davanti a me, senza riuscire a raggiungerlo.

«Amore... è un po' di tempo che... io... io ti vedo un po' triste. Sei scocciata, abulica. Che cosa sta succedendo?».

«Niente» rispondo poco convinta.

«Qualcosa con i tuoi amici?».

«No».

«E allora perché non ci sei uscita la scorsa volta?».

«Non mi andava».

«Non ti va di fare nulla» dice affranta, sospirando.

Le lacrime mi rigano le guance, ma con lo sguardo mi aggrappo alla finestra e resto immobile, come se quello bastasse a fermarle.

«Sei preoccupata… non lo so, per la maturità o per quello che viene dopo?».

Scuoto il capo. Sì, sono preoccupata.

«Pensa che invece l'ultimo anno del liceo mi sono divertita tanto, forse l'anno prima era un po'…» ma la interrompo con un singhiozzo.

«Io non riesco a divertirmi!» esplodo.

Mamma si avvicina e mi stringe forte a sé.

«Tesoro» mormora accarezzandomi i capelli. «Sai, in questi casi c'era una frase che mi diceva sempre la mia nonna. Che… in queste occasioni bisogna iscriversi agli amici delle piante grasse». Riprende, forse pensando che non ho capito: «Vuol dire che bisogna un po' cambiare aria, darsi una rinfrescata… non trovi?».

Non mi muovo, non riuscendo a guardarla negli occhi.

«Quindi magari devi trovare qualcosa di nuovo da fare».

Soffoco un altro singhiozzo.

«Non cambia nulla!» dico con voce bambina.

«Ma ci hai provato?».

«Sì, ma non si può fare».

«Che cosa volevi fare?» dice stringendo le labbra, dallo specchio vedo il dispiacere che sgualcisce il suo viso.

Non rispondo subito, ma lei comprende che è solo questione di tempo, e infatti poco dopo, all'improvviso, inizio timidamente a raccontarle dell'idea della recitazione. Le barriere vengono distrutte dalla forza della liberazione e mi lascio trascinare dalla foga. Le spiego di come ho controllato dappertutto, di come ho anche chiamato, ma tutti rispondevano soltanto no. Capisco che mia madre è sorpresa, non se lo può di certo aspettare. L'ultima volta che mi ha vista recitare è stata in uno spettacolo di terza media, avevo fatto il becchino nella scena con Amleto: "Non fosse stata costei nobildonna sarebbe stata seppellita fuori da cristian cimitero".

«Ma certo che si può fare amore, quanti posti hai chiamato?».

«Due» dico sommessamente.

Lei mi sorride e fa: «Forse bisogna cercare ancora».

«No, continuo a guardare su Internet, ma appaiono sempre gli stessi siti».

«Magari ti posso aiutare io. Conosco un po' di gente che ha contatti in teatro, scuole… Posso chiedere, che dici?».

Ora la fisso interrogativa, come per dire: davvero?

Per tutta risposta lei chiede: «Ci tieni molto?».

Mi mordo la lingua in un attimo di esitazione e rispondo con voce smorzata: «Sì».

Mamma mi porge la mano che non prendo. Rimango immobile, per qualche secondo riflettendo su ciò che devo fare. Ma non voglio prenderla, io non devo prendere la mano di nessuno. Io sto male con me stessa ed è una cosa che devo risolvere da sola. O forse non sto così male. È solo tutto superfluo, anche quella mano che resta sospesa aspettando che la afferri. Poi finalmente la ritrae, dando fine a quella tensione.

«Cosa fai oggi pomeriggio?» chiede allora lei, intuendo che dopo l'attacco è il momento della ritirata.

«Devo studiare».

«Tu cosa fai?» chiedo poi, sperando che mi proponga di andare in giro da qualche parte insieme, a fare quelle cose non divertenti che però sono sempre meglio di restare a casa.

«In realtà nulla».

Stiamo abbracciate e più volte apro la bocca per fare la domanda che mi lampeggia nella mente, ma le parole non escono.

Poi mia madre si alza, mi passa una mano sul viso e si chiude la porta alle spalle, allora lascio perdere e penso: bisognerà iscriversi agli amici delle piante grasse.

L'auletta numero 6

La campanella della ricreazione trilla, acuta come il fischio dei palloncini che si sgonfiano, mentre le nostre menti si rilassano.

«Margherita». Alzo il capo, il professor Marchesi, il docente di Filosofia, mi scruta da dietro le spesse lenti degli occhiali con espressione grave. «Tutto bene?» chiede.

Per qualche perversa ragione, un po' mi piace essere oggetto della compassione altrui, mi piace che la gente si accorga che qualcosa non va. Ma è un'impressione passeggera, perché subito il piacere si trasforma in fastidio, il fastidio punzecchia la coscienza e gli occhi tornano a bruciare.

Biascico una risposta incerta e lui annuisce, con il fare di chi ha capito. Cosa pensa di aver capito?

«Senti, hai provato a…».

A quel punto i miei occhi si affilano e lui si interrompe e dice: «Vieni con me» e, facendomi cenno con la mano, esce dalla classe.

Mi alzo e all'occhiata interrogativa di Luna, quando le passo accanto, rispondo facendo spallucce.

Seguo il professore per due rampe di scale, a ogni gradino il fiato e il disagio si fanno più grevi. Mi sento una paziente che deve essere analizzata.

In cinque anni passati in quella scuola sono stata di rado all'ultimo piano, per via dell'affollamento sulle scale durante l'intervallo, che fa sì che, una volta giunti in cima, la campanella ci richiami già ai banchi.

Lì, non essendoci palazzi a coprire il sole, i raggi arrivano inalterati e quasi troppo luminosi, troppo schietti, sul pavimento rivelano la mia ombra, che mi precede nei passi.

Il piano è occupato solo da classi del ginnasio, pieno di studenti che si atteggiano con una disinvoltura che stona con i loro visi spaesati e poco si addice a quei corpi smilzi. Forse li disprezzo, sì, ma li invidio anche. Loro, per vero coraggio o per ottusità, sono capaci di non curarsi del groviglio che li circonda. Invece io, maledetta la mia curiosità, ne ho preso un capo e, rincorrendo il filo, mi sono addentrata in certi stretti cunicoli che mi hanno condotta in un'immensa grotta nera, tanto buia da farmi credere che i raggi non la illumineranno più.

Loro sono ragazzetti del terzo piano, cosa ne possono sapere?

Il professore svolta in un corridoio sulla destra e si ferma davanti alla porta di un'auletta, sopra alla quale è affissa una targa con il numero 6. Mi volto verso di lui.

«Se ti va, è lì apposta per te».

«Apposta per me?» domando sempre ostentando sorpresa, ma non riuscendo a celare né il leggero tono di sfida, né il tremolio della voce.

«Margherita, non lo sottovalutare».

Scuoto la testa borbottando: «Non vedo perché...», ma lui mi blocca.

«Non sei obbligata, ti sto solo mostrando che ci sono modi per sentirsi meglio».

Non rispondo. Il professore mi appare invadente e presuntuoso, anche se mosso da buone intenzioni, e non posso fare a meno di arrossire per l'affronto.

A che cosa serve parlare? Non si tratta di saper ascoltare, non voglio che la gente annuisca, fingendo di capire.

«Io intanto avverto la professoressa Carelli che fai un po' di ritardo» e dopo avermi indicato con il capo di entrare, si allontana.

Rimango a osservare la porta: su un'anta è appuntato un foglio dove, in diverse calligrafie, erano stati scritti parecchi nomi.

Pensavo non ci andasse nessuno dallo psicologo.

Sto cercando di decifrare le firme, quando la porta si apre di scatto e appare un signore grassoccio con la barba brizzolata, è stempiato, i capelli sono arruffati e indossa un maglione a righe, verdi e blu, e dei pantaloni di velluto larghi anche per le sue proporzioni.

«Buongiorno! Ti serve qualcosa?» chiede sorridendo.

«No, veramente devo tornare in classe».

I suoi occhi si stringono come se volesse studiarmi, decodificarmi.

«Se vuoi, puoi restare» e si sposta su un lato, invitandomi con la mano a entrare.

Lo fisso interdetta, poi annuisco. Lui chiude la porta alle mie spalle e si siede dietro alla cattedra. L'auletta è quasi vuota, oltre alla cattedra, ci sono tre sedie e un piccolo scaffale colmo di cartelle. Da un cassetto tira fuori un pacco di biscotti, ne sceglie uno e poi mi offre la scatola.

«Scusi, io in realtà non sono qua per...» e mi allontano un poco con la sedia.

«Lo so, non ti preoccupare» interviene lui.

«Un professore mi ha consigliato di venire qui» continuo cercando di giustificarmi.

«Che fastidio, eh?».

Lo guardo confusa.

«Io sono il professor Vatti, tu come... ti chiami?».

Mi guardo le mani, fra il pollice e l'indice schiaccio una scheggia d'unghia, per sentirla pungere sulla pelle. Con una mano stringo l'altra per dominare l'improvviso brivido.

«Margherita» rispondo senza alzare lo sguardo.

«Margherita, dimmi, come mai il prof ti ha consigliato di venire?».

«Boh, niente! Credo mi abbia visto un po' giù di morale» concludo dopo una serie di balbettii sconnessi.

«Secondo te è così?» domanda cautamente.

«È solo che… in questo periodo non… non sto tanto bene» quest'ultima parola vacilla, trattenuta dalla gola che va restringendosi.

Il professore si limita a guardarmi accigliato, sgranocchiando il biscotto, ma non dice nulla.

«Non so, ho un crollo» continuo io, sentendo gli occhi accaldarsi e farsi più pesanti.

«Intendi brutti voti?».

«No, no! Mi sento… mi sento triste» non so perché glielo sto dicendo.

«Ma com'è questa tristezza?» chiede d'un tratto con maggior gentilezza.

Sbuffo. Ecco che inizia l'analisi, la registrazione dei dati.

«Che vuol dire, cosa mi fa?» chiedo, agitandomi sulla sedia.

«Intendo come te la senti addosso?» ne parla come di un vestito.

«Non ho tanta fame» rispondo.

«Poi?».

«Non riesco ad addormentarmi la sera».

«Pensi a qualcosa?».

«Boh… sono annoiata».

«Annoiata?».

Sento che sta diventando difficile contenere le lacrime, sono troppo pesanti. Mi concentro sulla lavagna dietro al professore, leggendo lettera per lettera ciò che c'è scritto, "l i p o l i s i".

«Non mi va di fare nulla, di stare con la gente, di uscire» dico quasi in un sussurro.

«Neanche con gli amici?».

«Non mi diverto con loro» e stavolta dalla mia voce traspare una leggera isteria. Anche lui parlava di amici?

«Però, sai, gli amici possono aiutarti a risolvere la cosa che ti fa stare così».

«Ma non è una cosa» sospiro. A quel punto ogni sforzo per non piangere diventa vano e le lacrime cominciano a scendere, spero solo non se ne accorga. «È… è più una sensazione».

«Ti senti insoddisfatta?».

A che cosa serve ammetterlo? A renderlo più evidente? Non cambierà nulla. Nulla. Non c'è nulla che si possa fare.

«Vuoi fare di più» continua lui imperterrito, ha avvicinato la testa cercando di incontrare i miei occhi, ma io non oso guardarlo. Continuo a contorcere le labbra umide, non voglio emettere un suono che faccia capire che sto piangendo, anche se lui lo vede chiaramente.

«Margherita, l'importante è che sai perché stai così e poi vedrai che capirai come uscire da questa situazione».

Scuoto la testa. Da un po' tutto mi sembra inefficace, quasi impossibile. Ho la sensazione che non sarò mai felice, e che il tempo per essere felici stia finendo.

«Da quanto tempo stai così?» chiede dopo una pausa che mi pare lunghissima.

Non rispondo, ma non riesco a trattenere un singhiozzo.

«È successo qualcosa che ti ha provocato questa sensazione?».

Io volto il capo verso la porta, ma sento il suo sguardo fisso su di me. Apro la bocca ma non esce altro se non un verso sommesso.

«È strano» dico infine.

«Cosa?».

«È che... già da prima ogni tanto mi capitava, ma poi, è strano... ho visto... un film, lo so è strano, e... ed era così giusto, gentile, pieno di tenerezza... ha mosso qualcosa, ha rotto qualcosa».

Il professore aggrotta la fronte, massaggiandosi la barba.

«Ti va di raccontarmi la storia?».

Molto lentamente comincio a raccontare la storia, che non si può definire una storia d'amore, ma di amicizie che finiscono, altre che cominciano e poi di salvezza, e poi di incontri, ma forse in fondo anche d'amore, sì, per gli altri, per le loro solitudini.

«È una bella storia» commenta lui, sorridendomi. «Ti manca un po' d'amore?».

Non rispondo e nascondo il viso fra le mani.

Lui resta a fissarmi e nell'auletta cala il silenzio. Poi all'improvviso si alza, destato da un'idea, e inizia a rovistare tra le carte. Estrae un foglietto strappato e lo dispiega. Si siede e lo legge tra sé. Poi, dopo avermi scrutato taciturno, me lo porge. La prima volta che lo leggo non capisco e lo guardo perplessa. Come quando si legge un libro la sera ma il sonno annebbia il significato delle parole.

«Che cos'è? Chi l'ha scritto?».

«Hai capito?».

«Non bene».

«Rileggilo, ad alta voce se vuoi».

«*Ciao, come va? A me bene, credo. Sono solo irritato: i giorni corrono scomposti come cani al parco e si scontrano e poi cadono a terra e si guardano intorno storditi dall'impatto. E io sono insieme a loro. Capisco perfettamente che è un comportamento del tutto stupido. Alzo gli occhi al cielo ma non dico nulla. Se i giorni dovessero iniziare a correre per il verso giusto, non riuscirei più a stargli dietro. Questa situazione mi avvilisce. Non sempre, solo quando ci penso. La maggior parte delle volte sono distratto dalla gente. Credo che siamo tutti un po' delle distrazioni, l'uno per l'altro, distrazioni da noi stessi. Però mi succede una cosa strana, quando sono da solo con me: mi viene sempre una gran voglia di parlarti. Parlare proprio con te, chiunque tu sia. Forse sei solo un inganno della mia immaginazione per consolarmi e convincermi che "qualcuno può capire, nel vero senso della parola, ciò che dici". Perché alcune cose hanno senso solo se vengono capite. Mi sento uno straniero, vorrei solo trovare qualcuno che conosca la mia lingua. Io spero che tu ci sia*».

«Chi l'ha scritto?».

«Non posso dirtelo».

Riguardo le parole, scritte con una calligrafia fine e ondulata.

«Vuoi rispondergli?».

Alzo di scatto la testa e per la prima volta sostengo il suo sguardo, senza capire: «Che cosa dovrei dire?».

«Questo lo sai tu... Se ti va scrivi qualcosa. Io glielo farò avere».

Leggo di nuovo quella specie di lettera e per quel minuto immagino di trovarmi a casa, o in un posto dall'aria familiare.

«Lei farà leggere quello che scrivo a qualcuno?» chiedo timidamente.

Stavolta è lui a guardarmi sorpreso.

«Lei mi ha fatto leggere questa cosa e magari il proprietario non voleva, almeno io non avrei voluto».

«Io credo che farebbe bene a te e al proprietario parlarvi».

Lo guardo dubbiosa.

«Ti prometto che non lo leggerò, chiudilo in una busta se vuoi».

«Non lo deve far leggere a nessuno… solo alla persona che ha scritto questo. La prego».

«Va bene, me lo porti domani?».

«Cosa?».

«La tua lettera di risposta».

Ancora perplessa, faccio per restituirgli il foglio, ma lui scrolla il capo e dice di tenerlo. Poco prima che mi alzi, mi avvicina il pacco di biscotti esortandomi a prenderne uno. Allora mi asciugo gli occhi con la manica della maglietta e mi avvio verso la porta.

Quando esco dall'auletta numero 6, mi dirigo subito in bagno, decisa a non tornare in classe prima che la campanella suoni per la fine dell'ora. Chiudo la porta imbrattata di scritte e mi accovaccio per terra, con le spalle al muro.

Prendo a sbriciolare il biscotto nel gabinetto. Sto cercando di polverizzare un macigno e di scaricarlo nel cesso.

La risposta

Non appena finisco di ingoiare il poco riso in bianco che mi sono servita, mi chiudo svelta in camera, dove per molto tempo rimango seduta davanti alla scrivania. Non oso leggere di nuovo la lettera. L'ho conservata in tasca per tutto il giorno, spesso infilando una mano solo per toccarla e assicurarmi di averla ancora.

Tornata a casa, mi sono curata per prima cosa di nasconderla in un cassetto, come se si trattasse di un inestimabile tesoro o di un veleno.

Le mie dita tremerebbero in entrambi i casi e per questo ora temporeggiano riluttanti ad avvicinarsi al pomello.

In preda all'agitazione, mi incido le unghie e le strappo via. A un certo punto tiro troppo forte e un'unghia si riempie di sangue. Allora avvicino il viso ai polsi e appoggio gli occhi come per coprire la luce e vederci meglio.

Mi appare a intermittenza l'immagine del cassetto oltre la cascata dei pensieri, che piovono a terra taglienti come cocci. In questo frastuono si sente la mia voce: Basta! ripete, Basta, state zitti!

È questo che Lui prova tutti i giorni al parco con i cani, lo so. E io, come Lui, sono legata a loro: vengo trascinata sulle rocce a scorticarmi, e a ruzzolare.

Nel buio ho una vertigine improvvisa e stacco immediatamente le mani dal volto per sostenermi al tavolo. Quando riprendo fiato, la vista torna chiara e con lei un'urgenza. Devo scrivere, devo fare come Lui. Piantare la penna nella carta e sostenermi. Per qualche minuto la penna rimane puntata in quella posizione, poi inizia lievemente a roteare, a salire e a scendere, in un'esitante danza. A poco a poco il suo ritmo si fa più deciso, la coreografia inizia a prender forma. Le parole si agganciano l'una all'altra, si trainano su, a galla, e, adagiate sulla superficie dell'acqua, assaporano l'aria per la prima volta. Non alzo il capo fin quando non ho completato la mia opera. Allora rileggo ad alta voce, inceppandomi sui miei stessi versi, un po' affannata:

Ciao.

Guardo questo foglio bianco e penso a cosa scriverti. Mentre tu ti affaccendi dietro ai cani, io ogni sera mi ritrovo davanti a questo foglio bianco. Uno dei miei sogni è vedere il mio racconto stampato, il racconto di una storia appassionante, brillante, travolgente. Invece, ogni sera, per quanto mi sforzi di scrivere, mi ritrovo sempre davanti a un foglio bianco. Da piccola ho amato tanto i racconti, mi erano amici. Mi portavano via per mano, in giardini segreti, in mondi magici dietro la parete, in villette di campagna a giocare sul prato con un cappello col nastro rosa in testa. A volte mi siedo davanti alla mia libreria e sfilo un volume qualsiasi, per levare la polvere dalla copertina, per stringerlo al petto. Come se lì dentro ci fosse una piccola me e andassi a salutarla: alla mia vista gli occhietti le si illuminano di curiosità, mi guarda un po' delusa chiedendosi dove sia l'abito da principessa che avrei dovuto indossare. Ma in un attimo il sorriso le torna sul viso e prende a raccontarmi tutta d'un fiato la sua ultima avventura. Allora la dolcezza, che ritrovandola avevo provato, si condensa, inizia a piombare in gocce pesanti, che si infiltrano dappertutto. Mi viene da piangere. Non posso pensare che qualcuno me l'abbia portata via, non posso pensare che qualcuno l'abbia imprigionata in un libro. Io le avevo promesso che l'avrei portata in posti magnifici, ancora più belli di quelli narrati nei suoi racconti. Ma l'unico posto che ho trovato, l'unico posto che posso mostrarle è un modellino di plastica. Un modellino di plastica dove tutti i giorni vago cercando, cercando qualcuno che passeggi insieme a me almeno per parlare un po'. Come hai detto tu, certe cose hanno senso solo se vengono capite. Noi persone ci distinguiamo da un sasso solo perché sentiamo. E come si può sentire in un modellino di plastica?

Il giorno seguente, quando alla fine dell'ora tutti i corpi scattano in piedi, io, raccolto dallo zaino il foglio piegato, lo nascondo sotto la felpa e sgattaiolo dalla classe. Salgo le scale di corsa e non mi fermo finché non arrivo al terzo piano. Giunta lì, stringo gli occhi alla solita luce accecante. Mentre raggiungo l'auletta numero 6, il corridoio sembra quasi allagato d'acqua e cammino a stento. Una volta davanti alla porta mi guardo intorno circospetta e busso piano. Il professor Vatti per un secondo pare non riconoscermi, poi mi fa un largo sorriso d'approvazione. Seduta sulla sedia accanto alla cattedra c'è una ragazza con i capelli rossi e il viso ricoperto di lentiggini.

«Io volevo lasciarle questa».

«Certo, ti aspettavo. Lei è Antonella del terzo B».

Allungo il braccio verso la ragazza e mi presento. Noto che sulle gambe ha una pagina di quaderno scritta. Quasi involontariamente ritiro la mano con cui sto porgendo al professore la lettera e lo guardo diffidente. Lui mi osserva perplesso e dice cauto: «Scusa Antonella, dovrei scambiare due parole con Margherita».

La ragazza allora saluta il professore e, passandomi accanto, mi sorride.

«Hai cambiato idea?» dice lui una volta che Antonella si è richiusa la porta alle spalle.

«Anche lei aveva un foglio in mano».

Il professore scuote la testa.

«Margherita, io sto svolgendo un progetto con alcune classi, e una delle attività assegnate era rappresentare il proprio stato d'animo, che sia con una foto, con un disegno o con un testo. A turno gli studenti mi illustrano il loro elaborato, e oggi toccava a quella ragazza. Il testo che ti ho fatto leggere è appunto uno di questi lavori. Se io lo conservo è perché mi ha colpito così tanto che ho chiesto al proprietario di poterlo tenere, cosa che non ho fatto con nessun altro».

«Però... la mia risposta la può leggere solo Lui» puntualizzo.

«Tranquilla oggi gliela farò avere» dice porgendomi la mano.

Dopo un attimo di tentennamento gliela consegno, e mi affretto a uscire. Poco prima di voltarmi, incrocio il suo sguardo: i suoi occhi sono circondati da occhiaie e la vecchiaia li ha sbiaditi, ma nonostante questo una luce di bontà li rischiara, e in modo così inequivocabile che stringo le labbra.

Poi mi precipito di nuovo giù in classe, con il cuore che batte con la stessa rapidità delle suole sugli scalini.

La prima lettera

L'ultima ora del giovedì abbiamo lezione di Educazione fisica, se così si può chiamare. La nostra professoressa è una donnina tarchiata, sempre vestita con larghe tute nere per sfinare le sue forme. È quel genere di persona che sta sempre a dieta e che vedi costantemente con una barretta ipocalorica a base di frutta secca in mano o, nei giorni migliori, con un cornetto vegano. Il suo portamento ondeggiante e gli starnazzi che emette nella piccola palestra con il tetto a cupola la fanno sembrare un'anatra e questo la rende il bersaglio preferito delle battute degli alunni.

La prof Garretti, così si chiama, ha un gruppo favorito di studentesse, fra cui ci sono anche io, a cui lascia passare qualsiasi scusa per non fare lezione. Ai ragazzi invece dà un pallone sgonfio e li molla ai loro giochi sudaticci e sgraziati, preoccupandosi ogni tanto di soffiare nel fischietto che porta sempre al collo, giusto per ricordare la propria presenza.

Per il resto del tempo, sta seduta su una sedia a bordocampo a chiacchierare con noi ragazze, che con il passare degli anni siamo diventate per lei "stelline", come d'altronde lei è per noi "Luana".

Ha un forte accento calabrese e adora i lavori artigianali con la plastilina, lei stessa crea a mano oggettini d'arredamento, che le piace regalare in giro.

Entusiasta e impettita spesso ci ripete quale enorme vanto è stato per lei confezionare le bomboniere per il matrimonio di suo fratello e non mancano le volte in cui tira fuori il telefonino, di cui ha assai scarsa padronanza, per mostrarci le foto.

Anche se all'inizio le nostre sono state solo lusinghe sarcastiche, abbiamo imparato a nutrire un sincero affetto per la bonaria professoressa e le ore di Educazione fisica passano con simpatia, tra le sue sguaiate risatine e le esclamazioni invidiose: «Oh ragazze! Beate voi che potete!» alla vista degli snack che mangiucchiamo ascoltandola.

Questo giovedì sono proprio seduta accanto a lei, fissando i miei compagni ridere, imprecare, gridare appresso alla palla. Dove tutto dipende da quella rapida sfera, che volteggia in aria tra la forza di gravità e le spinte delle mani che la schiaffeggiano a terra. È solo un gioco, ma loro ci credono così tanto.

Mi ricordo quando da piccola, al parco, domandavo a mia nonna: «Giochi anche tu?», perché non volevo stare sola con gli altri bambini che non conoscevo. Lei mi rispondeva: «Non posso tesoro, sono troppo grande» e io avevo sviluppato l'infantile idea che il mondo si dividesse in grandi e piccoli, con le cose che ogni categoria poteva fare e non fare. E quando vedevo gli occhi accesi di mia nonna e i suoi zigomi lisci, ancora privi di rughe, che si innalzavano come colline sul suo viso, mi rincrescevo che non fosse una bambina.

Ora guardo questi ragazzi, né piccoli né grandi, mentre si godono la leggerezza di questa palla, con il compiacimento di un bambino. Nessuno quanto me vuole tornare a essere un bambino e nessuno come me, che me ne sto qui in disparte a riflettere sull'inspiegabilità della loro soddisfazione, potrebbe esserlo di meno.

Il cellulare vibra e leggo il messaggio appena arrivato: "No, oggi pomeriggio se la vedo ci parlo, altrimenti mi faccio dare il numero".

È di mamma, in risposta al mio in cui le ho chiesto se ha chiamato la scuola di recitazione. La sera prima mia madre ha aspettato che papà andasse a letto e mi ha raggiunta in camera.

«Marghe» mi ha detto con aria solenne, mentre il terrore che riprendesse il discorso di due mattine prima mi raggiungeva.

«Ho trovato un posto!».

«Come si chiama?».

«Il teatro L'angolo, l'avevi già visto?».

«No! Come l'hai trovato?» ho chiesto con una nuova vivacità nel tono.

«Qui vicino, una delle proprietarie è la mamma di Riccardo, un bambino della mia classe».

«E ci posso andare?» ho domandato con ansia.

«Se per te va bene, posso provare a sentirla».

«Sì, sì».

Lei mi ha guardato sorridendo e ha esclamato: «Speriamo che dica di sì, io non ti sopporto più!».

Ho alzato gli occhi al cielo, facendo intendere che lo scherzo mi ha infastidito, e ho pensato: lo spero anche io.

Si apre la porta della palestra e il professor Vatti fa capolino. Alcune ragazze del gruppo si voltano e Luana lo saluta con un cenno. Il professore ricambia e poi, stringendo gli occhi come durante il nostro primo incontro, si guarda intorno. Capisco che cerca me e mi alzo. Lui allora dice: «Ah Margherita, eccoti!».

Il professore mi fa segno che la palestra è troppo chiassosa.

«Senti, io ti dovevo dire una cosa» esordisce, una volta usciti. «Ieri, quando mi hai portato la lettera, sono subito andato a cercare… il ragazzo per consegnargliela e spiegargli la situazione. Lui stamattina mi ha portato un altro… testo. Per te, intendo. Come risposta. Eccolo» e mi porge una busta di carta, una vera e propria lettera. «Fammi sapere se vuoi continuare questa sorta di corrispondenza. Lui mi sembrava d'accordo. Penso sia interessante. Se vuoi da oggi in poi puoi passare nell'auletta numero 6, dove ci siamo visti, dalla quarta ora in poi perché prima ho dei ragazzi, e lasciare… sì, la tua risposta. E lui farebbe lo stesso. Ovviamente se ti va. Altrimenti potete anche conoscervi, che ne dici?».

«No, no! Cioè… per ora preferisco… scrivere» squittisco allarmata.

Lui ridacchia con la solita gentilezza e si tocca la barba.

«Allora vediamo come va questo esperimento!» e con una stretta di mano si congeda. Faccio una corsa in classe, per lasciare la lettera dentro lo zaino, pressata tra il libro di italiano e quello di inglese. Poi torno in palestra, con un'insolita adrenalina nel sangue, fantasticando sul possibile contenuto.

«Dove sei andata?» chiede Luna.

«Niente».

«Dai, che cosa hai fatto?».

«Ma che ti importa!» rispondo troppo duramente.

Carlotta mi squadra e Federica mi riprende: «Calmati però».

«Sì, infatti! Magari quando le passa questa crisi ne riparliamo» dice Luna e si volta dall'altra parte.

La solitudine del balcone

Ciao.

Non mi aspettavo una risposta, non so se la volevo. Devo dire che mi sono sentito offeso quando il professor Vatti mi ha detto di aver fatto leggere la mia lettera a una ragazza, e hanno iniziato a tremarmi le mani per la vergogna. Vedi, quella lettera era un'incerta descrizione del mio mondo, che è il mio tormento e non sai quante volte vorrei poter uscire, non sai quante volte picchio contro la porta nella speranza che mi conduca altrove, ma è comunque un mondo a cui non saprei rinunciare. La mia solitudine è un santuario, un palazzo sontuoso, enorme, d'oro. Amo correre per i suoi corridoi, osservare tutti i suoi quadri, i suoi affreschi, sdraiarmi su un tappeto a guardare il soffitto o affacciarmi dalle varie finestre. La maggior parte delle volte mi ci perdo dentro: finisco in sgabuzzini bui e sporchi, oppure mi ritrovo in camere troppo grandi, dove le pareti ti accerchiano e dall'alto ti guardano inferocite. Quello che avevo scritto era un angolino di questo palazzo e tu, leggendo, è come se ti fossi introdotta di nascosto, solo per un capriccio. Tuttavia quando ho letto la tua lettera sono stato contento che tu abbia visto la mia, ho scoperto che anche tu, affacciandoti dal balcone, vedi un modellino di plastica. Ho addirittura pensato che forse abitiamo nello stesso palazzo senza saperlo. Anche se non riuscissimo a vederci, potresti ogni tanto uscire in balcone e iniziare a parlare, e io sentendo la tua voce potrei affacciarmi e mettermi lì a chiacchierare con te. Chissà se tutte le persone del mondo conoscano questa solitudine. Io credo di sì. Magari ci tornano solo per mangiare e dormire, in questa casa. Magari loro non la considerano neanche una casa. Magari loro non hanno un palazzo gigantesco, gli basta una cameretta spoglia. Però la solitudine è ovunque, in una persona, in un tram che passa, in un fiore. La solitudine è fra di noi, è il collante per tenere insieme tutti i pezzi del mondo. Io credo che alla base di ogni rapporto ci dovrebbe essere un uomo solo. Rispetto è riconoscere la solitudine di qualcun altro. Ammirazione è apprezzare la solitudine di qualcun altro. Affetto è condividere la solitudine di qualcun altro. Amore è essere la solitudine di qualcun altro. Mi piacerebbe davvero che ogni tanto ti affacciassi al balcone e mi parlassi, mi piacerebbe avere la solitudine delle tue parole a farmi compagnia. Mi piacerebbe anche poterti dare un nome, sai come siamo noi umani, abbiamo prima di tutto bisogno di definire.

A presto, salutami la piccola te

Rileggo la lettera così tante volte, che a un certo punto la so a memoria. Quelle parole sono suggestive, originali, innovative per descrivere un concetto che ho sempre accostato all'insipidità, al male, senza rendermi conto del valore che invece ha realmente per me. Quante volte ho preferito restare da sola con il *non so chi*, anche se questo implicava dover starlo a sentire. Seppur maldisposta, ero stata ad ascoltare, perché lui era in fondo l'unica persona con cui mi sembrava veramente di parlare, l'unica persona che, per quanto noiosa nel suo ripetere, non diceva cose sciocche. Non so se le mie discussioni con il *non so chi* possano essere considerate parlare, di certo è un parlare diverso da quello con le persone normali.

Fatto sta che dalle parole della lettera emerge un'emozione, o forse un profumo, estremamente piacevole, odore di prato. Le leggo e le rileggo, immaginandomi perfettamente il palazzo.

Amore è essere la solitudine di qualcuno.

Questa frase mi ha colpito, una martellata sul chiodo piantato dal film, è quello il significato. Ecco perché io mi sento così sola, perché la mia solitudine non è di nessuno. Perché non le ho dette io quelle parole? Prendo carta e penna e guardo il cielo, cercando di vedere le stelle fuse nella luce del sole.

Caro…,
è stato bello ricevere la tua lettera, mi sono commossa. La gente dovrebbe scriverne di più, è così emozionante riceverne una. Forse una cosa che non hai detto, ma che mi hai dimo-

strato, è che una lettera è il modo più semplice per conoscere la solitudine di qualcun altro. La piccola me, mentre leggeva, saltellava per la curiosità, impaziente di sapere cosa ci fosse scritto. Mi sembrava di starci nel tuo palazzo, di correre per i lunghi corridoi, sorridendo a quella delicata amarezza, che è solita insinuarsi in te quando si guardano vecchie foto. Sono subito corsa in balcone, con la strana certezza che fosse il luogo più giusto per rileggerla. In fondo se vogliamo parlare dal balcone, è così che si deve fare. Sai, io ho imparato ad amarlo, il balcone. Da bambina mi chiedevo sempre se si trovasse dentro o fuori. Ovviamente fa parte della casa, la mia casa, e il mondo, quello comune, di tutti, degli altri, non vi può accedere. Ma allo stesso tempo è aperto su quello stesso mondo, lo può toccare e assaggiare. Non sono mai giunta a una conclusione e sospetto che sia proprio questo il motivo per cui lo amo, il balcone. Perché io scappo costantemente sia dal dentro sia dal fuori. E allora mi metto a gambe penzoloni tra le sbarre della ringhiera e guardo oltre. Mi sento coperta, al riparo, al caldo sotto una trapunta. Rimango lì sotto e da un piccolo buchetto sbircio. Quel buchetto nella mia trapunta, fatta di domande e cucita dal timore. Sbircio la signora Angela, del terzo piano, che di ritorno dal mercato, ogni sabato alle dodici, passa per il vialetto d'ingresso, avanza in affanno, spingendo il suo carrello pieno zeppo di frutta, verdura e pizza fresca. Capita che il giardiniere imposti gli irrigatori per quell'ora e, poiché si forma una grossa pozza in mezzo al passaggio, lei deve deviare per il prato. Capita anche che sul quel prato, alla stessa ora, i bambini del quinto piano giochino ad acchiapparella. Allora la signora si ferma e offre loro un pezzo di pizza appena comprata. Poco più tardi il figlio dei Citelli porta a spasso il loro cane, che tira abbaiando mentre lui armeggia con un accendino e una sigaretta. Poi spariscono al di là del cancello. A volte immagino di vedermi entrare dallo stesso cancello, distratta, con la borsa pesante sulla spalla sinistra. Cammino e tante farfalle colorate mi svolazzano attorno. Le farfalle sono come le ispirazioni. Si posano delicatamente su di te senza che tu te ne accorga e il minimo movimento basta a farle scappare. Io cammino piano, così piano che sembra voglia attirarle. E, proprio quando una mi sfiora, vorrei catturarla, vorrei tenerla per poterla ammirare. Per potermi sentire sempre così ispirata, così leggera e libera. Ma forse non so che le farfalle vivono poco e rinchiuderle è privarle di qualcosa. Poi mi cadono le chiavi e quando alzo lo sguardo, dopo averle raccolte, tutto è tornato come prima. Le farfalle non ci sono più e il vialetto è di nuovo il vialetto dove il sabato alle dodici passa la signora Angela. Io non so se dovrei dirtelo, ma desidero con tutto il cuore qualcuno che mi porti ogni giorno a vedere le farfalle. Oggi, quando mi sono affacciata, ho osservato le persone e con le tue parole che ancora nuotavano in testa, mi è parso di vedere tante farfalle chiuse in bolle di sapone, sole. E anche se questa cosa mi ha fatto un po' paura, è stato bello vedere qualcosa di diverso dalla solita strada di persone. Ti ringrazio davvero per questa lettera, sei riuscito addirittura a sorprendere il non so chi. *Si è messo calmo, seduto con la piccola me sulle ginocchia, ad aspettare che gli spiegassi il senso della tua lettera. E ti dirò, quando gliel'ho detto, gli è piaciuto. Ma perdonami, tu non lo conosci. Lui è il mio compagno di una vita, lui è il mio padrone. Lui è sincero e non sa fingere, dice tutto quello che gli passa per la mente. È esigente come la piccola me, ma senza quell'innocenza dei bambini, lui è cresciuto con me e sa rinfacciare, sa incolpare. La sua voce è così potente che mi convince. Il* non so chi *è la persona con cui parlo di più, anche se con freddezza, anche se non ci guardiamo in faccia. C'è un qualche legame indissolubile fra di noi, che ci impedisce di separarci. Hai presente quando in famiglia si irrigidiscono i rapporti? Ecco, io e lui non ci diciamo ti voglio bene da tanto, forse non ce lo siamo mai detti. Però oggi, leggendo la tua lettera, sono sicura che, nel trovarti simpatico, è stato per la prima volta d'accordo con me, perché, malgrado non abbia sorriso né commentato, non ha neanche scosso la testa con il suo solito scetticismo, ed è stato fermo a leggere, colto alla sprovvista. Mi piacerebbe, e credo anche al* non so chi, *continuare questa corrispondenza. Mi piacerebbe leggere le tue parole alla piccola me, e non importa se non comprenderà la loro asprezza, sarà contenta semplicemente di aver ricevuto una lettera come una ragazza dei romanzi. Per quanto riguarda il nome, puoi chiamarmi…*

E qui mi fermo: non voglio dirgli il mio vero nome. Non perché ho paura che scopra chi sono, ma più che altro perché quelle lettere mi appaiono così piacevolmente surreali che non voglio il mio nome a vincolarle alla ragazza che sono e al mondo in cui vivo. Voglio un nome diverso, un nome di cui io stessa mi vestirei, per essere trasformata nella ragazza delle lettere. Guardandomi intorno per scovare il nome adatto, l'occhio mi cade sulla libreria. Scorro fra i titoli, uno risalta: *Emma*. Emma come la protagonista del romanzo della grande Jane Austen, che ho finito da poco, Emma l'ironica, l'altera, l'innamorata, la giusta.

... puoi chiamarmi Emma. Però non ti dirò altro, credo sia meglio così, non trovi?

Mondi paralleli

Cara Emma (e non so chi*),*
sono davvero contento di risentirti. Mi piacciono le tue lettere: il modo in cui usi le parole mi sorprende, sembrano emergere dalla carta stessa e io invece ho la perenne sensazione di cercare di dire una parola, ma non riuscire a ricordarla, nonostante ce l'abbia sulla punta della lingua. Finisco sempre a pensare che non ne esistono abbastanza e che dovremmo inventarcene di nuove. Ma ora leggendo la tua lettera è come se, d'improvviso, a ogni parola, altre dentro di me venissero sbloccate. Come quando conosco nuove persone reali e automaticamente un nuovo membro si aggiunge al cast dei film che sono i miei sogni. Non è strano come questi due mondi paralleli comunichino? Chissà quanti ne esistono di mondi paralleli, secondo me sono un numero infinito. È tutto così infinito in questo universo. Certe volte ci penso e mi chiedo

come stiano vivendo gli altri me stessi, che cosa stiano facendo, che cosa abbiano fatto. Se siano la stessa persona che sono io, o forse una versione migliore. Non mi fraintendere, io credo di piacermi esattamente così come sono. Sono fiero di essere intelligente, anche se comporta più complicazioni, che a volte sono stancanti. Le persone stolte vivono una realtà piana, in cui contestualizzano emozioni uniformi. Chi è intelligente, almeno secondo me, non si accontenta, deve andare oltre, deve osservare in modo, non saprei come dire, pluridimensionale. Credo sia per questo che il tuo non so chi *spesso si innervosisce, lo capisco, lui si ritrova solo nella sua intelligenza: la sua unica compagna sei tu e tu hai paura di lui. Forse dovresti ascoltarlo con meno pressione, serenamente. So che sembro arrogante a dirmi intelligente, non vorrei che tu lo pensassi. Dopotutto chi sono io per dire cos'è l'intelligenza? Pensa che neanche gli studiosi sono in grado di definirla. Alla fine questo essere è così diversamente plasmabile, così assoggettato all'individuo a cui appartiene. Probabilmente la mia intelligenza è semplicemente la più congrua a me, e le persone che io reputo stolte, ne posseggono soltanto un tipo differente. È adatto a me questo mutare, questo vedere i colori mescolati, questo notare le sfumature. Non so se riesci a capire. È come se non fossi capace di vedere l'immagine, senza tutto il resto che è intorno, tutto il suo relazionarsi con le altre immagini. Ti capita mai di stare al sole, vedere tanta gente divertirsi e giocare ed essere felice, ma allo stesso tempo rimanere male proprio per quella felicità? Osservare un tramonto, un'alba, leggere un libro, guardare un bambino o un vecchio, sentire una canzone o camminare per strada e, proprio nel riconoscere la bellezza in queste cose, avere una stretta al cuore? Ecco, prendiamo in esempio le bolle di sapone, mi sono sempre piaciute tantissimo e il fatto che tu le abbia menzionate ha risvegliato appunto quella sensazione di malinconia di cui ti parlo. Mi ricordo quando insieme a papà, nelle domeniche di sole, andavo in giro per il centro e nei vicoli sporchi, nelle piazze affollate, incontravo gli artisti di strada: chi cantava, chi restava immobile, chi dipingeva, chi faceva salti mortali. Poi c'era un signore, sempre circondato da tanti bimbi, che intingeva una corda in una grande tinozza d'acqua e, tirandola fuori e facendola roteare in aria, ne faceva uscire enormi, sinuose e fluttuanti bolle di sapone. La cosa che mi piaceva di più era intravedere i riflessi colorati, che apparivano e scomparivano, mostrando le facciate delle case distorte. Papà mi dava una monetina, che andavo timorosamente a mettere nel cappello del signore. Eppure anche in quei casi me ne andavo sempre con un po' di tristezza, guardando le bolle allontanarsi e rimpicciolirsi, come un palloncino che ti è scivolato dalle dita e vola via, ma senza portarti con sé. Ora che sono in balcone a parlarti e guardo le persone come fossero bolle, mi accorgo che non hanno quei riflessi colorati che mi piacciono tanto. D'altronde il cielo è nuvoloso e senza luce l'effetto non avviene. Mi piacerebbe avere un balcone come il tuo, che si affaccia sul vialetto d'ingresso, mi divertirei a inventare una storia dietro al passare dei vicini. Il balcone di casa mia si affaccia su una strada abbastanza trafficata. Le volte in cui mi metto lì a pensare, mi incanto a fissare un punto sul marciapiede di sotto. Mi pare di distinguerlo anche a diversi metri d'al-*

tezza. Penso a quante persone vi abbiano messo il piede, esattamente in quel punto. Mi chiedo in che stato d'animo lo abbiano fatto, magari qualcuno era molto triste o molto felice, magari non sapeva da che parte andare o esattamente lì ha deciso di svoltare, magari gli è sembrato per un attimo di vedere una farfalla svolazzare accanto a lui. Magari in quel punto, c'è stato un secondo d'interruzione nel corso dei suoi pensieri, e non aveva assolutamente nulla per la testa. Immagino una persona che, passando, pensava alla stessa identica cosa, che in un punto diverso della terra, per caso qualcun altro stava pensando. Come se quei due punti, dove stavano mettendo piede, fossero collegati. Penso anche a tutte le persone che, nonostante passino per quella strada tutti i giorni, da anni, non l'abbiano mai calpestato, quel punto. Vedo quel punto e capisco come sia il punto d'intersezione di tantissime rette, infinite rette, molte più di quanti siamo noi. E riflettendoci, non siamo poi così tanti. Ci pensi mai che un giorno, neanche troppo lontano, nessuna delle persone che vi erano quando un tipo qualunque ha calpestato quel punto, esisterà più? Riesci a vederci da lontano su un pianeta, che vaga in uno spazio talmente gigantesco e vuoto, così inspiegabilmente tutto e nulla? Se ci provo mi viene paura, non saprei dirti perché. Allora mi rendo conto di quanto siamo vicini e mi pare impossibile che io e te non ci siamo mai incontrati. Quante volte al Saffo ci saremo passati accanto, accidentalmente guardati per le scale, per i corridoi, durante le assemblee, per poi? E chi lo avrebbe mai detto che un giorno saremmo finiti a mandarci lettere? In che modo stravagante le nostre vite vengono indirizzate dalle vite degli altri.

Quindi questa lettera sta spostando la mia vita, forse in maniera meno diretta, ma più efficace che se ti incontrassi dal vivo. Personalmente è un evento che non affretto e mi sono sentito molto rincuorato quando hai detto al professore che non avevi intenzione di vedermi. Io preferisco che ci scriviamo delle lettere. È più divertente, più misterioso, più romanzesco (almeno potrai raccontare una storia alla piccola te prima di andare a dormire). È così inaspettato l'arrivo di una lettera. Sembrano provenire da un mondo parallelo.

A presto,
chiamami Teo

Ora tengo il foglio con entrambe le mani. Le dita lentamente si estendono sulla pagina mentre gli occhi scorrono le parole. Sfioro la carta ruvida in un gesto di sincero affetto, inizio ad amare quel foglio e quasi senza accorgermene lo accarezzo. Come a sentire sulla pelle le parole, toccarle per dir loro: io vi conosco. Con la stessa mano leggera con cui si spolvera una foto d'infanzia ritrovata per caso. Pensando alle bolle di sapone, alle coincidenze e a quando siamo bambini, incomincio a scrivere:

Caro Teo,
mi piace quest'idea di inventare una nuova parola. Io vado sempre alla ricerca di nuovi significati e mi piacerebbe per una volta crearlo io un significato piuttosto che catturarlo. Dobbiamo scegliere qualcosa da definire, ce ne sarebbero tantissime di cose. Per esempio, il panico che si prova nel-

l'immaginarci da lontano. Credimi, è lo stesso per me. Ogni volta che lo faccio, mi vedo microscopica, attaccata per miracolo a un'enorme sfera che, appesa a un filo senza inizio, si muove in uno spazio così buio, che essa stessa sembra temerlo. Poi però ho la sensazione che l'enorme sfera inizi a oscillare, al punto che da un momento all'altro il filo potrebbe spezzarsi. Non mi piace questa sensazione e, quando mi coglie, mi obbligo a pensare ad altro, ripetendomi in testa la prima cosa che mi passa per la mente finché il pensiero cattivo non viene schiacciato. Ci vorrebbe proprio una parola, forse lo renderebbe meno terrificante, o almeno darebbe il senso di poterlo restringere a chi la usa. Però esiste una parola per descrivere ciò che provi quando vedi le cose belle. È una parola a cui sono molto affezionata. Mono no aware, *in giapponese, indica una forte partecipazione emotiva nei confronti della bellezza della natura e della vita umana, che provoca una sensazione nostalgica legata al suo incessante mutamento. A me capita sempre. E mi chiedo se questa cosa mi permetterà mai di essere davvero felice. Sono chiazze dolceamare nella noia. E non preoccuparti quando dici di essere intelligente. Anche io lo penso, e mi sento completamente superiore agli altri. Penso di essere molto più intelligente di loro, però credo che tu abbia ragione. Forse non è stoltezza, è solo capacità di domare l'intelligenza, il che può risultare molto utile. In realtà credo che la maggior parte delle persone si senta più intelligente, altrimenti non esisterebbero tutti i conflitti che ci sono e neanche i grandi successi. È una cosa normale e io credo sia giusto così. Mi piacerebbe parlare alla me di altri mondi, io vorrei fare tantissime cose nella vita.*

Sai, mi angoscia che sia così breve, che siamo solo un debole riflesso nel nulla più assoluto e dimenticato. Vorrei essere un riflesso così forte da rimanere impresso, almeno per un po'. Da poco ho scoperto di voler fare l'attrice, ma vorrei anche fare il medico, magari scrivere dei libri. Mi piacerebbe fare l'insegnante, ma una di quelle che rivoluziona la storia. Mi piacerebbe girare un film tratto dal libro che ho scritto, o comunque scriverne tanti di film oltre che recitarvi. Vorrei avere un amore meraviglioso. Emozionante, con una persona che amo tantissimo. Quel genere di amore come il mito di Filemone e Bauci che chiedono di morire insieme e Zeus li trasforma in un salice e un tiglio, uniti per il tronco. Recentemente ho visto un film così dolce che ho continuato a pensarci e ho pensato che la mia vita non ha questa dolcezza, che non sto facendo niente di giusto, niente di bello. Credo di essere stata triste e ti confido che è per questo che sono finita dal professor Vatti, non per il progetto di psicologia. Ma vedi, non capisco, se qualcuno è stato in grado di scriverle, di raccontarle, di farci film, queste storie devono pur esistere. Non credi? Non possono essere frutto di fantasia, perché la nostra fantasia non nasce da sé, è in continuo rapporto con la realtà. Sono due mondi paralleli, come diresti tu. E il loro sviluppo è lo stesso. Perché abbiamo tutti la stessa codificazione in grandezze, in comportamenti resi in scala. Noi uomini ci comportiamo esattamente come un universo. E credo che dentro di noi ce ne siano infiniti altri. Sono così simili e dipendenti che veramente non mi spiego perché di storie così se ne sente parlare solo nei racconti. Cos'ha l'uomo che gli fa vivere tra ricerca e negazione dell'amore? È come se fos-

simo destinati a non accontentarci mai e questa è una prospettiva terribile. Sai, ecco perché vorrei fare l'attrice, ecco perché vorrei scrivere un libro, ecco perché vorrei insegnare. Per iniziare una battaglia senza morti contro l'universo. Perché così potrei vagare tra i suoi mondi paralleli senza il suo permesso. E forse in uno di questi mondi troverò quello dell'immortalità. Scusami se ti faccio questi discorsi, ma secondo me tu capisci. Teo, sono contenta di essere stata triste, altrimenti non ti avrei conosciuto. Ogni tanto cerco di immaginarti, vago per la scuola guardando attentamente tutti quelli che mi passano davanti e sono certa di averti già incontrato. Sono certa che un giorno scopriremo chi siamo e ci metteremo a ridere. Però, Teo, anche se dovessimo scoprire chi siamo, continuiamo a mandarci le lettere. Mi sembra di essere tornata indietro, ai tempi della piccola me, quando con il non so chi *facevamo lunghissime chiacchierate e prendevamo il tè con le bambole. Teo, mi sento calma, le farfalle si posano su di me.*

A presto, Emma

Finito di scrivere e riposta la penna sul tavolo, mi perdo a immaginare farfalle e bolle. Mi concentro sul pavimento, con la bocca semichiusa, come un petalo su un lago, che per la tensione superficiale non viene sommerso, ma riesce a modellare una curva sull'acqua. Le palpebre distese a velare gli occhi. Le sopracciglia vagamente alzate in un arco, il viso rilassato. Sono in questa posizione, nel rettangolo di luce che a quest'ora si disegna accanto alla scrivania, quando sento la porta della camera aprirsi.

Allora l'atmosfera, il tempo, lo spazio, il viso, tutto si contrae all'improvviso. Butto il primo libro che trovo sopra le lettere e mi siedo in modo da coprirle del tutto. Mia madre entra e io la sto già guardando in attesa.

«Marghe, ho una buona notizia» dice lei calma.

«Il teatro?» domando speranzosa.

«Sì! Ha detto che puoi andare a fare una prova venerdì» e sorride.

A mente calcolo i giorni: quattro.

«Davvero?».

«Sì! Dovrebbero esserci tutti ragazzi della tua età».

«Bene».

«Non sei contenta?».

Annuisco. La mia mente, elaborata l'informazione, è andata a dirlo al *non so chi*, che ora prende a chiacchierare con interesse, a prefigurarsi accanto a me durante un'intervista, quando dirò orgogliosa: Sì, partì tutto dal giorno in cui mia madre venne in camera mia.

Mamma si avvicina.

«Marghe, è un'associazione di nicchia, insomma… non ti aspettare…».

«Sì, sì, lo so!» dico interrompendola, più per non sentirla. Mia madre non capisce che io voglio diventare un'attrice, o forse sì e non ci crede.

Poi è di nuovo notte e tutti tacciono e solo io sono sveglia, sono di nuovo un minuscolo puntino nel buio, sono di nuovo un riflesso.

L'universo

Un boato di gioia esplode nell'aula quando la grassa bidella dalla voce profonda e catarrosa annuncia l'assenza della professoressa Carelli. I ragazzi, dai più studiosi ai meno, saltano gli uni addosso agli altri, battono le mani sulle pareti ed esultano sollevati. La tensione delle ore di scuola cede per sessanta minuti. La confusione non si placa nemmeno all'ingresso di una supplente e anzi cresce quando la riconosciamo.

Si chiama Minerva Posta ed è una professoressa di Matematica, che insegna nella sezione F.

Dai racconti dei nostri amici e dalla nostra esperienza, abbiamo capito che è un personaggio assai bizzarro e stralunato, ma in fondo docile. Con la sua approvazione, è stata soprannominata La Mimmi, nomignolo preso dal suo blog di giardinaggio, Gli amici della Mimmi.

Quando gli studenti lo hanno scoperto, ha creato molto scalpore. È conosciuta per le stramberie con cui intrattiene le classi durante le sue lezioni e per l'inclinazione, le poche volte in cui invece fissa delle verifiche, ad appisolarsi dietro la cattedra non prestando attenzione ai bisbigli e ai bigliettini passati, così che i suoi alunni finiscono per avere tutti risultati eccellenti.

È il genere di supplente che le classi con ore di buco sperano di veder varcare la soglia.

Entra con appresso la sua valigia rossa nella quale tiene i libri, una scatola di cartone verde sottobraccio, un foulard dai colori vivaci avvoltolato in testa. Appoggia le varie borse sulla cattedra, mentre sopraggiungono risatine sommesse e «Buongiorno prof» particolarmente enfatizzati, a cui lei risponde allargando in un gran sorriso le labbra gonfiate.

La professoressa mostra la sua scatola verde, innalzandola davanti agli alunni come una coppa.

La pioggia ticchetta con regolarità sulle finestre dell'aula. Estranea cade a fiotti, ma il crepitio generato, a chi non presta ascolto, rimane una quieta presenza sotto il chiasso dei ragazzi. Di tanto in tanto il temporale interviene con un brontolio sommesso, che si tramuta in un accesso di collera se la gente continua a disinteressarsene. Osservo le goccioline che si rincorrono sul vetro, giocando ad arrivare prime sul davanzale. Fuori, il palazzo con il portico a ridosso della scuola, offuscato e incupito, pare ingrandito. La luce gialla nella classe proviene solo dalle grandi lampade rettangolari sul soffitto.

Sovrappensiero, fantastico su Teo.

Mi chiedo cosa abbia scritto nella lettera di risposta, senza ascoltare la discussione fra quella stramba professoressa e i miei compagni. Capita qualche volta che alzi lo sguardo e, intenzionata a recarmi nell'auletta numero 6, faccio per sollevare la mano e chiedere il permesso per andare al bagno. Ma la confusione è tale che la mia voce non giunge prima che cambi idea, convincendomi che sarebbe più prudente agire a ricreazione.

D'un tratto il ticchettio delle gocce si fa più tagliente, e il crepitio della pioggia assordante. Perplessa mi guardo intorno, per capire dalle espressioni degli altri se anche loro hanno notato il cambio d'intensità. Ma i loro volti sono chini a scrivere, a eccezione di qualcuno che scruta il nulla con fare meditabondo. Nella classe si è d'un tratto creata una silenziosa concentrazione, e questo spiega perché la pioggia ha prevalso. Do una gomitata a Luna, che mi siede accanto, e le chiedo cosa stanno facendo.

«Devi scrivere un numero da uno a venti che ti rappresenta» dice mentre piega il suo foglietto con scritto 5. Vedendo La Mimmi che scorre tra i banchi, raccogliendo i bigliettini nella sua scatola verde pisello, non domando altro e mi affretto a scrivere il primo numero che mi viene in mente: 8.

«Bene, ragazzi» tuona lei quando ha completato il giro, «secondo lo studio di cui abbiamo parlato prima, ogni numero manifesta una personalità… quindi dai numeri che avete scritto proveremo con un calcolo matematico a decifrare quale sia il carattere generale della classe. Un rapporto fra tutte le personalità emerse…».

«Scusi prof, ma lei si porta sempre dietro la scatola per fare questo giochetto?» la interrompe con ironia Pietro.

«Tesoro, è la prima volta che faccio questo esperimento. L'ho letto su Internet ieri sera e volevo provarlo» ribatte lei seria. «Comunque sì, me la porto dietro per altre attività, anche se credo proprio che debba liberarmene. Ho l'impressione che mi porti sfiga… guarda un po': oggi piove! E se volete saperla tutta stamattina al bar era rotta la centrifuga!».

Nella classe erompono diverse risatine e commenti sardonici, a cui lei, irritata, pone fine con un pugno sulla cattedra, esclamando: «Smettetela, voglio vedere se alla mia età disdegnerete un centrifugato di menta, finocchio e zenzero… assolutamente rivitalizzante! E poi non sottovalutate la sfiga, io pur insegnando Matematica ci credo moltissimo… anzi ci credo proprio per questo. Potrei spiegarvi il destino in termini algebrici!».

L'ora termina esilarante senza che i calcoli matematici rivelino alcun carattere generale. La Mimmi esce dalla classe furiosa per gli affronti subiti e viene sostituita dal barboso insegnante di Scienze, il quale, seppur dia l'idea di essere sempre annoiato da tutto, squadra incuriosito quella buffa professoressa e i suoi bagagli.

Stavolta il *non so chi* mi tiene impegnata con le sue pretenziose congetture sul futuro che, dal giorno in cui mamma mi ha comunicato del teatro, sembrano appassionarlo, e in particolar modo oggi che farò la prima lezione. Tutto questo suo chiacchiericcio mi agita e una leggera ansia per l'incontro già indurisce il mio animo. Nel giro di poco tempo, ho visto il film, ho parlato con Teo e sto per iniziare la mia vita di attrice e mi chiedo se non sia troppo. Se possa veramente essere io la persona al centro di questi avvenimenti.

Ci rimugino sopra per il resto della lezione, con la sensazione che ogni cruccio sarà smaltito, o quantomeno indebolito, alla vista della calligrafia di Teo. Per questo, quando più tardi scendo di corsa le scale con una lettera nascosta sotto la felpa e coperta da una mano, come se il temporale potesse sopraggiungere anche al chiuso a sciupare la sua carta, mi sento piuttosto rinfrancata. Anziché angustiarmi su quel che va o non va fatto, con lei custodisco anche la possibilità di leggere, leggere e nient'altro.

«Buongiorno, prof» saluto allegramente, imbattendomi nella professoressa Posta, la supplente.

«Mica tanto! In questa scuola non si può più stare sicuri!» brontola lei e, senza degnarmi di uno sguardo, prosegue velocemente con la valigia e il foulard nei capelli che le svolazza dietro rabbioso.

Perplessa, la osservo allontanarsi, ma non soppeso a lungo la cosa, tanto che, pochi minuti dopo, ho raggiunto le mie amiche fuori scuola già dimentica dell'incontro. Infatti, da quando ho tastato, per sentirne lo spessore, la busta bianca con su scritto "Per Emma", i pensieri si sono sfoltiti.

L'unica immagine a occupare la mia mente, fin quando non arrivo a casa, è la lettera sotto la felpa. Sebbene abbia smesso di piovere, una coltre uggiosa impedisce al sole di disegnare rettangoli luminosi sul pavimento. Mi butto su una poltrona. Un sospiro emozionato si mescola al rumore della carta mentre questa viene spiegata:

Emma,
ho sempre desiderato conoscere una persona che mi portasse via per andare a ridere. Una persona che rispondesse alla mia prima lettera, quella destinata a lei. Forse sei tu. È una cosa che non ho mai detto, una di quelle immagini che saltano alla mente spontanee, che ci sono sempre come sfondo, senza bisogno di rifletterci, quando ci si perde a fantasticare sul futuro. Anche se poche sono le volte felici in cui non lo evito accuratamente. Io temo il futuro e ti invidio. Tu sai già che vuoi fare tante cose. Io non so nulla e ho paura che rimanga così. Solo un'ipotesi vuota. Che rimanga così quando lo vivrò e quando lo sorpasserò. Una volta mi hanno chiesto: «Se potessi scegliere tra cambiare il tuo passato o vedere nel tuo futuro, cosa faresti?». Io ho risposto cambiare il passato, pure se poi, nonostante la possibilità, non avrei cambiato niente, perché a me piace così. Ma vedere nel futuro sarebbe agghiacciante, anche se dovesse essere bello. Poi, quando lo andresti a vivere, non avresti più quel brivido della sorpresa. Io vorrei sempre essere sorpreso. Piacerebbe, non so, scrivere un libro anche a me, suonare in un gruppo rock, magari fare il calciatore o essere un grandissimo scienziato. Sì, mi piacerebbe prendere un premio Nobel per la chimica. Ma sono idee, non sono deci-

so come te. Tu che invece lo sei devi proprio fare l'attrice, ma non per sconfiggere l'universo. Pensa piuttosto che l'universo vuole che lo fai. Prova a pensare che è lui che ha deciso di farti vedere quel film, di essere triste, di andare da Vatti, di rispondere a una lettera, e di scriverti con uno sconosciuto. Pensa che è lui che ti ha fatto capire di voler diventare un'attrice. È lui che, stringendo la gabbia in cui è obbligato a tenerti, voleva farti scovare un modo per uscirne. Voleva farti rendere conto di tutte le cose che vuoi, che devi fare. Quindi vai, fai l'attrice, scrivi un libro, salva la gente e istruiscila. Lo so perché, se non ti avessi risposto alla prima lettera, e ti assicuro che ci ho pensato molto prima di farlo, se non avessi dato retta al suo suggerimento, ora non mi sentirei così ispirato, mentre ti scrivo queste parole e osservo silenziosamente la farfalla posata sul mio braccio. Secondo me quella farfalla sei tu, perché è uscita dalla tua lettera.

Con affetto, Teo

Decido di non rispondergli subito, non ho la mente abbastanza tranquilla: gli racconterò tutto dopo, una volta tornata dalla lezione di teatro.

Guardo l'orologio: segna le 14.09, sono le 14.03. Per raggiungere il posto, calcolo, devo uscire nel giro di due ore e sei minuti, per assicurarmene sei di anticipo. L'idea mi chiude lo stomaco, la scheggia di unghia tra i polpastrelli si piega a metà. Forse non dovrei farlo, mi dico. Ma in quel momento una folata di vento entra dalla finestra, spalancandola con un tonfo. Un enorme numero di molecole di gas mi si gettano addosso. Chi le ha spinte?

Come quelle particelle di gas si agitano, così alcune lettere nella mia testa si mescolano per trovare l'ordine corretto e formare la frase: io credo nell'universo. Mi viene in mente questo pensiero folle: forse è stato l'universo, venuto a dirmi qualcosa o forse soltanto ad accarezzarmi, a salutarmi. Allora mi volto verso la finestra aperta. Non vedo le inferriate bianche, né le cime degli alberi fuori che sembrano acclamare il cielo, che le nuvole grigie, stracciate dalla pioggia, hanno in parte scoperto. Vedo qualcosa il cui riflesso allegro per un attimo si mostra sul mio volto. «Ciao», dico sottovoce. Non importa se quella parola non si sente nella stanza, né in casa e nel palazzo. Perché io l'ho detto, un semplice e banalissimo ciao. Basta che lo sappiamo io e quel soffio portato dal vento, il quale a sua volta mi saluta e poi corre via tra i tetti delle case.

Il teatro

Il teatro si trova all'inizio di uno stretto vicolo, lo riconosco da un'insegna rossa su cui è scritto a grandi lettere L'angolo.

Davanti alla porticina d'ingresso mi blocco in preda all'indecisione. Inizio a guardarmi attorno con occhi spalancati, temendo e sperando allo stesso tempo che qualcuno passi e mi convinca a entrare. Un mucchio di particelle frementi intorpidisce il mio corpo, tanto che riesco a sentire il sangue, d'un tratto come aumentato di volume, muoversi fastidiosamente nelle vene.

Prendo dalla tasca una caramella alla menta e mi accorgo di avere le mani sudate, che incespicano solo a levare la carta. Ma come mi è venuto in mente? Che cosa mi aspetto? Di entrare da quella porticina e trovare la mia passione, quella che impegnerà la mia vita?

Di diventare subito un'attrice, forse. Ma che cosa ci faccio qui? Sono troppo riservata, troppo insicura. Se non si è fatti per una cosa, è inutile provarci. Nervosamente mi asciugo gli occhi e mi specchio alla finestra per controllare il trucco. Ho un viso del tutto inespressivo, solo una minuscola ruga sul sopracciglio tradisce la mia agitazione.

Piantala, esistono mali peggiori, mi dico.

Prendo fiato e in apnea varco la soglia, come quando ci si immerge in piscina. Entro in una saletta accogliente: appoggiato a una parete c'è un tavolo pieno di carte e un pacco di noccioline aperto, nessuno vi è seduto. Credo, non senza un po' di sollievo, di aver sbagliato orario e mi volto per andarmene. Finisco in faccia a una ragazza con la frangetta che è entrata subito dopo di me. Mi saluta e con voce bassa ricambio il ciao.

«Sei nuova?».

Annuisco, incapace di proferire parola.

Durante tutto il tragitto verso il teatro, ho fatto finta di parlare al telefono per esercitarmi a recitare. Ho provato a simulare la sorpresa, la curiosità, la rabbia, addirittura l'indifferenza. E proprio ora, che non devo ancora calarmi in una parte, non sono capace di dire un sì. La ragazza mi prende per mano sorridendo e dice «Vieni di là». La sua mano è fredda e le sue dita schiacciano le mie, ma mi lascio trascinare, impassibile.

La seguo in un corridoio tappezzato di fotografie e locandine di film e spettacoli. Parecchie foto ritraggono una donna con lunghi riccioli bruni. Dai colori sbiaditi e dall'abbigliamento di lei, intuisco che sono state scattate tempo fa, negli anni Novanta o giù di lì. La donna è affascinante, in ogni foto trasmette spontaneità e decisione. Sorride quasi sempre e raramente fissa l'obiettivo. Le altre foto raffigurano volti di ogni età e in alcune riconosco anche due o tre attori famosi, che stringono la mano a qualcuno o posano insieme a un gruppo di giovani. Giunta alla fine del corridoio, con gli occhi ancora sulle fotografie, mi sento confortata. Mi viene un forte desiderio di apparire anche io, un giorno, su quella bacheca. Di essere raffigurata anche io così luminosa ed energica, così diversa dalla ragazza spaesata e nervosa che ha appena percorso il corridoio. Questa prospettiva allevia l'agitazione che fino a questo momento mi ha accompagnata. La luce si attenua ed entriamo in una sala molto più grande della prima, per lo più occupata da poltroncine. In prima fila, proprio sotto al palco, è seduta una signora, che al nostro ingresso sventola la mano sorridendo.

«Beatrice, cara, come stai?» dice abbracciando la ragazza che mi ha portata lì. Poi si rivolge a me, con un viso così tenero che d'istinto le sorrido: «Margherita, giusto?».

Assomiglia alla donna delle foto, uguali sono le labbra carnose, i capelli ricci e persino il neo sullo zigomo destro. Solo i lineamenti aspri e gli occhi più ravvicinati la distinguono.

Poco dopo, ancora prima che irrompano tutti insieme nella stanza, sento le chiacchiere di altri ragazzi che arrivano. In poco tempo si forma un gruppo sostanzioso e non tardo a individuare qualche viso già incontrato a scuola: Tommaso, il migliore amico di quel Giulio, e Antonella, la ragazza coi capelli rossi che avevo visto dal professor Vatti. Fatte le dovute presentazioni, la signora, che dai saluti di tutti ho scoperto chiamarsi Francesca, ci divide in due gruppi. Finisco con Beatrice e questo mi solleva. Gli altri componenti del gruppo si chiamano Mattia, Giorgio, Maddalena e Agnese. Giorgio, che ha degli occhiali tondi e i capelli rasati di lato secondo la moda, continua a dare dei pizzicotti sui fianchi a Maddalena, che con il suo corpicino sottile si contorce e lancia urletti. Davanti a questa scena, un sorrisetto malizioso inarca le labbra di Agnese, che lancia un'occhiata allusiva a Beatrice. Beatrice, da parte sua, alza gli occhi al cielo, e sbotta: «Ragazzi per favore, bisogna decidere l'improvvisazione».

Mi spiegano che si deve scegliere un contesto, assegnare a ognuno un personaggio inventato e poi improvvisare. Questo verbo mi manda in crisi e alimenta l'ansia che mi divora, quindi inizio a prepararmi in anticipo delle battute per qualsiasi proposta verrà fatta. Alla fine concludiamo che ci troveremo in un supermercato. Agnese farà una signora anziana chiacchierona, Beatrice la commessa rozza e maleducata, opposta alla commessa gentile e un po' svampita scelta da Maddalena. Giorgio interpreterà il gestore del supermercato venuto in ispezione e io e Mattia una coppia in continuo disaccordo sulla spesa da fare. Mattia inizia a darmi tutta una serie di dritte per recitare bene, sto già iniziando a preoccuparmi di non essere in grado, quando incrocio lo sguardo di Beatrice, che scuote la testa in direzione del mio compagno e mi sussurra: «Lascialo stare, vai tranquilla». Poi mi dà una pacca incoraggiante sulla spalla e mi fa cenno di salire dietro le quinte. L'altro gruppo si dispone seduto in prima fila, mentre Francesca rimane in piedi vicino al palco per osservarci.

Subito Mattia entra in scena chiamandomi a gran voce, io lo seguo con il cuore che batte. Mentre lui parla, rimango muta, con le mani giunte e i piedi incrociati, cercando maldestra di occupare meno spazio possibile. Mattia tace e mi guarda aspettando una risposta.

«Ora o mai più» mi suggerisce una vocina familiare.

Comincio con un po' di esitazione, ma di lì a poco battibecchiamo spigliatamente. Anche se a ogni pausa tutte le incertezze si riversano di nuovo sul mio cuore, mi sorprendo di come, al contrario, spariscono mentre parlo. Scopro che improvvisare può essere molto semplice, se non naturale. A un certo punto mi pare anche di sentire qualche risolino, ma non osando ancora guardare il pubblico, non riesco a capire da chi proviene. Poi Maddalena e Beatrice entrano in scena e noi torniamo alle nostre postazioni dietro le quinte. Nascosta dietro agli alti pannelli neri, ripercorro tutte le mie battute con un senso di fierezza crescente e concludo pensando: è stato divertente.

Quando il tempo a nostra disposizione termina e lasciamo il posto all'altro gruppo, Francesca mi chiama per farmi i complimenti e darmi alcuni consigli sulla voce e sullo spazio, e gli occhi interessati con cui lo fa fanno crescere la mia soddisfazione.

Il secondo gruppo mette in scena una lezione di Chimica, con alunni di ogni genere e una professoressa esasperata. Tommaso interpreta lo scansafatiche della situazione. Lo osservo immedesimarsi nel ruolo, vagamente perplessa e sorpresa di vederlo recitare. Un'altra ragazza è parecchio brava nei panni di un'egocentrica reginetta e chiedo timidamente a Federica come si chiama. «Lucia», mi dice lei.

Dopo l'improvvisazione dobbiamo disperderci nella sala, chi va tra le file, chi sta in piedi sulle poltroncine, chi di spalle sul palco. Francesca dice frasi come: «Immaginate di camminare in bilico su una corda».

Vedo Beatrice traballare sui piedi con sguardo terrorizzato, tanto assorta che mi fa sorridere.

«Immaginate di incontrare una persona che conoscete, ma poi rendervi conto di esservi sbagliati» e a quel punto la sala è piena di gente in movimento, le persone si incontrano e poi come poli opposti di calamite si allontanano imbarazzate. Questa cosa mi risulta piuttosto facile, dopotutto per me loro sono degli sconosciuti. Eppure, serve a dimostrare a me stessa che sono capace e la convinzione con cui tutti si esibiscono in questi ruoli mi fa completamente dimenticare la timidezza.

«Immaginate di annoiarvi», «Immaginate di essere colti da un temporale», «Immaginate di trovarvi in una bolla di sapone».

I ragazzi iniziano a vagare con le mani su una parete immaginaria, cercando di imitare la leggerezza di una bolla e facendo attenzione a non avvicinarsi troppo gli uni agli altri per non scoppiare.

Passano circa venti minuti e quando mi trovo di nuovo seduta su una poltroncina, a riprendere fiato dopo l'ultimo «Immaginate di essere una palla da basket», mi viene da ridere. Ho fatto cose banali, probabilmente ridicole, ma non mi era mai capitato di fare, di creare, di giocare tanto con la mia mente e il mio corpo, non ho mai sentito una tale armonia fra loro. L'una il colore e l'altro il pennello, e nella tela io posso dipingere solo con il mio essere lì.

Finita l'attività torna l'imbarazzo e il disagio di trovarmi con altra gente. Quando fingo è più facile stare tra loro, ma non avendo ora alcun ruolo da interpretare dovrei fare me stessa e non ho idea di come iniziare. Tommaso, con quei suoi capelli dal colore impreciso, si avvicina e mi fa: «Ciao Marghe. Come sei finita qui?».

Alla domanda seguono una serie di balbettii confusi: «Be', credo, boh penso… Cioè mi annoiavo, volevo provare qualcosa di nuovo». Poi, cercando di cambiare discorso, chiedo a mia volta: «E tu da quanto tempo fai… questo?».

«Un po' di tempo fa, ma… credo che lascerò».

«Be' però te la cavi a improvvisare».

«Mah! In realtà sono venuto per Antonella… Non so se la conosci, è mia cugina» e indica la ragazza dai capelli rossi.

«È tua cugina?!» chiedo con stupore.

«Proprio lei, sì. Insisteva tantissimo e alla fine mi ha costretto...».

Il patetico tentativo di Tommaso di giustificarsi per essere lì mi infastidisce e, con la scusa di dover parlare con Francesca, mi allontano. La vedo uscire dalla sala e subito si formano vari gruppetti. Beatrice ride con Lucia. Giorgio e Maddalena si sono appartati in un angolo con fare misterioso. Mi avvicino ad Agnese, che è con Antonella e due ragazzi di nome Lorenzo e Ginevra. Rimango ad ascoltare il discorso senza partecipare, finché ritorna Francesca e il chiacchiericcio generale si ferma.

«Mettiamoci seduti in cerchio, ragazzi. Oggi non proviamo il copione».

Beatrice esclama: «Il gioco delle domande!».

Dobbiamo passarci di mano in mano una piccola pallina antistress. Chi ce l'ha in mano fa una domanda a cui ognuno a giro deve rispondere. La prima è Ginevra, che chiede: «Se foste un colore, quale sareste?».

Beatrice è arancione, Agnese smeraldo, Mattia blu, Giorgio giallo, Antonella lilla, Maddalena rosso, Lorenzo porpora, io dico turchese.

Poi è il turno di Beatrice: «In che epoca avreste voluto vivere?».

E di nuovo negli anni Ottanta, negli anni Venti, nell'Ottocento, ai tempi di Salomone, negli anni Cinquanta, nel futuro.

Agnese chiede: «Che animale vorreste essere?».

Un canguro, un'aquila, un pesce dei fondali, un koala, un cavallo, una tigre, io rispondo una giraffa. Mi piacciono le giraffe, le ho sempre immaginate come degli animali magici. Il genere di animale che può nascere solo dalla fantasia di un bambino, con il collo lungo lungo, la lingua blu e gli occhi dalle ciglia pronunciate. Vorrei anche io essere così alta e vedere tutta la terra.

Poi tocca a Tommaso: «E se foste un albero?».

Lucia un abete, una ragazza di nome Sara dice un ulivo, Mattia una quercia, Giorgio un tiglio, Beatrice un glicine, Agnese un ciliegio.

La domanda successiva è di Giorgio: «Un posto in cui vi piacerebbe andare?».

La Norvegia, Parigi, New York, Creta, l'Australia, il Marocco, le Ande, l'Africa centrale, il Tibet.

Un ragazzo di nome Luca dice: «Qual è la cosa che vi fa paura?».

A questa domanda i volti sognanti si incupiscono, molti abbassano il capo, alcuni annuiscono serrando le labbra e nessuno riflette sulla risposta. Tutti conosciamo la nostra paura, senza bisogno di andare a cercarla. Ogni forma d'abbandono, di solitudine, di impotenza e sottomissione, ogni forma d'assenza, ogni forma di morte. Mi stupisco scoprendo quante persone temono la morte, quante persone pronunciano quella parola con tono di rassegnazione, di oscura consapevolezza. Mi impressiona rendermi conto di quanto radicata, primordiale è questa paura. Per quale motivo la natura ci ha creati con il terrore del nostro destino?

Alla fine è il mio turno e la domanda, che sin dall'inizio del gioco mi sforzo di formulare, giunge inaspettatamente nel momento stesso in cui apro la bocca: «Una parola che vi piace particolarmente?».

Qualcuno corruga la fronte e assume un'espressione pensierosa, Ginevra mi dice: «Non ho mai pensato alle parole in questo senso».

Risponde per prima Agnese che dice ciao, poi Sara casa, Giorgio dice bene, Maddalena volare, Lucia viaggio, Beatrice amore, Mattia felicità, Tommaso dice universo e io rispondo quadro.

Così facendo trascorre un'altra ora, quando d'un tratto Francesca, controllando l'orologio da polso, sobbalza e dice: «Ragazzi è ora di andare!».

Prima di congedarmi, la ringrazio calorosamente, saluto con due baci Beatrice e Agnese e con un cenno gli altri. Quindi mi incammino di fretta verso casa, impaziente di raccontare a Teo ciò che ho fatto. L'aria mi scompiglia i capelli e porta con sé pensieri freschi. Sto cambiando aria, come le piante grasse.

La scatola verde

Due giorni dopo, sulla soglia dell'auletta numero 6, incontro nuovamente Antonella, come la prima volta che ho portato una lettera.

«Ciao Margherita!» esclama lei vedendomi, e fa fallire il mio tentativo, abbassando il capo, di non essere riconosciuta.

«Ehi! Che ci fai qui? Non avete finito il progetto?» dico mostrando sorpresa.

«Sì, ma continuo a venirci ogni tanto. E tu?».

«E chi te lo fa fare?!» domando evitando di rispondere. Non perché me ne vergogni, ma Teo e le lettere sono una questione segreta e preferisco allontanare sin da subito qualsiasi domanda indiscreta.

«Guarda che molta gente ci viene! Per esempio due mie amiche, Sofia e Anna, loro pure hanno continuato, e addirittura mio cugino, pensa. Il prof è davvero simpatico, ma lo sai anche tu... mi pare sia la seconda volta che ti incontro».

«Eh sì! Ora scusa, devo andare» e la sorpasso velocemente, lasciandomi alle spalle il suo viso lentigginoso contornato dai crespi capelli rossi.

Non appena entro, la voce profonda del professor Vatti mi richiama: «Eccoti Margherita, siediti un secondo, ti devo parlare».

Mi siedo cautamente, allarmata dal tono pacato.

«Come sta andando? Ti sta servendo a qualcosa?».

«Sì, credo di sì» rispondo tranquilla.

«Sei ancora un po' giù?».

«Ogni tanto sì, ma oggi sono... sono contenta» dico e, per qualche motivo, il riferimento al miglioramento di umore mi fa arrossire.

«Bene» commenta lui incrociando le mani. «Non è ora che vi conosciate? Mi piace la cosa dello scrivere ma questo non è un ufficio postale» dice sorridendo. Sebbene abbia delle espressioni parecchio eloquenti, è capace di fare domande senza che la sua opinione venga tradita.

«Ok, però non ancora» rispondo con una certa e improvvisa preoccupazione, volgendo in automatico lo sguardo intorno come se Teo sia nascosto qui da qualche parte.

Lui annuisce, sciogliendo le mani, e sorride mostrando tutti i denti consumati e la barba ispida.

«Allora prendi pure» e indica una scatola color verde pisello sopra lo scaffale delle cartelle. Rimango sbigottita per qualche secondo, mentre cerco di capire perché questa scatola mi risulti familiare. Poi mi ricordo della professoressa Posta, detta La Mimmi, del suo singolare tentativo di individuare la personalità di una classe dalla media dei numeri scelti. Mi volto con cipiglio interrogativo verso il professore.

«Che c'è? Ah, ma certo! La scatola l'ha portata qui… il tuo… insomma Lui… ha detto che potreste lasciarvi le lettere lì, da oggi in poi. Mi ha pregato di dirtelo da parte sua».

Non chiedo altro. La mia mente è troppo impegnata a macinare i dati, cercando di comprendere come la scatola verde possa essere arrivata in mano a Teo. Mi avvicino e con un po' di titubanza sollevo il coperchio, aspettandomi di vederne uscire cose spaventose. Sul fondo verde è depositata una lettera. Non è spaventosa, come potrebbe esserlo? Per un attimo, che pare espandersi, la osservo soltanto, per niente indotta a raccoglierla. Sta così bene al centro del rettangolo verde che sarebbe un peccato rovinare quella composizione. Poi, con un movimento circospetto, la ficco in tasca velocemente, guardandomi dall'esporla alla vista del professor Vatti. Sono cosciente della probabilità che lui l'abbia già vista, ma capisco anche che quella è una lettera strettamente confidenziale e, non avendo alcuna relazione con il professore, qualsiasi contatto con lui sarebbe illegittimo.

Saluto Vatti e torno nel corridoio e, procedendo tra i ragazzini del ginnasio, mi dirigo all'angolo dove è affisso l'orario scolastico. Ho un'improvvisa smania di trovare la professoressa Posta e chiederle a chi ha dato la sua scatola verde, sapendo che mi condurrebbe verso Teo.

Ma, una volta raggiunto il quinto F, dove la prof sta presenziando la ricreazione immersa nella lettura di una rivista di giardinaggio, cambio idea e mi ricompongo. Due ragazze mi salutano, distogliendomi dal recente obiettivo saltato in testa e d'improvviso penso che sia stata un'idea stupida: io non voglio sapere chi è Teo.

Allora, dopo aver scambiato qualche parola con le due, torno giù di corsa per le scale, con una sicurezza che indica chiaramente che, almeno per ora, questa è la via più giusta. Non un sentiero tortuoso, ma una piacevole passeggiata che da una scatola verde passa in un mondo parallelo. È una strada che sembra andare e andare.

Cara Emma (e non so chi*),*
non ci credo che sei andata a teatro! Perché non me l'hai detto prima? Avrei potuto giurarci che ti saresti divertita... Lo so che non dovremmo dirci nulla l'una dell'altro, ma ora che me l'hai detto, ti confido che anche io recito. Dimmi, non è una delle esperienze più originali che si possano fare? Hai presente quando parlavamo di mondi paralleli? Ecco, è come se venissi in contatto con uno qualunque dei me appartenenti a uno di quei mondi, come se lo fossi per un po'. Ed è così stupefacente scoprire quanto poco ci voglia, ancor meno di parlarne, a tuffarsi in uno di questi. È così interessante interpretare parti diverse e proprio nel farlo, proprio nell'essere qualcun altro, notare, dal modo in cui la

parte incontra te stesso, quella differenza che tu apporti, quel dettaglio che rende il personaggio tuo, quel dettaglio che sei tu. Così io mi trovo. E da queste storie, io intesso la mia. Dalle tue parole, per quanto vaghe siano state, ho capito che ti sei divertita tanto. Si vede, perché parli senza riflettere, con frasi brevi, piene, anche se alle volte sconnesse e ripetitive. Significa che non avevi bisogno di scrivere. Di fatto lo scrivere è dei confusi, confusi nel dispiacere. Nella gioia sarebbe illogico fare ordine. Non è forse questa l'accettazione del disordine? Quindi ho accettato il disordine della tua lettera, mi ha messo molto di buon umore. Mentre ti leggevo ho sorriso, immaginando la piccola te che faceva le ruote, come le bambine al parco. Appoggiava le manine sulla terra e si spingeva in aria, mentre la sua gonna si gonfiava e avrebbe potuto portarla via, come un pallone da mongolfiera. Mi è anche parso di sentire il non so chi *incitarla, «Sei bravissima piccola!» e, se la mia vista non sbaglia, dopo si è voltato verso di te e ha annuito con approvazione. Deve essere molto fiero, per qualche motivo lo sono anche io! Cara Emma, credo che, come due attori, anche la nostra storia sia un film appassionante. Penso sul serio che dovrebbero scriverci una commedia. E pensa, magari quando diventerai un'attrice famosa la reciterai proprio tu, la tua parte da protagonista… chissà che effetto ti farà. Ho l'impressione che recitare sia un po' come amare, non credi? Nessuno lo sa fare, ma è nella nostra natura. Bravo è chi si immedesima con più passione, sensibilità. Perché in teatro ha valore solo quello che si prova anche sulla propria pelle. È questo che sfugge: recitare non è imitare, ma imme-*

desimarsi. Non è mostrare, ma interpretare. Non è fingere, ma essere. A volte mi invento interi discorsi ad alta voce. Spesso sono io che parlo a un pubblico di giornalisti esponendo le mie opinioni sul più e sul meno, rispondendo addirittura alle loro domande. Oppure quando mi sento insoddisfatto, mi appoggio al muro, enfatizzando il mio sconforto e pronunciando sottovoce tristi confidenze. Ultimamente faccio finta, davanti allo specchio, di parlare con te, preparandomi il discorso per la prima volta che ti vedrò. Ho pensato che come posso vederti nel vuoto e parlarti a voce, così ti avrei salutata. Mi sono affacciato dalla finestra e sorridendo ho detto «Ciao». Non so come possa averlo fatto, non so neanche perché ti sto dicendo queste cose che potrebbero sembrarti terribilmente strane. Ma è così, e anche se una parte di me sapeva che non avresti potuto vedermi, un'altra diceva che aveva senso ciò che stavo facendo, tanto che ho avuto l'incredibile sensazione che tu mi avessi visto. Emma, vorrei salutarti come si deve in un momento speciale. C'è un momento della giornata che mi incuriosisce, che amo particolarmente. Poco prima del tramonto, quando le ombre si allungano. Le facciate degli edifici e i volti della gente si tingono di giallo e sembrano risplendere di luce propria. Il cielo ancora azzurro è preso da una luce condensata, vivente, con il viso roseo. Il giorno pare una madre, che si affaccia dalla porta a richiamare dolcemente a sé i suoi bambini, i raggi di sole, che in quell'ultimo momento di gioco sfogano tutte le proprie energie. Corrono fra i prati della terra e si guardano attorno meravigliati e si riesce quasi a percepire i loro schiamazzi.

Oggi è lunedì, entro mercoledì dovresti aver ricevuto questa lettera. Ecco, mercoledì esci in balcone ad ammirare quel momento e, puntuale, alle 19.02 salutami. Io farò lo stesso.

Ti aspetto, Teo

Mi sono assopita. Ho ancora *Cuore d'inchiostro*, il romanzo che sto leggendo, aperto sul petto con la lettera di Teo a mo' di segnalibro. La testa mi pesa e sento la saliva colare ai bordi della bocca. Guardo l'orologio che mi ha svegliato, segna le 19.02, sono dunque le 18.56. Dal balcone entra una fievole luce, che rischiara il profilo delle cose e tralascia il resto in ombra.

Esco fuori, respirando a pieni polmoni l'aria fresca che un lontano calore emanato dal sole rende meno tagliente. Come non ho mai notato, le facciate dei palazzi risplendono di un giallo vivace, che sembra direttamente scaturire dal cemento. Posso sentire le risate argentine dei raggi bambini, rimbalzare da casa a casa, portandosi dietro quella famosa musica.

Mentre il mondo in pausa gode di questo minuto, scocca l'ora.

Sollevo il braccio, in un movimento lento, parecchio incerto. L'impressione di apparire sciocca mi frena. Un signore del palazzo potrebbe vedermi. Ma l'azzurro è così azzurro, cosparso di ciuffi bianchi: non posso non accorgermi che in questo momento non c'è nulla di stupido. Quindi sventolo la mano, con nuova sicurezza. Quando il cielo si imporpora, rientro a casa immersa nella calma.

Il pianoforte è ancora delineato dalla luce, i raggi si chiedono che strano aggeggio sia. Mi siedo sul vecchio sgabello e tiro su il coperchio in legno. I tasti sono irrigiditi tanto è il tempo che non vengono premuti. Una per volta, le mie dita prendono a pressarli, talvolta facendosi trasportare dalla forza delle altre, talvolta soffermandosi a riprendere fiato. Veloci si arrampicano e la melodia scivola fino a che non mi accorgo che è arrivata la fine, e con lei la sera. Torno a guardare il quadro dei miei genitori, i due fili di erba sembrano essersi voltati.

I cento giorni

È trascorso circa un mese dal giorno in cui il professor Marchesi mi ha condotto nell'auletta numero 6 e tre settimane dalla mia prima lezione di teatro. Io e Teo ci scambiamo lettere con assiduità. Almeno tre o quattro volte alla settimana, salgo le tre rampe di scale, magnetizzata da quella scatola verde dall'aspetto misterioso ma mai bugiardo.

Per non imbatterci l'una nell'altro, e svelare così la nostra identità, tra noi si è tacitamente sviluppata una sorta di organizzazione.

Seguiamo sempre un ordine alternato, ogni lettera è di risposta alla precedente. In questo modo è stabilito che chi lascia la lettera ha a disposizione più o meno le prime quattro ore della giornata, chi recapita, l'ultima o le ultime due a seconda dei giorni di cinque o sei ore di lezione.

È innegabile che più di una volta ho dubitato della solidità del nostro coordinamento e, incrociandomi con qualcuno sulla porta, mi sono domandata, arrossendo, se non fosse lui il mio misterioso corrispondente.

Ancor più di quando ho letto le firme sulla lista affissa alla porta, mi sono resa conto della gran quantità di gente che frequenta lo psicologo. Non solo, ho anche incontrato volti familiari. Come Riccardo del terzo L, il migliore amico del fratello minore di Luna, un ragazzino pieno di sé che usa spesso intervenire con atteggiamento saccente durante le assemblee d'istituto. O Daniele del quinto E che, per i primi anni di liceo, è stato la mia più grande infatuazione, nonché il mio primo bacio.

Per due settimane siamo stati insieme ma, nonostante sia un bel ragazzo, dai modi simpatici e spiritosi, l'ho mollato scoprendo che è pessimo a parlare quando non è circondato da un ampio gruppo di ascoltatori. Non manca di intelligenza, ma di spontaneità e l'eccessiva affettazione nel parlare ha cominciato a darmi noia. Dopo un paio di mesi dalla rottura è svanito dalla mia testa e non ha più preso posto finché non ci siamo ritrovati nello stesso corso pomeridiano di inglese. Non c'è mai stato un ritorno di fiamma e, anche se non proviamo più alcun tipo di imbarazzo o rincrescimento, non abbiamo sentito il bisogno di approfondire la nostra amicizia. A dire la verità, ogni volta che me lo trovo davanti mi viene quasi da ridere per la grande differenza rispetto ai tempi in cui lo idolatravo.

Ma il volto più noto contro cui mi sono imbattuta è

stato quello di Maddalena, una mia compagna di classe. Con lei ho quel genere di rapporto tra compagne di classe che si stanno simpatiche, ma non sono amiche al punto da passare altro tempo insieme che non sia quello della scuola.

«Ciao» ha detto lei stupita.

«Ciao Madda, perché sei qui?» ho risposto io, nascondendo la lettera appena ritirata.

Lei mi ha spiegato che ha deciso di studiare Psicologia e che osservare un professionista è un buon primo passo, così le è stato consigliato. «... e quindi ogni tanto vengo a farmi una chiacchierata con Vatti» ha concluso.

La reputo una spiegazione ragionevole, e lei mi è sembrata tranquilla. Nessuno di quei visi mostra mai la vergogna che fino a qualche tempo fa io non potevo evitare, e anzi sembrano tutti *normali* e addirittura affezionati al professor Vatti. Così l'ho rivalutato e ora penso quasi che sarebbe utile che tutti, una volta ogni tanto, vadano a farsi una chiacchierata con lui, come dice Maddalena.

In ogni caso, osservo con attenzione qualunque persona mi si pari davanti, cercando di individuare qualche segno che mi riporti a Teo. Sono anche tentata di appostarmi nel corridoio e sorvegliare il flusso, finché non l'ho smascherato. Finisco sempre col dissuadermi da una simile idea e per tornare in classe sgomenta per il rischio che stavo per correre. Infatti, per quanto ne sono desiderosa, sono timorosa di conoscerlo. So che se lo incontrassi dal vivo, entrambi perderemmo quella disinvoltura con cui ci parliamo nelle lettere e che mi piace.

Ogni mia fantasia sul fatidico incontro si polverizzerebbe, e in tal modo porrei fine ai trasognati momenti sdraiata sul letto con il *non so chi*, con il quale mi perdo in piacevoli congetture sul giorno in cui avrò il suo viso, il suo corpo davanti a me. Noto che il *non so chi* ha una certa simpatia nei confronti del mio amico, si capisce dal modo in cui solleva mollemente l'indice verso il soffitto come aspettandosi di poterlo toccare, affondarci e oltrepassarlo. Allora io alzo il dito accanto a lui, sperando di aiutarlo a spingere il tetto, e le nostre due braccia stese fanno da pali al tendone di un sottile lenzuolo, bagnato di fantasticherie.

Tra me e il *non so chi* si è instaurata una nuova tregua. Le discussioni ora hanno un'andatura meno strascicata e le nostre voci non portano più a una seccatura reciproca. La sua sagoma incomincia a tracciarsi nel vapore, quando mi concentro a guardarlo, non senza una fitta di rimorso per i nostri litigi, e scorgo un viso dai lineamenti conosciuti. Non lo trascuro più, scoprendo peraltro in lui una fonte di materiale molto interessante per scrivere lettere a Teo. Di ciò si mostra orgoglioso il *non so chi* e, da quando ho trovato qualcuno a cui svelare la sua esistenza, ha assunto una chiara vivacità da cui si intende quanto si senta più libero, benvoluto. Sono due le occasioni in cui ci troviamo in assoluta sintonia: mentre recitiamo e mentre parliamo di o con Teo. Di fatto io e il *non so chi* passiamo ore sdraiati sul letto a guardare in alto, come registi di un film. Pensando alla famosa scena in cui lui incontra lei, meditando sui possibili svolgimenti del copione, sul luogo, sulla scenografia, sui vestiti, sulla colonna sonora.

Come tempo fa, un nuovo vuoto ha colpito il mio corpo e la mia mente, ma ora che ha preso le sembianze di Teo la sua presenza è quasi gradevole. Non sono preoccupata perché le sue lettere sono prova concreta della sue esistenza, e non solo, anche della sua vicinanza. Anche se non ho mai visto o parlato dal vivo con Teo, conosco bene la sua persona. Non saprei disegnarla, né tantomeno descriverla a parole, ma percepisco un elemento superiore. A volte alle persone accostiamo qualcosa di astratto, che sia un misto di odori, emozioni, parole, immagini, suoni, probabilmente non sappiamo neanche cosa. Questa sostanza emerge dalle sue lettere e io la percepisco tanto da poter credere di conoscere Teo molto bene.

Penso a quell'essenza a casa, a scuola durante le lezioni, a ricreazione quando mi scruto guardinga intorno tentando di riconoscerla in qualcuno. Quando cucino o mangio, quando suono il pianoforte o guardo dal balcone, quando parlotto con il *non so chi*. Quando mi piglia la malinconia, quando mi viene un'incredibile voglia di abbracciarlo. Mi rendo conto che, tolti tutti questi miei pensieri, Teo non è che un anonimo ragazzo. Lui è fatto di piccoli dettagli, di mie lettere, di sorrisi del *non so chi* e salti della piccola me. Diventa reale, vive, soltanto dalle parole di una lettera che passano da me. Perciò evito accuratamente di parlarne a qualcuno, sforzandomi di coprire ogni sintomo di cambiamento.

Non che le mie amiche non si siano accorte di nulla, anzi. Parecchie volte sono sorte piccole discussioni sul mio accresciuto riserbo. Ma alla fine ogni sospetto viene distolto da un sabato sera al locale vicino alla scuola, così che presto smettono di farsi domande sui miei comportamenti. Comunque, per quanto sia diventata riservata, sono anche, rispetto ai tempi passati, piuttosto allegra e quindi bendisposta a partecipare alle chiacchiere. Se non sono diminuite le volte in cui mi isolo, sono però di parecchio aumentate quelle in cui non lo faccio con piacere. Per di più ultimamente abbiamo un argomento inconsumabile di cui discorrere.

«Non vedo l'ora!» squittisce Carlotta con aria assorta, scuotendo la teglia di biscotti sotto il naso di due ragazzine che le passano accanto.

«Speriamo di avere abbastanza soldi» dice Luna soppesando preoccupata l'astuccio utilizzato come salvadanaio. Poche monete tintinnano al suo interno. Da più di due settimane raccogliamo spicci vendendo dolci di ogni genere fatti in casa dagli studenti del Saffo. Vaghiamo per i corridoi, bloccando il passaggio a chiunque ci troviamo davanti e chiedendo con fare supplichevole: «Un'offerta per i cento giorni? I biscotti sono buoni...».

I cento giorni sono una tradizione: tutti gli studenti dell'ultimo anno, di qualsiasi liceo e città, fanno un viaggio, un pellegrinaggio o una festa coi propri compagni di classe, per celebrare i cento giorni dagli esami di maturità. È tradizione per le classi anche la raccolta dei soldi per finanziarsi. La concorrenza con le altre classi di quinta è quindi alta e ogni mattina ci presentiamo con nuove cibarie invitanti, che vendiamo a ricreazione, lanciando occhiate simpatiche ai compratori e altre di sfida agli avversari.

«Ricordati di calcolare anche quelli raccolti dal quinto F» sottolinea Federica.

Come richiamati, sbucano alle sue spalle alcuni ragazzi di quella classe, tra cui, provocandole un sussulto, Giulio.

Visti gli scarsi risultati delle vendite di entrambe le classi, insufficienti per i rispettivi progetti, abbiamo deciso di comune accordo di unirci, in modo tale da ritrovarci con un ricavato maggiore. L'idea è quella di affittare per una notte una villetta al mare, poco fuori dalla città e facilmente raggiungibile in treno o in macchina. Abbiamo già contattato una signora e il prezzo proposto è nei limiti del nostro budget, notevolmente ingrossato dalle sostanziose offerte fatte da noi stessi, o meglio, dai nostri indulgenti genitori. Per quel che riguarda la grandezza della casa, abbiamo constatato che lo è abbastanza da permetterci, stringendoci un poco, di entrarci tutti. A ogni modo, noi siamo in diciannove in classe e loro in sedici e, sottraendo quelli che non verranno, non saremo più di una trentina.

«Comunque la casa ha un giardinetto e pure il terrazzo superiore. Mi ha detto la signora che si trova a pochi passi dalla spiaggia» sta giusto annunciando Federica, fiera del suo affare. È lei infatti la responsabile del denaro e della programmazione. Inizialmente, essendo stata una proposta del quinto F, se ne occupava Giulio ma, dopo che l'ha sentito lamentarsi dei troppi impegni, non ha perso tempo, con tono zuccherino, a presentarsi come sua sostituta. Lui ha accettato compiaciuto, non del tutto all'oscuro degli interessi di lei. Fra le due classi, che da mesi oramai tifano per questa coppia, sono scorsi sguardi e sorrisetti compiaciuti.

La donna della foto

Sul palco e negli esercizi mi muovo con una genuinità e un'impulsività delle quali non avrei mai immaginato di essere dotata. Al contrario, il coraggio mi viene meno quando gli attori riprendono le fattezze di ragazzi, e così la naturalezza dei movimenti e del parlare. C'è in quella stanza senza finestre, impigliata tra le file di poltroncine di velluto, una rete che annoda chi ci mette piede. Le risate aizzano il teatro a trattenere le sue prede, e non passa molto tempo prima che mi accorga della cinta di spago alla mia caviglia.

La trappola mi ha colto impreparata ma in breve, come se quella stretta rilasci in me qualche sostanza inibitoria, provo un forte desiderio di prender parte alle loro risate. E però la vergogna di stonare mi frena, quindi inizio a farlo sottovoce, con la testa bassa. Aumento man mano di volume approfittando dell'intensità del coro, nel quale un tono fuori posto si può ben confondere. Poi raggiungo la stessa vocalità degli altri, e mi accordo a loro. Presto capita che a generare le risate sono io.

Non si può dire che sia amica di tutti i ragazzi e che mi rivolga a ciascuno di loro spigliatamente, ma con la gran parte ho imparato a interloquire senza timore già dopo un paio d'incontri.

Le lezioni si svolgono il martedì e il venerdì, ed è proprio un certo venerdì che io e Agnese, trovateci per caso lungo la strada, decidiamo di aspettare gli altri a un piccolo bar che dà sulla piazzetta.

«La piazzetta è il punto d'incontro per tutti» mi spiega lei, «da qualunque parte si viene si deve per forza passare di qui».

Sono uscita di casa in fretta senza neanche guardare l'orologio o calcolare i minuti, con l'unico e semplice intento di andare a teatro. Scopro di essere in largo anticipo quando lei commenta l'ora e mi propone di aspettare masticando qualcosa. Prendiamo al bancone due tartine alle fragole e occupiamo un tavolo esterno, senza sapere di aver appena dato inizio a quella che diventerà un'abitudine.

Con Agnese chiacchiero con facilità, mi piace molto. È una ragazza sagace ed espansiva. Risulta simpatica a tutti, benché non faccia il minimo sforzo per ottenere approvazione. Mostra un'indole piuttosto quieta e riflessiva, ma sa far divertire chiunque per via di una sottile ironia, che mai cade nel sarcasmo, di cui è comunque capace. Da quel che capisco va nella stessa classe di Beatrice, che è la sua migliore amica da lungo tempo.

Del forte carisma di Beatrice ho avuto prova durante la prima lezione, quando mi ha presa per mano. È energica, estrosa, alle volte eccentrica, specialmente se mette le calzette spaiate e la salopette color carota. Le sono molto affezionata per la gentilezza che mostra sempre nei miei confronti. Ho notato sin da subito il suo interesse verso Giorgio, ma non penso mai che possano stare insieme o che lui possa preferirla alla bella Federica, delicata e frivola, e totalmente l'opposto di lei. Dopo Agnese e Beatrice, la ragazza con cui mi trovo meglio è Antonella: con i suoi sedici anni è la più piccola del gruppo, ma si fa spazio con grinta. Il suo viso lentigginoso è aperto e diretto, gli occhi bruni passionali. Sta spesso con i ragazzi e si appoggia alla spalla del cugino, che con quello strano colore di capelli spicca nel gruppo.

Tommaso è parecchio amico di Giorgio e Lorenzo e con loro è sempre al centro dell'attenzione generale per qualche battuta o scherzo. Il solo vedere quel trio, di cui non è chiaro chi sia il capo, mi diverte. Devo ammettere di trovare Tommaso piuttosto simpatico, molto più di quanto lo abbia mai valutato e molto più d'altronde di quanto sembra quando fa coppietta con Giulio.

Ora lo incontro più frequentemente sul 72 dove, rispetto alle volte precedenti, ci scambiamo un saluto deciso. Non mi spingo mai oltre una qualche osservazione sullo spettacolo, non corro mai il rischio di avviare una conversazione che possa essere definita tale. Mi richiudo nella mia teca di vetro musicale e insonorizzato, nella quale assieme al *non so chi* posso dedicarmi a enfatiche fantasticherie su Teo.

Capita spesso, anche se non a lungo, di ritrovarmi a parlare con i due cugini, che sia di teatro a scuola, o di scuola a teatro.

Dopo la chiacchierata con Agnese, io e Tommaso stiamo discutendo dei cento giorni e Antonella vicino ci ascolta. Sul palco è in piedi con il copione tra le mani Lucia, con i capelli legati in uno scompigliato cipollotto. È stata scelta come protagonista dello spettacolo che a fine anno metteremo in atto: *Il patto del coinquilino*. Francesca mi ha raccontato in poche parole la sceneggiatura, che ha curato lei stessa.

Lucia interpreta una ragazza di nome Susanna che, non avendo abbastanza soldi per pagare l'affitto, si cerca un coinquilino. Un giorno suo fratello Mario le presenta un amico di nome Bruno, mollato da poco dalla ragazza. Dato che lui cerca casa e lei un coinquilino, i due cominciano una convivenza, che sulle prime si rivela parecchio turbolenta. Litigano sempre per chi va a fare la spesa e per la quantità di ragazze che Bruno, il quale ha deciso di non impegnarsi mai più in una relazione seria, porta a casa senza avvertire Susanna. Un giorno i due coinquilini vanno a fare la spesa insieme e si ritrovano faccia a faccia con Roberto e Nora, rispettivamente il datore di lavoro di Susanna, nonché sua grande cotta, e l'ex fidanzata di Bruno. Entrambi restano turbati dopo l'incontro e litigano per l'ennesima volta. Alla fine però decidono di allearsi contro il nemico comune, dando vita a un patto. Bruno aiuterà Susanna a far lasciare i due, grazie alla sua conoscenza di Nora e delle cose che non può tollerare, e in cambio otterrà, oltre a una piccola vendetta personale, anche il permesso di Susanna di portare a casa chi vuole e la promessa di fingersi la sua fidanzata se qualcuna delle ragazze si rivela troppo appiccicosa. Seguono una serie di malintesi e fraintendimenti, finché i due non si rendono conto di essere innamorati l'uno dell'altra. Dopo alcune difficoltà a dichiararsi, si incontrano nell'odiato supermercato e la commedia si conclude con un bacio.

Giorgio interpreterà Bruno. Agnese Nora, Tommaso Roberto e Lorenzo il fratello di Susanna. Un altro ruolo importante sarà la buffa e impicciona vicina di casa, un'anziana signora recitata da Beatrice, la quale, con i suoi interventi, ingarbuglierà ancor più la trama. Io sono fra gli altri personaggi minori e sarò Mariangela, collega e amica di Susanna.

Insomma, una classica commedia romantica.

Lucia e Giorgio stanno giusto ripetendo la scena del primo incontro, quando Francesca, annuendo fra sé e sé e battendo le mani per bloccare le prove, annuncia: «Ragazzi, devo dirvi una cosa molto importante».

Subito rizziamo le orecchie, i ragazzi dietro le quinte sbucano sul palco incuriositi.

«Alcuni di voi sanno che a dicembre scorso ho contattato un mio amico che si occupa di una rassegna teatrale che si svolge ogni anno verso la fine di aprile. Si chiama In scena ed è abbastanza importante...».

Scrutiamo perplessi il suo volto serio, senza capire quale notizia ci attende.

«Avevo chiesto se potevamo iscriverci, ma purtroppo erano finiti i posti. Ora... Ieri mi ha chiamata e mi ha detto che in realtà si sono ritrovati dei buchi nella scaletta e che se siamo ancora disposti, gli farebbe piacere inserirci nel programma. Ovviamente non saremmo in concorso, ma potremmo esibirci lo stesso!».

Nella sala esplodono tutte insieme grida di approvazione.

«Ragazzi, un secondo!» solleva una mano per richiamarci al silenzio e prosegue. «Allora, io dovrei confermare entro domani, ma ancora non ho deciso nulla perché dovevo confrontarmi con voi. Io devo comunque dirvi alcune cose... A questa rassegna partecipano molte compagnie di professionisti, anche di altre regioni. Ci sono delle borse di studio per i gruppi in concorso e spesso vengono ad assistere molti agenti cinematografici in cerca di nuovi talenti. Insomma, è un impegno di un certo livello. Ovviamente io vi porterei mille volte con l'unico scopo di divertirci, però bisogna considerare che, se accettiamo, ci prendiamo una grande responsabilità. Innanzitutto, saliamo su un palco, un palco vero. E soprattutto se andremo lì sarà per un piacere che mi sta facendo questo mio amico, quindi non possiamo deluderlo. Per farlo ho bisogno che prendiate seriamente questa cosa, che siate sempre tutti presenti e magari disponibili ad aggiungere un giorno di prove…». Fa una breve pausa in cui nessuno fiata, poi conclude con espressione fiera: «Allora, che ne dite? Ve la sentite?».

La frase sullo scoprire nuovi talenti mi folgora.

Mentre il *non so chi* si espande, nella sala rimbalzano voci diverse che con i loro soffi lo urtano, così che, tra le spinte, le sue parole «la tua occasione» mi giungono frammentate, alterate e con un tono inquieto. Se al solo nominarla la voce arranca tra quelle poche persone, come può un'occasione raggiungermi in mezzo al mondo o peggio ancora io avanzare verso di lei e acchiapparla, prima che sparisca? Mani inesperte e tremanti come le mie non saranno mai abbastanza agili. Sono per un istante profondamente disorientata, ma poi le voci dei miei compagni mi toccano e, con la stessa forza che poco prima ha intralciato le parole del *non so chi*, mi tirano su a poco a poco. Il piegamento alle ginocchia dato dalla paura si rivela quell'indispensabile movimento che precede lo stacco. E un impercettibile saltello lo faccio davvero, unendomi al vociare di «Sì! Ci sto!».

Assentiamo con una sfumatura di sfida a riempire i nostri occhi, a impastarne la tinta.

Il palco torna il magnete dell'attenzione generale. I ragazzi che stavano dietro le quinte tornano a nascondersi oltre i pannelli neri, noi sulle poltroncine di velluto ci sediamo con la schiena rinvigorita, protesa in avanti per vedere meglio. Lucia e Giorgio si immergono di nuovo nella scena con enfasi. Fortunatamente non proviamo nessuna delle mie scene perché sono troppo distratta per ricordare una sola parola. La mia immaginazione è tutta per quella virgola, la mia occasione, che come un amo l'ha agganciata. Un leggero fastidio dovuto a quella presa, una vaga trepidazione per l'evento mi indolenzisce.

Guardo Antonella accanto a me, con il suo volto mai irrequieto, e mi viene una gran voglia di dirle il mio segreto. Ho la sensazione che il solo confidarglielo, il solo trasformarlo in una frase detta a qualcuno, se anche un'azione lì per lì difficile, lo semplificherebbe.

«Anto» le bisbiglio.

Lei si volta con la solita aura di affabilità, che neanche Beatrice e Agnese, con la loro cordialità e gentilezza, hanno quanto lei. Il fatto poi che sia più piccola di me mi rassicura, è ancora priva di pregiudizi. Così, quasi senza rendermene conto, finisco per raccontarle sottovoce il mio sogno, e la mia occasione. Le esprimo i miei dubbi su cosa fare, dove iniziare, e dunque sulla possibilità di parlare con un agente, sulla remota visione di un provino.

Lei mi dice di aver fatto alcuni provini come modella, ma di aver poi smesso per alcuni limiti di età. Mi spiega che la moda è la sua passione, vuole diventare una stilista.

«Chiedi a Francesca. Lei ti saprà aiutare meglio di me» esclama prima di allontanarsi verso il palco, dove è stata chiamata per la sua scena.

Resto parecchio a riflettere sul da farsi, tanto che le prove paiono volare e, dopo neanche un minuto che Antonella si è alzata, già si vedono i ragazzi uscire in massa dalla sala, attraversare chiassosamente il corridoio e buttarsi nel vicolo. Anziché seguirli verso la porticina, mi fermo accanto a Francesca.

«Francesca» la chiamo con un sussulto nella voce.

«Dimmi, tesoro» fa lei con dolcezza.

Inizio a balbettare e sento le guance ardere.

«Tutto bene?».

«Sì... è solo...».

«Fallo, è l'occasione della tua vita» mi sollecita il *non so chi*, e strappa le mie parole dalle grinfie del martello nel petto.

«La rassegna... t-ti devo chiedere una cosa sulla rassegna».

«Dimmi cara, anzi intanto aiutami a portare queste cose di là» e mi porge un raccoglitore colmo di schede.

La seguo per il corridoio delle foto, dove la misteriosa donna riccia mi sembra ancora più distante e la sua bellezza talmente irraggiungibile che il suo sorriso può ricordare un ghigno. Svoltiamo in un'ala del teatro in cui non sono mai stata e mi conduce in uno stretto studiolo. Di nuovo ci sono alla parete foto della donna, ma stavolta un cappello con visiera largo sulla testa e due bimbe sulle ginocchia.

Francesca mi prende dalle mani il raccoglitore e indica uno sgabello in un angolo, su cui mi siedo. Quello stanzino somiglia in qualche modo all'auletta numero 6, ma è più vissuto, più pieno. C'è un mazzo di tulipani su un'impiastricciata scrivania, tra carte e pacchetti vuoti di noccioline. Mentre ripone dei fogli in un cassetto, chiede: «Che volevi dirmi?».

«Be', allora... tu prima hai parlato dello spettacolo e che... vengono degli agenti... a me... piacerebbe... lo so che ho iniziato da poco».

Francesca si ferma e, capendo dove voglio andare a parare, mi guarda sorridendo tuttavia con un'aria grave che provoca la caduta della prima goccia, pesante, dentro di me.

«Be' comunque un provino... mi piacerebbe farlo. Ma io non so proprio come funziona» concludo con le mani sudate.

«Ho capito, Margherita» dice lei lasciando del tutto il suo impiego e avvicinandosi a me. «Tesoro, per fare un provino, devi prima entrare in un'agenzia e non è così scontato. Devi prendere in considerazione che, visto lo spettacolo, e specialmente la tua parte, sarà piuttosto complicato che tu colpisca qualcuno. Poi questa è una rassegna, ci saranno molti spettacoli e magari quando ci esibiremo noi, che tra l'altro, ripeto, non siamo in concorso, verremo poco notati. Di solito si concentrano di più sui gruppi in gara».

Annuisco, alla prima goccia ne seguono altre. Ora piove. Cerco di celare il mio sconforto dietro un sorrisetto imbarazzato.

«Però».

Però.

«Conosco alcune persone che si occupano di questo e se vuoi parlarci, dato che probabilmente staranno lì, magari possono osservarti e proporti un colloquio. Sarà difficile poi ottenere subito un provino ma... va bene?».

«Grazie. Però forse è così complicato… forse non ne vale la pena. Cioè lo so che non posso svegliarmi la mattina e pensare di fare un film, ma…».

«Non è complicato» incalza lei. «Ti ho vista sai, e non sei niente male. Ma ti dico un'altra cosa, l'essere portato è solo un pretesto che ci diamo. Se sei convinta, ma lo devi essere, e molto, allora basta. Perché è quella la bravura. Senza passione, senza convinzione, a maggior ragione se parliamo di attori, non esiste bravura che sia vera» dice con voce che, pur mantenendo il solito timbro amabile, pare irrobustirsi a ogni significato e con questo nuovo vigore far crescere il corpo smilzo della proprietaria, dilatare lo stanzino al punto da rendere il disordine irrilevante.

«Se incontro qualcuno, ci parlo» conclude.

«Grazie».

Le sono sinceramente grata per queste parole e per un po' la fisso con intensità, forse credendo che basti a comunicarglielo. Poi esco. Quando sto per lasciarmi la porta dello studio alle spalle, mi volto e chiedo: «Chi è quella signora?» alludendo alla foto.

Rimane per un secondo spiazzata, lo sguardo le cade sulla fotografia che indico e io vedo per la seconda volta quella ruga avere un tremolio.

«È mia mamma… lei era un'attrice».

«Era molto bella».

«Sì» e accarezza la foto.

Mi studio i piedi imbarazzata e infine biascico un «Ciao», esco dallo stanzino e percorro il corridoio al contrario, verso la porticina. Sulle pareti la mamma di Francesca sorride ancora. Mi sono sbagliata. Mi sono sbagliata, il suo sorriso non ha un'ombra di ghigno: è nostalgia. Perché sente già che un giorno ciò che è stata finirà in una, in due, in tante fotografie, soltanto fotografie. Sente già che un giorno qualcuno si fermerà in mezzo al corridoio ad ammirarla ridere, spensierata sul prato.

Penso che Francesca ha fatto bene a mettere la sua mamma in quel teatro. La donna osserva i giovani entrare, uscire, passare con le tasche traboccanti di voglie. Riesce a sentirne il profumo, a coglierne il gusto. Io mi fermo davanti a quella foto e le porgo il mio sogno. Tieni, penso, assaggiane un po'. Si vede che lei ha un palato fine per certi sapori.

La prima cosa che vedo, nel vicolo ormai buio, sono i lunghi capelli rossi di Antonella. Sta fumando una sigaretta appoggiata al muro accanto a Tommaso, Lorenzo, Ginevra e Agnese. Mi unisco a loro.

«Che ha detto?» mi sussurra Antonella.

«Che è difficile».

Lei mi passa un braccio intorno al collo e dice: «Ce la farai».

«A fare cosa?» domanda distratto Tommaso.

«A fare un provino per un film» risponde la cugina prima che possa fermarla.

Io arrossisco e guardo altrove. Non doveva dirlo. Da come mi irrigidisco sotto il suo braccio, lei intuisce il mio disagio e, in un blando tentativo di rimediare, continua:

«Anche io volevo sapere come fare e lei ha chiesto a Francesca».

Tommaso annuisce senza interesse e torna a parlare con Lorenzo. Luca attacca a discutere con Ginevra a proposito di una loro amica e io me ne vado.

Tornando a casa, mi figuro un corridoio, pieno di fotografie e, tra le tante, anche la mia.

La casa al mare

Mete e orari si accavallano sui grandi schermi che troneggiano nell'androne della stazione. Mi appare come un'industriosa macchina. Azionata dall'incessabile andirivieni di persone e treni, sbuffa di fatica tra il vociare delle prime e gli acuti fischi dei secondi. Mi piacciono i tabelloni perché elencano le città come numeri al lotto: luoghi lontani, ma tutti lì a tua disposizione, a tua scelta.

Un giorno mi piacerebbe puntare il dito alla cieca su una destinazione, andare al binario segnato e prendere il treno. Mi piace la stazione che suda calde goccioline cariche di sentimento, alle quali chi passa non può rimanere impermeabile, e il frizzante profumo di viaggio dall'aroma dolceamaro che infondono.

Neanche gli scontrosi uomini d'affari, abituati a vedere gli stessi grandi schermi come un programma di lavoro, potrebbero sopprimere quel battito in più che il cuore ha quando sa di tornare a casa.

Con le fronti madide, per la corsa o per l'emozione, scivoliamo rapidamente tra la folla che, nel vedersi parata davanti quella mandria di ragazzi, si sposta per farla passare. Riusciamo a fare un percorso rettilineo lungo la banchina e a giungere in pochi minuti al binario 27, dal quale il nostro treno regionale è in partenza.

Ci buttiamo nella prima carrozza e da lì, in una lunga fila indiana, avanziamo tra i posti occupati in cerca di sedili vicini, il che, essendo noi una ventina, è piuttosto difficile. Il treno è popolato perlopiù da giovani con un brillio negli occhi e le guance colorite, pronti a celebrare i cento giorni dagli esami.

Mentre strisciamo per lo stretto corridoio, ci scambiamo cenni amichevoli, mossi da quello spirito di unità che sempre si addensa quando più persone si trovano nella stessa situazione.

In una delle ultime carrozze, troviamo uno scompartimento con abbastanza posti liberi da ospitare tutti noi. Lanciamo gli zaini a terra e ci leviamo le felpe e i giubbotti ormai inutili per i nostri corpi accaldati. Sbracati sui sedili a riprendere fiato, attendiamo che il treno parta. Accade d'improvviso: si avvia in modo quasi impercettibile, ed è come avere un giramento di testa, e lo stesso pare fare la banchina, che slitta nella direzione opposta. Noi, intenti a studiare questo moto andante oltre il finestrino, ci lasciamo portare via.

Il treno aumenta progressivamente di velocità e si stabilizza, e con lui le nostre voci squillanti che si appiattiscono in un calmo chiacchiericcio dal quale è facile isolarsi. Fino a questo momento il giorno è stato ingombrato dall'adrenalina per la partenza, così nell'agitazione non c'è stato spazio per altri ragionamenti. Ma ora grazie a questo leggero torpore, indotto dal paesaggio che sfila silenzioso, dal brusio nel treno e dai regolari sbalzi di questo sulle rotaie, mi concedo alle mie riflessioni.

La mia mente è assorta da una grande preoccupazione.

Da più di una settimana non ricevo lettere da Teo e la cosa mi inquieta. L'ultima l'ho spedita io due mercoledì fa. Raccontavo con eccitazione, ma non senza un grande bisogno di incoraggiamento, della rassegna teatrale. Ho quindi atteso con ansia la sua opinione, per me fondamentale riguardo a un argomento che tanto mi preme, e con questa ansia mi ero recata il giorno seguente nell'auletta numero 6. Aprendo la scatola e scoprendola vuota, mi ero lì per lì rallegrata che la lettera fosse stata recapitata.

Per cinque mattine di seguito ho ripetuto gli stessi gesti e la scatola verde è rimasta vuota.

Ogni volta che sollevavo il coperchio di carta, trattenendo il fiato come se il minimo respiro potesse spazzare via ciò che era sotto, mi accorgevo che però non c'era nulla e allora la delusione arrivava aspra.

Ho iniziato a interrogarmi sul mio comportamento dei giorni precedenti, chiedendomi se avessi fatto qualcosa di sgradito e quindi provocato la mancata risposta. Poi mi sono detta che è passata poco più di una settimana e nella migliore delle ipotesi ha soltanto avuto troppi impegni. Eppure è sempre stato puntuale, che si sia dimenticato? No, non posso crederci.

Ho rimuginato con malinconia sulle varie ipotesi per lunghe sere e ora, sul treno, questo senso di pesantezza pare cresciuto, specialmente quando, allo scorgere una striscia azzurra, mi torna in mente, più netta, l'attuale lontananza fra me e la scatola verde.

Se ne accorge per prima Luna, cinguettando: «Il mare!».

Il mare, che presenza curiosa che è, mi dico. Trovo un che di artistico nel vedere la gente sguazzarci dentro, dentro la gigantesca distesa che tanto nasconde, nella quale gli uomini non sapranno mai respirare. Ne possiamo essere terrorizzati, e tuttavia al mare ci andiamo e ci immergiamo, e non è spaventoso ai nostri occhi, ma un affascinante spettacolo blu. Ammirandolo, mi chiedo sempre: quante cose apparentemente colorate sono in verità fatte di materia trasparente?

Anche le lettere di Emma e Teo?

No, non posso crederci.

In fin dei conti sono fatte di parole e le parole, nel bene o nel male, non possono mai essere trasparenti.

Mi agito pensando a quelle stesse parole che mi mancano tanto, come fossero di materia. E se la lettera arrivasse mentre sono via e non potessi leggerla? Con un sollievo che subito muta in sconsolazione, constato che è impossibile, dal momento che è iniziato il fine settimana ed essendo la scuola chiusa anche per Teo, la scatola rimarrà ancora vuota. Chissà, magari è uno studente di quinto anno, diretto anche lui da qualche parte a festeggiare. Forse, altrove, anche lui sta sfrecciando su un treno, guardando fuori dal finestrino e angosciandosi perché non mi ha risposto.

Dove sta andando? Forse anche lui al mare, a divertirsi. Forse si trova fra i ragazzi dalle voci profonde che mi circondano. Prendo a osservarli, sapendo intimamente che non può trattarsi di uno di loro, sento che non è così.

«Avete il numero della tipa?» chiede Davide, del quinto F.

«Sì, ce l'ho io. Ha detto di chiamarla quando scendiamo dal treno» risponde Federica.

Parlano della signora che ci affitterà la casa e che dobbiamo incontrare per pagare e ritirare le chiavi.

Dopo un'oretta di viaggio, il nome sull'insegna blu di una stazioncina ci ricorda che dobbiamo scendere: è la nostra fermata.

La stazione è composta da una sala d'aspetto dalle pareti scarabocchiate e dalle porte di vetro spaccate e da un piccolo bar sulla destra, al quale si accede anche da un parcheggio sul retro. Passiamo per il bar, dove ci sono solo due tavoli, uno dei quali occupato da un vecchio curvo e mingherlino tutto preso da un giornale, e usciamo nel grande piazzale di asfalto. Destando l'interesse di una coppia di mezz'età, che ci guarda con perplessità, ci accampiamo rumorosamente sul marciapiede accanto al palo che indica il capolinea dei bus.

Quando arriva la corriera, il cui autista è un omino calvo, con gli occhiali da sole e gli auricolari nelle orecchie, balziamo in piedi. L'omino sta polemizzando al telefono con qualcuno, con un tono saccente e forse interrompendo di continuo il suo interlocutore. Mi sembra quel genere di persona che dice tutto e nulla, perché di fatto non ha nulla da obiettare, ma lo fa giusto per affermare di avere un giudizio. Lo squadro quando, porgendomi il resto del biglietto, bofonchia: «Non potevate pagarli tutti insieme?».

Una ventina di minuti dopo, scendiamo in fretta e furia convinti di aver superato di tanto la nostra fermata, per poi accorgerci, solo quando la corriera è ormai ripartita, che in realtà non l'abbiamo neanche raggiunta. Allora il tratto a piedi, che già abbiamo in programma, viene allungato di circa un chilometro e, aggiuntasi l'andatura pigra di un gruppo di ragazzi allegri, arriviamo alla via mezz'ora più tardi del previsto.

Contiamo i numeri delle villette, ammirando le facciate e spiando i giardinetti oltre le siepi, finché, al 49, una signora grassoccia con un abito a fiori ci richiama: «Siete voi i ragazzi della casa?».

È chiaro che si tratta della nostra affittuaria e Federica si fa avanti per pagare e ascoltare intimidita la serie di regole e raccomandazioni che quella, con fare severo, va ammonendo.

«Ragazzi, dobbiamo lasciare la casa domani alle tre, pulita e chiusa. Capito?» dice quando la signora, dopo averle spiegato come funziona la caldaia, se ne va. Un coro affermativo risponde, ma ormai, chi nel giardinetto, chi sulla terrazza, chi dentro la casa, i ragazzi si sono dispersi. Poco dopo arrivano gli altri in macchina e allora ci dividiamo in gruppi per fare provviste di cibo e alcol in paese. Quando ci riuniamo nuovamente, la sfera rosso fuoco del sole è già tagliata dall'orizzonte azzurro.

Mentre i ragazzi più esperti si danno all'accensione del barbecue e alla cottura della carne, io, Luna, Federica e Carlotta ci chiudiamo nello spazioso bagno a piastrelle rosa del secondo piano.

Ci impiastricciamo il viso di trucco e indossiamo gli abiti sbrilluccicanti che abbiamo comprato insieme per l'occasione. Particolare attenzione la dedichiamo a Federica, che vuole conquistare Giulio una volta per tutte e, con il buonsenso delle amiche, lasciamo a lei l'abito più vistoso e il rossetto più appariscente. I riccioli castani chiari le ricadono sulle spalle, mentre lei tenta con le dita di piastrarseli, nonostante le nostre continue rassicurazioni che al naturale le donano di più. Il vestito si apre sul suo petto, valorizzando il poco seno, e scende morbido fino al ginocchio. Le sue labbra sottili, tinte di rosso, contrastano con la pelle chiara e quando sorride evidenziano il buco che ha tra gli incisivi e che le dà un certo fascino.

«Fede, stasera è la tua sera» esclama Luna esaltata.

Federica sbuffa, sorridendo e corrugando la fronte, nella classica espressione di chi è in ansia.

«Giulio ci proverà sicuramente, me l'ha detto Tommaso» dice Carlotta.

Immagino che Carlotta esageri, perché quando prima

l'ho chiesto io a Tommaso, lui ha dato segno di voler evitare l'argomento e mi ha liquidata con una scrollatina di spalle, prima di voltarsi di nuovo a parlare con un mio compagno di nome Riccardo.

Quando ci consideriamo pronte, ficchiamo negli zaini i vecchi vestiti e scendiamo le scale con fare altezzoso. In giardino il prato è completamente occupato, ma non abbastanza da sottrarre Federica allo sguardo di Giulio, il quale, al suo passaggio, strabuzza un poco gli occhi e socchiude la bocca. Sorrido nel vederlo così colpito e mi riempio d'orgoglio per la mia amica.

Prendiamo qualche birra e troviamo un angolino per noi. Piano piano, i nostri movimenti si adattano al ritmo della musica e mi ritrovo a ballare con Luna, scuotendo i capelli e sgambettando nel vestito. Il trucco sbava per il sudore e si consuma, a forza di attaccarsi alle bottiglie di birra.

Quando la carne è pronta, mi riempio un piatto e seduta sul prato, stanca per il ballo, mangio di gusto, indifferente alla macchia verde che l'erba umida sta lasciando sul mio vestito. Per un po' di tempo rimango distesa sull'erba a chiacchierare con un gruppo di ragazze del quinto F. Conosco bene tutte, ma Benedetta, Sveva e Alessandra mi sono più simpatiche. Ho fatto amicizia con loro quando, l'ultima notte della gita in Grecia, avevamo dormito in camera insieme. L'anno seguente, in quarto, formavamo una compagnia fissa a Londra e, nelle ore libere, vagavamo a nostro piacimento per la città.

In una foto, scattata da una turista tedesca a Camden Town, sfoggiavamo eccentrici cappelli, appena comprati in uno degli irresistibili negozietti vintage, che assaltavamo per provare di tutto. Accenno a quella foto e ci perdiamo a ricordare le bellissime gite scolastiche che hanno caratterizzato gli anni del liceo.

Fra le memorie, beviamo ancora, mangiamo e balliamo con la sensazione che, sebbene scorra più in fretta, il tempo si sia dilatato.

All'una tirano fuori dal bagagliaio di una macchina una busta di superalcolici e da quel momento in poi il livello della serata prende a scendere: le canzoni sparate ad alto volume si ripetono, i ragazzi sbronzi inciampano nelle bottiglie disseminate sul prato, dove nessuno più balla. Io mi sento brilla e la musica che mi rimbomba fastidiosamente nelle orecchie mi stordisce ancora di più. Il clamore generale s'è smorzato.

Decidiamo quindi, con un ristretto gruppo di persone che ancora non hanno perso del tutto né la lucidità né la grinta, di andare in spiaggia, che si trova a pochi passi dalla villetta. Prendiamo con noi il telo da mare e le carte che Luna si è preoccupata di portare, qualche bottiglia avanzata e due pacchetti di caramelle comprate in stazione.

La strada è illuminata dai lampioni, le villette che la costeggiano, buie e silenziose, sembrano disabitate. Quando giungiamo sul lungomare i lampioni si bloccano, davanti a noi possiamo vedere solo nero, giusto il fragore crescente e decrescente delle onde testimonia la presenza di qualcosa.

Accendiamo le torce dei nostri telefoni e scavalchiamo la staccionata che separa la strada dalla spiaggia. Disteso il telo, ci leviamo le scarpe. I gelidi granelli di sabbia si insinuano tra le dita dei piedi e mi fanno il solletico. Ci disponiamo in cerchio: siamo io, Benedetta, Davide, Lorenzo, Tommaso, Luna, Carlotta e Flavio. Federica e Giulio sono rimasti a casa con gli altri. Sono spariti alla nostra vista dopo aver ballato una canzone romantica, messa proprio per loro, tra risatine e battute degli amici. Flavio, finito di armeggiare con una cartina e quel che mi sembra tabacco, accende la sigaretta, molto allargata all'estremità, e la passa a Davide.

Veniamo presi da un nostalgico silenzio, consapevoli che sono quasi le quattro e il giorno dopo torneremo già a scuola, ma ci si prospetta un giorno interminabile, lunghissimo, che dura fino agli esami. Li sentiamo respirare pesantemente, attenderci dietro l'angolo. Ma abbiamo anche la sensazione che girandoci vedremmo i nostri genitori accompagnarci per la prima volta davanti al grande cancello arrugginito, sul punto di entrare in quella scuola da grandi.

È ieri, neanche, un attimo prima.

Posso ancora sentire l'emozione alla pancia, non del tutto smaltita, posso sentire le timide domande dei ragazzi a caccia di quelli che diventeranno i loro compagni del liceo: «Scusa, tu stai nella A?», «Ciao io sono della prima D, e tu?». Posso afferrare le voci che si spargono tra la folla: «Dicono che la nostra sezione ha i professori più cattivi», «La preside una volta ha sospeso una classe intera!», «A me hanno detto che nessuno ha mai preso più di 8».

A giro quindi, passandoci il fumo, il pacchetto di caramelle e una bottiglia di vodka, ci passiamo anche i ricordi che più ci stanno a cuore. Aspiro la canna che Benedetta mi lascia in mano e mi prende un capogiro, mentre il sapore del fumo si mescola con disgusto alla fragola della caramella gommosa. Quando i puntini bianchi si dissolvono e la pesantezza nella testa svanisce, torno a vedere nitidamente: questi volti, dove l'ultima ombra dell'adolescenza va lasciando il posto all'età adulta, dove la nostalgia degli anni passati, la trepidazione per quelli futuri, ma soprattutto il valore e la partecipazione di quel momento presente, sono ben visibili, mi rimarranno impressi per tutta la vita.

Ognuno di noi ne è consapevole.

Immergendo i piedi nell'acqua salata, ci mettiamo a ricordare, per vivere di nuovo, ancora un'ultima volta, prima che la memoria si congeli. A turno tiriamo fuori un episodio divertente di questi cinque anni, sperando di attribuire il luccichio negli occhi e il dolore addominale al troppo ridere.

«Non mi dimenticherò mai del giorno in cui siamo rimasti bloccati in ascensore con La Mimmi» annaspa Davide ridendo. Il solo nominare La Mimmi procura uno scoppio d'ilarità generale.

«Avete presente Vatti, lo psicologo?» dice una volta recuperato il fiato. Al suo nome mi irrigidisco. «Allora Tommaso è diventato il suo cocco e ci va sempre e...».

«Smettila, è per il progetto» lo interrompe Tommaso stranito.

«Solo tu stai continuando questo progetto» lo canzona Flavio.

«Anche io ci vado, è simpatico, cioè fa fare delle cose interessanti» mi inserisco notando il disagio di Tommaso e tentando di aiutarlo. Ma siccome lui assume una strana espressione atterrita e gli altri scuotono la testa scettici, svio: «Vabbe', la storia?».

Davide riprende: «Allora, Tommaso aveva il permesso di Vatti per uscire dalla lezione e noi, dicendo che dovevamo andare con lui, ne abbiamo approfittato per saltare un po' di lezione. Insomma, un classico. Quindi lo abbiamo accompagnato a lasciare questa cosa da Vatti e poi volevamo andare in giro per fatti nostri. Solo che appena usciamo dall'auletta dello psicologo ci troviamo davanti La Mimmi» e di nuovo sopprime una risata. «Lei inizia a farci tantissime domande sul perché eravamo andati a fare una seduta, su come ci eravamo trovati, se era stato istruttivo. Ci tiene lì due ore a parlare dell'importanza della psicologia, e del suo psicologo di fiducia, dove lei va almeno due volte a settimana per la sua salute» e scandisce le ultime parole imitando la vocina fomentata della professoressa.

«Tutto qui?» chiede Luna.

«Macché! Allora ci invita ad andare giù al piano terra, perché ci voleva dare un libro molto interessante sulla scienza della psicologia, un libro che le aveva cambiato la vita e bla bla bla, le solite cose della Mimmi. Quindi

Valerio, per non andarci, si inventa che non può fare le scale perché si è fatto male, ma lei insiste dicendo di prendere l'ascensore» e di nuovo ride, e stavolta anche noi insieme a lui. «Insomma» continua con il viso arrossato, «andiamo in ascensore e l'ascensore si blocca e La Mimmi si fa prendere dal panico! Dopo circa venti minuti, in cui si è anche messa a piangere e a spiegarci come funzionano gli ascensori, parlando della possibilità di cadere (in tutto ciò la nostra professoressa d'Italiano ci aveva mandati a cercare, ma non ci trovavano), alla fine il valoroso bidello ci salva» con finta aria drammatica, «ma, vi giuro, lei era impazzita intanto e noi ci stavamo sentendo male per non scoppiare a ridere!».

«Racconta della scatola!» dice Flavio che probabilmente ha già sentito la storia.

«Ah, sì! Lei per un periodo andava sempre in giro con questa scatola verde, con cui faceva fare esperimenti strani agli studenti e dopo che siamo usciti dall'ascensore ce l'ha regalata come simbolo del suo affetto, dicendo di mettere in quella scatola solo i momenti belli della nostra vita e non quelli spaventosi, terribili», marca con ironia, «come quello che ci era appena successo».

Le risate tornano, ma stavolta disturbanti. Le parole mi sono arrivate rallentate e amplificate. È andato tutto velocemente e ora si è fermato di botto. Mi sento travolgere e mi manca il fiato. Come se mi stessero lanciando di peso nell'acqua gelida del mare, fra le onde che si spaccano e non capissi più nulla. Mi paralizzo.

«E voi a chi l'avete data questa scatola?» dico con una voce gutturale, che a malapena riesco a sentire per le orecchie che fischiano.

«Boh! Io l'ho lasciata a lui» e indica Tommaso.

L'alba

Tommaso mi fissa attonito e sento la sua espressione riflettersi nella mia, tendermi ogni muscolo facciale e impedirmi di muoverlo.

Nella mia testa, in un turbine, qualcosa risucchia in modo caotico il mare, il treno, i ragazzi intorno a me e poi le lettere e l'auletta, Teo che non mi scrive più, e poi la scatola verde e Tommaso, che è Teo o forse no. No, non è Teo. Questa è l'unica frase che produce il mio cervello, aguzza come uno spillo.

Mi alzo per sbattere i piedi sulla sabbia e scrollare il formicolio dalle gambe. Cerco nei battiti a terra di schiacciare quel chiasso di parole, scritte e dette che si fondono tra loro, distorte.

Tommaso bisbiglia qualcosa a Flavio ed entrambi si alzano dal telo e si allontanano nel buio, giustificandosi con un «Noi facciamo una passeggiata». Mi risiedo, per la prima volta nella mia vita non riesco a decodificare i miei sentimenti. Quasi non mi sento. Nello stupore sento paura, vergogna, delusione, curiosità e persino rabbia. Non mi sarei mai immaginata di conoscere Teo in questo modo. Ma in fondo non devo saltare a conclusioni affrettate, si parla pur sempre di una scatola, che può aver fatto chissà quanti giri. Ma perché quello sguardo nei suoi occhi? Prendo la bottiglia di vodka piena che spunta dalla borsa di Benedetta e la stappo.

«Ancora bevi!» esclama Luna con un filo di rimprovero.

Butto la testa all'indietro, mentre il liquido mi incendia l'esofago. Mi stacco dalla bottiglia, con la testa che gira così forte che mi porto una mano alla fronte per sorreggerla. Davide e Lorenzo si alzano per raggiungere Tommaso e Flavio, che sono solo due sagome in riva al mare. Per fortuna è fuori dalla mia vista e questo, se anche non mi solleva dal pensarci, allevia un po' la confusione. Cerco di intromettermi nella discussione che sta prendendo piede, qualcosa sull'università.

«Devono ancora uscire i risultati del test, in caso mi butto su Lettere» sta dicendo Benedetta a Carlotta.

Ora che la vodka è aperta, di nuovo passa di mano in mano. Carlotta si rifiuta dicendo che è già abbastanza ubriaca, Luna beve qualche sorso ma dopo poco fa una smorfia sputacchiando un «Basta!» e lo stesso fa Benedetta, e così la bottiglia si trova soprattutto nelle mie mani.

«Marghe, hai una faccia! Ti senti bene?» mi chiede a un certo punto Carlotta.

Non sto bene per niente, ho bevuto troppo, ben oltre le mie capacità di resistenza. Ho un forte senso di nausea che, ogni volta che il mio sguardo si posa per caso sui ragazzi in riva al mare, si trasforma in un conato.

Mi stendo su un fianco e mi concentro su quella striscia nera.

La luna disegna su di essa una strada.

In svedese esiste una parola per dirlo: *mångata*, che deriva appunto dall'unione di *måne*, "luna", e *gata*, "strada". Mi immagino di camminare su quella strada luminosa, contando i passi. Uno, due, tre, quattro, cinque.

Alla conta improvvisamente prendono parte veri passi. Senza rendermene conto mi alzo e sto camminando in direzione della strada, della riva.

«Scusa Teo, mi fai fare un tiro?» dice una voce troppo simile alla mia, alludendo alla sigaretta che Tommaso ha in mano.

Flavio scoppia a ridere dicendo: «È completamente andata».

Ma io mi sento tutt'a un tratto estremamente coraggiosa e guardandolo in modo significativo, replico: «Non così tanto, amico di Teo».

Davide, Flavio e Lorenzo ridono e io sorrido con loro, continuando a fissare Tommaso con aria di sfida. Lui non risponde, ma ha sgranato gli occhi e mi guarda disorientato, con la faccia di chi sa ed è colpevole. Poi forse la mia spavalderia si trasmette un po' anche a lui, perché mi prende per un braccio e mi allontana dai ragazzi.

«Sei Teo?» domando con forza. È un'affermazione più che una domanda.

Lui mi scruta silenzioso e la mia sicurezza all'improvviso vacilla. Inizio a balbettare: «Scusa... scusa sono ubriaca... è che la scatola e quindi ho pensato... Sei tu... Oddio, non so che dire...».

«Lo sapevo» dice lui.

«Infatti, scusa, sono troppo confusa...» biascico, mentre una fitta di vergogna mi trafigge gli occhi. Posso scoppiare a piangere da un momento all'altro.

«No!» esclama. «Lo sapevo che sei Emma».

Un'altra doccia fredda, di nuovo mi blocco, incapace di muovermi, parlare, di comprendere ed elaborare le sue parole. Al di là della sbronza e del colpo, mi sento arrossire e senza volerlo mi copro le guance con le mani. Non ho la più pallida idea di cosa fare, per quale motivo sono andata da lui? Ho bisogno di tempo, di riflettere.

«Perché non me l'hai detto?» sbotto incollerita, ancora una volta prima di rendermene conto.

«Che cosa ti dovevo dire?».

«Che tu sapevi. Io ti scrivevo e tu... tu lo sapevi e io no!».

«Sei stata tu a dichiararti, quello che mi hai scritto nella lettera sulla rassegna teatrale era troppo esplicito. Ho capito che parlavi di Francesca, mi sono ricordato del giorno prima quando tu e Antonella parlavate dei provini».

«Io non sapevo che eri tu! Una volta che lo avevi scoperto, non potevi rivelarti?».

«Lo so da solo una settimana e mezzo e poi non ne ero certo».

«Allora potevi chiedermelo?».

«Così avresti scoperto che io sono Teo».

«Oddio, ma che ti importava! Tanto alla fine io sono Emma!».

«Ma io non ne ero sicuro abbastanza».

Allora ho capito: «È per questo che non mi hai risposto, vero?».

«Sospettavo di te… non sapevo che dire».

«Ah, ho capito! Il problema sono io! Sono io che non sono all'altezza dell'Emma che ti eri figurato».

«Ma che stai dicendo! Non iniziare con queste cose».

«Sì, è così! Be', potevi non scrivermi! Stavi pure con quella!» parlo a vanvera, lo so.

«Io non stavo con nessuna».

Non so più che dire, l'agitazione e la rabbia si alimentano l'un l'altra.

«E anche se fosse, quale sarebbe stato il problema?» incalza lui.

«Che scrivevi a me!».

«Non ci stavo mica provando con te» esclama.

«Be', sì invece» non ho più il controllo sulla mia voce, al mio stato d'animo si aggiungono pesanti l'alcol, il fumo, il sonno.

«Ah certo, per te erano lettere d'amore e volevi il cavaliere che venisse a salvarti».

«Senti, sono arrabbiata».

«Perché?».

«Come perché? Tu hai scoperto chi sono, hai smesso di scrivere e non ti sei degnato di dirmi chi sei tu! E io non capivo un cazzo e ho fatto la figura dell'idiota».

«Quale figura dell'idiota?» ribatte lui con sarcasmo.

«Sì! Sono stata un'idiota perché in questa settimana e mezzo mi struggevo a pensare a cosa avessi fatto di male per cui tu non mi rispondevi più. E invece tu cosa stavi facendo? Te ne stavi fregando dopo aver capito chi fossi… sei stato vigliacco!».

Lui non risponde.

«Ora è tutto finito» dico calciando a vuoto la sabbia.

«Scusami» replica Tommaso con voce più bassa, guardando la strada che la luna disegna sul mare.

Scuoto la testa. In realtà non so come rispondere. Sono solo arrabbiata, eppure non posso rinnegare il bene che ho voluto a Teo, anche se ora Teo è Tommaso.

«Mi sono vergognato» continua.

«Di cosa?».

«Di quello che avevo scritto! Dopo che ti ho visto mi sono… mi sono sentito… a disagio. E secondo me anche tu ti sei sentita a disagio, ed è per questo che ora sei così arrabbiata».

«Sì, ma tu…».

«Mi dispiace, mi sono spaventato e non sapevo come comportarmi. Mi vergognavo di venire a dirtelo e non sarei riuscito a scriverti le lettere sapendo che tu non sapevi chi ero io, e io invece sì».

Malgrado tutto mi viene un poco da sorridere a quella schietta confusione, ma mi mordo le labbra e guardo a terra per trattenermi.

«Tu che cosa avresti fatto al mio posto, cosa volevi che facessi?» dice con esasperazione.

«Non lo so! Non lo so come ti avrei voluto conoscere, non so neanche se ti volevo conoscere. Non so cosa avrei fatto, non so se avrei fatto la tua stessa cosa. Però sento che è sbagliato questo, ora. So che non c'entra nulla con quello di prima! Non so neanche come spiegarmi».

«Questo è sbagliato?» sibila, evidentemente ferito.

«Sì, altrimenti non starei litigando con te!» urlo e mi viene da vomitare.

Corro verso i ragazzi, che sono tornati al telo. Non faccio in tempo a sentire le allusioni maliziose di Lorenzo che vomito sulla sabbia poco distante.

Luna viene in mio soccorso e mi tiene i capelli mentre rigurgito tutto ciò che ho bevuto. Poi mi accompagna a sciacquarmi il viso, mentre gli altri spostano il telo. Mi sento molto meglio, ma tutt'a un tratto, sento addosso molto di più la stanchezza che ho accumulato.

Sono oramai le cinque di mattina, il buio del cielo si sta lentamente diradando.

Tornate dal gruppo, che intanto è stato raggiunto anche da Tommaso, ci sediamo sul telo e io mi accoccolo accanto a Luna. Appoggio la testa sulle sue gambe, prendo un lembo del telo steso sulla sabbia e me lo arrotolo intorno, per ripararmi dal freddo. Lei fa cenno agli altri di lasciarmi riposare e si mette a giocare a carte con loro alla luce di una torcia. Spio il viso corrugato di Tommaso, mentre fissa impietrito le sue carte, sembra afflitto.

Un imprecisato senso di colpa bussa nel petto e mi volto dall'altro lato, chiudendo gli occhi. Il risentimento e la rabbia si sono consumate, forse rigettate fuori insieme al vomito. Ora non posso che pensare a lui, a tutti gli sguardi che ci siamo scambiati inconsciamente, a tutte le volte che ci siamo trovati vicini, a teatro e a scuola, per poi parlarci da lontani. Rammento ogni suggestiva parola delle lettere che, seppur firmandosi Teo, ha scritto lui. Mi sento al contempo privata della voce e con un grido sul punto di esplodere nel petto, mi viene da ridere e ho voglia di piangere. Desidero ballare e affogare. Nel turbamento covo un'eccitata felicità.

Mentre sperimento tutto questo, a mano a mano lo scroscio delle onde, la sofficità della sabbia e la sua freddezza, le frasi sottovoce dei miei amici, le cicale nelle dune, la luce della luna e delle torce si fondono in un liquido denso e argentato, che si riversa nella mente e solidifica tutto.

Dormo di un sonno profondo, forse sogno Teo, perché quando vengo svegliata percepisco alla lontana la sua essenza nella lingua impastata.

La prima cosa che vedo quando apro gli occhi è l'indaco, vedo solo uno sterminato colore indaco. Poi il mio sguardo rotea e, scoprendo il mare, il telo, i ragazzi stretti e imbacuccati nelle felpe, ricolloco quell'immensa distesa.

Nel cielo pallido, la luna ancora sta in alto, un cerchio perfetto e distinto, nel quale si possono intravedere delle macchie poco più scure sulla superficie bianca, di un bianco tanto smagliante da apparire innaturale. La luna sembra che sia stata appesa lì da qualcuno e possa essere staccata con una mano. Stagliandosi sui colori tiepidi del cielo, crea un fine contrasto, che induce uno stato di meraviglia tale da far dimenticare sé stessi.

Il cielo piega verso il mare, e avvicinandosi si rischiara, sfumando dal lilla al rosa, per poi giungere in quell'esatto punto dove un giallo neonato fa il suo primo respiro. Non so se i colori possano essere grandi, ma in quel momento, così dolcemente sfumati, sembrano giganteschi.

Della strada che la luna ha disegnato sul mare non è rimasto che qualche sporadico luccichio sulle onde. La via è stata percorsa e si scioglie nell'acqua.

Certe vie sono praticabili solo in determinati momenti, sono i momenti stessi, poiché come il momento passa, svanisce anche la via. Come la notte è passata, così la luna e la sua strada sarebbero scomparse.

Ma che momento è quello in cui la luna vive nel cielo chiaro? Fuori dagli sguardi indiscreti della gente, in cui notte e giorno si possono scambiare un ultimo saluto. Una voce familiare una volta ha detto che la luce del giorno assomiglia a una mamma e i raggi ai suoi bambini. Mi pare che la luna, accarezzando i piccoli, sussurri: come assomigliate alla mamma. Credo che anche lei sogni di avere dei bambini tutti suoi, ma è un'anima indipendente, come un capo, un guardiano, un custode.

Nella notte governa tutti quei puntini splendenti sperduti nel cielo, a proteggerli dal buio. Lei è impegnata a ravvivare ognuno di quei piccoli fuochi, volti di mondi paralleli.

Ecco di chi è la voce, di Teo.

Lo cerco con gli occhi e lo vedo a pochi passi da me, seduto con il capo sollevato verso il cielo. Nel notarlo mi prende un colpo. Dubito che ciò che ricordo sia realmente accaduto e spero si sia trattato di un sogno.

Ma poi due uccellini in volo attraversano l'alba, dirigendosi a est, dove il cielo ancora più schiarito sembra invitarli ad accorrere. Lui li segue con gli occhi che nel loro percorso cadono su di me e incontrano i miei. E allora capisco che non è stato un sogno, ma è successo davvero. E l'emozione che mi trasmette il suo sguardo e che mi tocca lo stomaco, si trasforma in sconforto quando noto l'aspetto di quello stesso sguardo. Imbarazzato, inquieto, offeso. Avrei preferito che Teo rimanesse una figura sconosciuta, piuttosto che individuare quei sentimenti negativi in lui, sotto un cielo come quello, all'alba.

Quando torniamo alla villetta, vediamo altri ragazzi, tra cui Federica e Giulio avvinghiati sotto la stessa coperta, che sventolando le mani ci salutano dalla terrazza sul tetto, anche loro in piedi per vedere il sole sorgere.

Rientriamo in casa sbadigliando e con le palpebre pesanti, i nostri corpi rattrappiti pendono verso terra, bisognosi di stendersi. In salotto siamo accolti da un russare generale e ci troviamo davanti il resto della compagnia, chi addormentato disordinatamente sul divano, chi su letti improvvisati per terra.

Flavio, facendoci divertire, prende la marmellata che abbiamo comprato per la colazione e la spalma addosso ai nostri compagni dormienti.

Io, Luna, Benedetta e Carlotta troviamo una camera libera e, formando una catena di incastri, ognuna appoggiata con la testa sulla pancia di un'altra, ci stringiamo sul letto matrimoniale.

Di nuovo dormo e prendo pausa dai miei pensieri, e di nuovo, quando quattro ore dopo ci svegliamo, spero che si sia trattato di un sogno.

Tra i frettolosi preparativi del ritorno, i minuti rimangono congelati. Sono tutti uguali, pieni e ugualmente vuoti di Tommaso. E quando io, a un giorno di distanza, mi ritrovo nella stessa posizione a ragionare sul treno, ho la sensazione di rivivere tutto al contrario, di avere solo fatto un giro cieco nel tempo, di aver solo messo la testa in una bolla e ora sono sul punto di estrarla, per ritrovarmi dove sono partita.

Ora la bolla sta per scoppiare, ma so che le scosse dello scoppio non si sentiranno nel mondo dove nulla è successo, dove io non sono mai partita, il mondo verso cui sto tornando.

Il sorbetto al pistacchio

L'autobus è gremito di gente come sempre, fra le teste posso intravedere quella di Tommaso, che si è seduto con Giulio il più lontano possibile da me. Mi fingo distratta, proprio come fa Alice con il ragazzo del portone, e mi guardo attorno, soffermandomi un millesimo di secondo in più su di lui.

Quel millesimo basta a richiamarlo, così che per un attimo ci ritroviamo a fissarci, prima che i miei occhi scattino altrove. Se non distogliesse lo sguardo nello stesso modo, scoprirebbe anche il mio imbarazzo e allora perderei a quel gioco taciturno. Si capisce che non sta dando retta a Giulio, allo stesso modo in cui io, sebbene abbia le cuffiette nelle orecchie, non sto ascoltando la musica. Il *non so chi*, dicendo che il mio è un falso e insensato orgoglio, insiste perché io vada a parlarci, ma glielo proibisco con rigore.

«Non ti ricordi che Teo ha detto che devi mostrarmi più attenzione?» suggerisce allora scaltramente.

«Sì, ma il tuo amato Teo ha detto anche che si vergognava di ciò che scriveva!» rispondo io ostinata, colta da quel segreto senso di colpa, consapevole del fatto che anche io ho provato quella vergogna, quella sensazione di essere stata denudata, anche io ho avuto l'impulso a coprirmi.

Come posso continuare a biasimare il suo comportamento?

Sbircio di nuovo il suo viso e lo trovo affascinante. Non possiede quel delizioso aspetto ignaro della mamma di Francesca esposta a teatro, ma è altrettanto, se non più bello. Mi meraviglio che questa bellezza non mi abbia mai colpita da quando lo conosco. Perché ora, alla sua vista, sento una stretta allo stomaco? Che incanto emana ora per trattenermi questo millesimo di più?

Ha un viso liscio, morbido, e occhi espressivi. Mi viene da sorridere pensando che è proprio lui Teo, che Teo è così bello. Mi dimentico che lo sto guardando e i suoi occhi incrociano per l'ennesima volta i miei, provocandomi una strana reazione, mi sembra che un masso stia piombando in un fosso. Una così incomprensibile reazione che mi fa accapponare la pelle. I suoi occhi sono pieni di significato e non posso evitare di capirlo.

Tentenno alla seconda esortazione del *non so chi* di andare da lui e quando scendiamo dall'autobus faccio per raggiungerlo ma, una volta accanto, lo supero accelerando, sentendo i suoi occhi premere sulla mia schiena.

Arrivo in classe e mi volto a guardarlo camminare per il corridoio, al fianco dei suoi amici. Per tante mattine, entrambi abbiamo preso il 72, siamo scesi alla stessa fermata, abbiamo attraversato le strisce, nei giorni di quelle bianche e di quelle nere, e poi abbiamo oltrepassato il grande cancello arrugginito del Saffo, ci siamo trovati a un passo di distanza e ci siamo salutati, abbiamo parlato, e nonostante ci siamo guardati così tante volte, oggi sembra che non lo facciamo abbastanza.

Quando, nella settimana prima del viaggio al mare, mi ha forse guardata a lungo o di sfuggita, mi ha evitata, nulla ha attirato la mia attenzione, non ricordo affatto la sua presenza in quei giorni. Ora non faccio altro che guardare quel maldestro ricciolo che si ripiega in direzione opposta agli altri. Un ricciolo che tuttavia, nella sua scompostezza, è in perfetta armonia con il resto del viso.

Poi prosegue e scompare al di là delle scale.

Il mio corpo è una camera affollata di persone riunite per prendere una decisione, si parlano tutte una addosso all'altra, tutte infervorate per la causa comune, al punto da non riuscire neanche ad ascoltarsi. Chi si mura in mio favore, chi appoggia il *non so chi*, chi si isola dalle fazioni e se ne esce con una proposta anarchica. Ironicamente, mi viene voglia di scrivere una lettera, perché non ho idea di come mi sento e forse le parole potrebbero spiegarmelo. Ma non esiste una parola per descrivere questi sentimenti sprovveduti, che vanno schizzando dappertutto.

Dopo averci ragionato per le sei ore di lezione, alla

campanella finale mi alzo per scappare, prima che ci ripensi, al terzo piano e dare un'ultima occhiata alla scatola verde, guardandomi bene dal farmi notare. Quando entro nell'auletta, sul volto del professor Vatti si dipinge la sorpresa che subito muta in un'espressione di comprensione.

«È venuto anche lui» esclamo decifrando le sue sopracciglia inarcate.

Il professore continua a guardarmi e tira fuori il pacco di biscotti.

«No, non ho bisogno di esser psicoanalizzata, voglio solo sapere se ha lasciato qualcosa».

Lui non parla e di nuovo intuisco.

«E che cosa ha detto?».

«Se n'è andato giusto poco fa, era venuto solo per vedere se avevi lasciato qualcosa» dice lanciandomi uno sguardo eloquente e non riuscendo a reprimere un sorrisetto che, come un fulmine, si ribalta sul mio viso. Arriccio le labbra per celarlo, mentre mi compiaccio silenziosamente: è venuto anche lui, mi ha pensato.

«Prof».

«Dimmi».

«Facciamo finta che lei è il mio psicologo».

Lui mi guarda attento, aspettando.

«Secondo lei, dovrei… dovrei parlarci oggi?».

«Mestiere dello psicologo non è consigliare, ma indicarti la tua risposta» replica con il suo tono calmo e accorto.

«La mia risposta?» chiedo.

Il sorrisetto torna sul suo volto: «La tua risposta: secondo te cosa dovresti fare?».

«Secondo me dovresti parlarci, smettere di usare la rabbia come scudo» risponde a gran voce il *non so chi*.

Io non so la mia risposta, non so che dire e tantomeno che fare, dunque, pur di evitare un silenzio che sarebbe dominato dalle contraddizioni provenienti dalla camera delle decisioni, utilizzo le parole del *non so chi*: «Forse in realtà ho solo paura, non sono davvero arrabbiata».

Lui annuisce soddisfatto.

«E se anche lui ha paura e non basta che sia io quella coraggiosa?» chiedo non convinta.

Il professore stringe gli occhi e sospira: «Il coraggio basta sempre, che sia di una, di due o di mille persone».

Scrollo il capo.

«Ci sono due casi» prosegue lui e io mi figuro due mondi paralleli. «Nel primo tu non vai da lui» dice, «nel secondo ci vai e ci parli». Poi spiega: «Nel primo caso non succede nulla, nel secondo potrebbe accadere qualcosa, tante cose, o potrebbe comunque, se è questo che desideri, non accadere nulla».

A quella frase, mi torna alla mente la volta in cui Teo, che ancora non riesco del tutto a personificare in Tommaso, ha detto che le domande aprono infinite strade e le risposte le chiudono. Forse dovrei solo fargli una domanda, cosa c'è di più semplice e ovvio di una domanda?

«Ma il secondo caso è imprevedibile» mi lamento. Capisco ciò che tenta di dirmi e so anche che il mio è un dubbio inutile, tuttavia, per quanto inutile sia, è qui a fermarmi e ho bisogno che lui lo storni con un'altra delle sue sagge indicazioni.

«Se non sai con certezza che al ristorante c'è ancora il sorbetto al pistacchio, allora non lo chiedi proprio?».

Lo guardo accigliata, ma sorridendo per la simpatia della metafora.

Qualche minuto più tardi, dopo aver lanciato un'occhiataccia alla scatola verde, quasi a redarguirla, mi chiudo alle spalle la porta dell'auletta numero 6. Tentenno. Poi afferro il foglio a quadretti che mi ha dato il professore a mo' di sollecitazione e, appoggiandolo al muro, ci scrivo con cura *Restiamo amici? Emma.*

Lui è ancora sotto il portico davanti alla scuola a fumare con gli amici. Accanto a Giulio c'è Federica, fiera e raggiante, e con lei Luna e Carlotta. Luna controlla l'orologio spazientita, probabilmente aspetta me, che le ho chiesto un passaggio a casa nella sua macchinetta. Scendendo le scale, farfuglio le parole che gli dirò, temendo qualche errore. Il biglietto è ormai ridotto a una pallottola nella stretta del mio pugno, che tengo in aria scandendo il tempo e l'intensità giusta, come fosse una macchina da cucire e la stoffa la mia voce. Una volta giunta davanti ai ragazzi, lo stringo più forte, per trarne forza o nella speranza di dargliela.

«Tommaso» dico a bassa voce e con fatica.

Lui si volta, non mi viene più da parlare, perché ci sono gli occhi a farlo, a buttarsi contro significati su significati. Scopro delle pagliuzze più chiare nelle sue iridi brune, simili a riflessi di bolle di sapone, al cui interno si può vedere tutto e nulla.

Gli porgo con mano intorpidita il biglietto piegato. Lui lo scruta senza aprirlo per quel che mi pare un tempo interminabile, allora lo saluto imbarazzata e, dopo aver supplicato sottovoce Luna di andare, mi incammino voltandogli le spalle. Non vedo l'espressione sul suo volto quando lo legge, non so se sorride, se scrolla il capo, se cade dentro le parole.

Immagino di entrare in un ristorante, manca la lista dei dolci e ricordo che una volta però ne ho mangiato uno proprio buono lì e allora chiedo: «C'è per caso ancora il sorbetto al pistacchio?».

La pausa in musica

L'indomani siedo al mio solito posto sul 72, massacrandomi le unghie, che bruciano per quanto sono state scorticate. A breve salirà Giulio insieme a Lui. Fisso le portiere automatiche con trepidazione. A vedermi da fuori, Alice crederà che sia senza biglietto e tema l'entrata di un controllore.

Gli ultimi metri prima della sua fermata, cerco con scarso successo di vedere, oltre le teste e il vetro, le persone in attesa. L'autobus si ferma e sale una donnina con i capelli corti color pece, in un tailleur grigio, con il viso tirato di chi si prepara a un incontro di lavoro, lo stesso viso che posso avere io.

Chissà quante volte qualcuno ha varcato le portiere del 72 in questo stato d'ansia, con gli arti rammolliti e le mani sudaticce, quante volte qualcuno è entrato con addosso quella nervosa consapevolezza che precede i momenti importanti. Quante volte per una qualunque persona il tragitto è stato irrequieto, di quelli che risultano troppo lunghi e brevi al tempo stesso, quante volte e io, nonostante mi trovassi nello stesso luogo, non ho fatto nemmeno caso alla strada. E mentre per quel qualcuno il tragitto è stato indimenticabile, io non ne ho neanche ricordo.

Oggi è il turno mio e di quella signorina, ed entrambe, per un motivo o per l'altro, memorizziamo, senza accorgercene, ogni particolare, perché l'agitazione ci sveglia e siamo più presenti. Eppure, per quanto sia attenta, al seguito della donna scorgo solo Valentina, la fascinosa sorella di Giulio, mentre di lui e Tommaso non una traccia. Alla chiusura delle portiere, provo un'esagerata scontentezza, pari alla precedente eccitazione, che strappa dalla mia bocca quel respiro che ho trattenuto in attesa di incontrarlo. M'incanto sul vetro della porta guardando il marciapiede allontanarsi, senza comprendere. Poi trasalisco al sentire una voce alle mie spalle: «Marghe».

Scatto all'indietro e mi ritrovo faccia a faccia con Tommaso, ancora con gli occhi spaesati per la delusione e le guance, che per prime hanno riconosciuto la sua voce, accese per la sorpresa. Capisco che è salito dalla porta anteriore, che la folla nasconde alla mia visuale. La sua espressione è forzatamente tranquilla, sembra chiedere il permesso.

«Ciao».

«Ciao», risponde lui guardando imbarazzato Alice che siede davanti a me. Allora accade che in un istante i miei occhi incrociano quelli di Alice, lei mi fa un impercettibile segno del capo a indicare il suo posto, io rispondo con un minimo sorriso e lei si alza, lasciando il sedile a Tommaso. La fisso incredula mentre si fa spazio tra le persone in piedi e annuisce gentilmente.

Scombussolata dagli avvenimenti dell'ultimo minuto, non dico nulla a Tommaso e mi limito a osservare fuori dal finestrino.

«Che ascolti?» dice lui incerto. Per tutta risposta, gli passo una cuffietta. Lui si avvicina per infilarla nell'orecchio e io mi piego in avanti affinché il filo ora teso non faccia cadere la mia. Le nostre teste si ritrovano vicine, ma voltate in direzioni diverse. Percepisco la scomodità di quella posizione, ma ancora più scomoda è l'emozione che mi fa tremare le gambe e che si fa più manifesta con l'avvicinarsi del ritornello della canzone che stiamo ascoltando. Tutte le canzoni hanno una parte più coinvolgente, più forte, diretta. Poco prima la musica cresce, sale e poi si blocca in una pausa di sospensione prima di rilanciarsi a capofitto nella melodia.

E in quell'intervallo che la frammezza dalla sua ripartenza, la melodia respira.

Ricordo che quando alle scuole medie studiavo il pianoforte, il maestro diceva sempre che le pause in musica sono fondamentali, almeno quanto le note, se non di più. La pausa è un atomo vuoto che costituisce, insieme agli altri atomi riempiti da suoni, quel vero e proprio corpo che è la musica. Nella catena di note perfettamente legate, spicca questa frattura. Allo stesso modo in cui una virgola o un punto all'interno di un discorso possono modificarne completamente il senso. Intuisco che Tommaso ha pensato lo stesso, e avverto ancora il suo sguardo addosso.

Restiamo silenziosi per tutti i minuti che seguono prima che l'autobus arrivi alla fermata della scuola, entrambi rimuginando su quella pausa. Quando le portiere si aprono siamo in piedi, io ho arrotolato le cuffiette e le ho messe in tasca. Scendo con un saltello. Lui accanto a me, viene chiamato indietro da un amico, mi pare che il nome sia Luca. Le nostre dita, volontariamente o non, giocando con l'aria intorno a loro, si intrecciano, e poi si lasciano subito dopo. Allora lui si ferma per aspettare l'amico e io proseguo avanti, camminando con passo deciso a ritmo della nuova canzone, con un incancellabile sorrisetto a distendermi le labbra, forse senza accorgermi della strada, ma di certo non sentendo alcun distacco fra me, lei, le strisce bianche e nere, la musica, lui, le nostre lettere.

Il gioco

La rassegna teatrale è prevista per il 21 aprile. In vista di questa, a teatro abbiamo aumentato gli incontri settimanali: due di prove senza interruzione, il martedì e il venerdì, e uno di lezione classica il mercoledì. Parecchi di noi, per lo studio o per impegni differenti, non possono permettersi di venire tre volte e il mercoledì, visto che non è giorno di prova, viene spesso saltato e quindi ci ritroviamo in pochi.

A presentarci siamo io, Tommaso, Antonella, Agnese, Beatrice, Mattia, Lorenzo e Ginevra. Passiamo le lezioni a prodigarci in esercizi di ogni genere. Una volta siamo stati mezz'ora in assoluto silenzio, costruendo un vero e proprio spettacolo su soli gesti ed espressioni. Un'altra abbiamo recitato a coppie, l'uno nelle vesti dell'altro, e quella dopo ancora abbiamo preso un oggetto che è diventato il centro di una breve storia improvvisata ma credibile.

Questo è facile, mi sono detta pensando al quadro appeso in salotto e a tutte le favole che ci ho dipinto attorno.

La prospettiva dello spettacolo porta vivacità e genera in ciascuno di noi un brivido di trepidazione. Febbricitanti ci esibiamo, ripetiamo le battute in qualsiasi occasione, sul palco e fra compagni, chiamandoci con i nomi dei nostri personaggi e sentendoci più loro che noi.

Non appena la parola spettacolo viene pronunciata, un fiume di allegria, un senso di unione e di forza si sente nell'aria. Chi più, chi meno, guardiamo all'evento con grande soddisfazione e una leggera, stuzzicante paura. Ai nostri giovani occhi è un evento di importanza incommensurabile. Con gli animi di ragazzi alle porte del futuro, vediamo distintamente il momento in cui tutti insieme avremo, mano nella mano, fatto un grande inchino sotto i riflettori del palco, mentre il pubblico in estasi applaudirà e si congratulerà.

Lo vediamo così vicino, come si vede un albero in una valle, come si riconosce un volto amico all'aeroporto, come si avverte il dolore dopo una botta, come si nota un fiocco di neve adagiarsi sul palmo di una mano nuda.

Con nitidezza, emozione, impetuosità e incanto, guardiamo a quell'evento consci in cuor nostro che determinerà qualcosa nelle nostre vite.

A motivare ancor più questo spirito è, per me, l'occasione di essere notati, di essere riconosciuti, scelti, di avviare la carriera che ho in mente. È quella la mia aspirazione, la mia volontà, il mio scopo. Quello è il mio sogno. E i sogni non hanno sempre e soltanto risvolti positivi, a volte portano un po' di sofferenza proprio per quella stessa lontananza, irrealtà, che li rende sogni, e che costituisce parte della loro bellezza.

So che proprio questi risvolti negativi, man mano che si presentano, accrescono il desiderio, la voglia di una futura soddisfazione, felicità, completezza. Aspetto il giorno in cui il sogno si realizzerà e sogno non sarà più.

Spinta da questa causa potente, a casa leggo e rileggo le mie battute. Posiziono il telefonino tra la libreria e la scrivania, attivo la videocamera e recito le mie frasi, misurando la stanza a grandi passi con fare concentrato. Con tutte le interpretazioni ed espressioni possibili ho pronunciato quelle parole.

Nella mia mania di perfezione, ultimamente mi sono persino accorta di avere un lievissimo difetto di dizione e di non pronunciare del tutto correttamente la lettera erre. Così vado esercitando la mia lingua, calcando la lettera e farneticando scioglilingua improbabili e parole come "irrorare" o "ramarro" o "arrischiarsi".

Le ripeto al punto che la gola si secca, la lingua incomincia a indolenzirsi e la mente a stancarsi. Ma sono contenta, e proseguo con grande convinzione a prepararmi per lo spettacolo, fin quando i continui esercizi perdono utilità e diventano solo nocivi per la mia spontaneità.

Non mancano i pomeriggi di malumore, durante i

quali prendo a male parole l'esagerata determinazione del *non so chi*, metto in discussione la sua sproporzionata fiducia nel mondo e ne mostro l'infondatezza. Quando succede allora scoppia la lite ed entrambi ne usciamo offesi. Ma poi ci stufiamo di mantenere il punto e issiamo bandiera bianca.

Allora con calma ricominciamo a sognare, le sue parole mi incendiano di nuovo e poi arriva un altro pomeriggio in cui la grandezza delle fiamme mi scoraggia, lo spavento prende il sopravvento e le male parole di nuovo scappano di bocca.

La gran parte dei giorni mi sento spronata, so che mai come in questo momento ho uno scopo: capisco che quando canticchio e istintivamente i miei fianchi prendono a ondeggiare, quando di sfuggita sorrido allo specchio e noto il verde dei miei occhi capisco, capisco che non importa quanto sarà difficile o inappagante, finché mi sentirò così stimolata.

Lo stimolo e al contempo il timore aumentano con l'avvicinarsi dello spettacolo e i tre giorni che lo precedono mi vedono altalenare da uno stato all'altro, in preda all'agitazione. Per di più, a smuovere il tutto c'è la presenza di Tommaso.

In sua compagnia non posso stare senza avvertire nello stomaco le fusa di un ignoto animale, differenti dall'impazienza di qualche tempo prima. Dopo l'incontro di quella mattina in autobus, che ha dichiarato la nostra riappacificazione, mi è mancato molto scrivere lettere a Teo, vorrei tanto parlargli di Tommaso, di come è strano tra noi due. Ma la penna ha finito l'inchiostro e lui tace.

Visto che io e Tommaso ci incontriamo di frequente sull'autobus, a scuola, a teatro e, da considerare, anche nei miei pensieri, la sua presenza e le derivanti fusa nello stomaco sono costanti. A ogni modo mi accorgo che un certo cambiamento nell'aria lo percepisce anche lui: il nostro mondo parallelo è naufragato in quello di tutti, e ora ci troviamo con i nostri rispettivi cloni, Emma e Teo.

È piuttosto complicato discutere da Emma e Teo, quando Margherita e Tommaso e tutti i loro compagni di mondo gironzolano nei dintorni.

Ugualmente, neppure da semplici Margherita e Tommaso si potrebbe chiacchierare con tranquillità, perché subito Emma e Teo, o almeno la loro coscienza, fanno capolino a impacciarli, al punto che la nostra conversazione non si estende a qualcosa di più che un saluto.

La verità è che siamo fatti a strati e il processo di conoscenza non è altro che uno scartarsi, strato dopo strato, fin dove si riesce.

Spesso è un'impresa complessa anche per noi stessi, perché i nostri strati hanno spessori e consistenze diverse. Di solito le conoscenze si approfondiscono un po' per volta, ma noi, fuori dalle norme, con quella nostra corrispondenza, abbiamo saltato alcuni strati superficiali. La nostra è stata una conoscenza disordinata, per cui ora mostra un risultato caotico.

Ci troviamo in un'imbranata situazione, di quelle che a volte capitano per strada, quando ti incroci con qualcuno e per passare avanti ti sposti nella stessa direzione in cui si sposta anche quello, e riprovando sul lato opposto di nuovo ti scontri, in un seguire di mosse a specchio alquanto imbarazzante.

Questo recente artificio nei gesti deve averlo compreso anche lui perché un giorno, a tre settimane dalla rassegna, mentre ci alziamo dal tavolino dove ci riuniamo con il gruppo prima di teatro, la sua mano afferra il mio braccio.

«Ti devo dire una cosa».

Ci incamminiamo allora in coda agli altri con passo pigro, così da ritrovarci in poco tempo abbastanza isolati.

Lo fisso con aria interrogativa mentre il cuore si muove più veloce.

«Emma...» spalanca gli occhi e si corregge: «cioè Margherita... Marghe».

La sua confusione mi diverte e a dir poco mi solleva, infatti, con un ardire che non crederei mai di avere e che mi costa un sussulto, esclamo: «Senti, smettiamola: lasciamoci andare e riusciremo a... a...» adesso sono io quella a essersi impicciata.

«A parlarci come facevamo nelle lettere» conclude lui con tono più deciso. Io sorrido e lui fa lo stesso, fissandomi le labbra con un'espressione indecifrabile.

«Dillo» lo incoraggio.

«Cosa?» chiede lui nervosamente.

«Quello che ti è passato per la testa. Dobbiamo dirlo subito altrimenti non funzionerà mai».

Lui mi fissa, poi sorride.

«Ho notato che hai questo dente un po' storto» mi spiega con serietà indicando la mia bocca, «e che il tuo labbro superiore, quando sorridi, fa una curva sopra».

Lo fisso interdetta: come ha fatto a notare il mio dente storto?

«Non è una cosa brutta, è particolare» dice lui sulla difensiva.

Ciondolo il capo ridacchiando, nel profondo lusingata come se sia il più bel complimento che potessi ricevere.

Come ho fatto a non capire che è lui Teo?

Ora mi sembra ovvio, mi sembra che non potrebbe essere nessun altro.

Gli prendo la mano, stavolta con decisione, scostando l'aria per trovarla, utilizzando la mia energia, sfruttando la mia forza. La sua mano rimane per un secondo immobile, poi rotea per annodarsi alla mia e combinarsi.

«Allora, cosa diremmo ora in una lettera?» domanda lui per rompere il ghiaccio.

Ci penso un po', ma prima che possa rispondere lui continua: «Sai una cosa? La parte delle lettere è passata, ora… ti va di fare un gioco?».

«Un gioco? Spara!».

Ho detto "spara", come mi è saltato in mente? Fortunatamente lui pare non farci caso.

«Molto spesso nelle lettere, parlavamo come se… volessimo che ogni giorno fosse come una storia di magia…» parla con un nuovo tono: più convinto, più da Teo.

«Dobbiamo farlo» lo anticipo.

«Esatto! Facciamo che un giorno tu, un giorno io prepariamo una sorpresa per l'altro».

«Che genere di sorprese?» ci facciamo prendere e in maniera incredibilmente facile.

«Non lo so. Qualunque tipo. Però devono essere in qualche modo… poetiche. Non so se capisci».

«Tutte le sorprese sono poetiche».

«In un certo senso sì» dice con aria pensierosa.

«Chi inizia?» chiedo io allegra.

«Come vuoi» risponde.

«Per me è uguale» mormoro, mentre l'imbarazzo torna. Sento la sua mano farsi debole nella mia ed esclamo: «Inizio io, dai».

«Ok. Da domani parte il gioco» dice lui, rianimato.

«Vince chi fa la sorpresa migliore».

«Allora dobbiamo tenere dei punti».

«Va bene. Potremmo fare che ognuno assegna dei punti da uno a dieci alla sorpresa dell'altro. E alla fine vince chi ne colleziona di più».

Continuiamo a stabilire regole fino alla porticina del teatro, poi constatiamo entrambi che sarebbe irragionevole, perché una sorpresa è per sua natura sovversiva.

I piccoli vorrei

A casa rimugino a lungo su che sorpresa preparare per Tommaso. Non è frequente che ne faccia o che gli altri ne facciano a me, perciò posso dirmi inesperta.

«La gente dovrebbe fare più sorprese» sbotta il *non so chi*, mentre provo quel godimento che si sente sempre nel pensare un regalo per qualcuno, nell'avere intenzione di far piacere.

Sono raggomitolata sul divano accanto a mio padre, lo schermo della televisione rilascia luce sulla parete con intensità diverse. Sgranocchiamo delle patatine fritte, pescandole da una ciotola tra noi due. Mamma si è messa tutta in tiro per andare a cena fuori con le sue amiche storiche, Paola e Daniela, entrambe divorziate da poco. È uscita un po' controvoglia, consapevole della serata che le si prospetta, che, seppure programmata allo scopo di brindare alla nuova indipendenza, non escluderà l'inevitabile rammarico, se non persino qualche lacrima. Comunque, per sua fortuna e a vantaggio delle sue amiche, mamma è alquanto brava a consolare.

Intanto, con gli occhi inchiodati allo schermo e la testa altrove, io e papà non ci scambiamo più di un paio di commenti sul cibo e sul programma televisivo.

Io e lui non siamo a nostro agio con le chiacchiere vaghe: a meno che non scoviamo un argomento che ci prende, preferiamo stare ognuno sulle sue, per via di quella riservatezza che ci accomuna e che l'uno ha trasmesso, l'altra ereditato.

Basterebbe un dettaglio interessante e, per quanto siamo tipi solitari, troveremmo di che parlare per ore. Con mia madre comunico certo con maggiore spigliatezza, scherzando e spettegolando, tuttavia mai potrebbe accadere di portare avanti un discorso ben preciso per tanto tempo. A me e papà invece piace discutere di cultura, di scienza, di sport, di cinema, di musica. Per la musica in particolare condividiamo una grande passione. Mi ha fatto conoscere i suoi artisti preferiti, facendoli diventare i miei, e abbiamo iniziato ad ascoltarli insieme in macchina, alzando il volume. Io e papà non canteremmo mai a squarciagola in presenza di qualcuno, eppure non possiamo trattenerci dal fare almeno il labiale delle parole, che sappiamo tutte a memoria, e dallo sbattere le dita secondo il ritmo. Ricordo che quando avevo circa sette anni mi regalò un libro intitolato *La storia del rock*, che sfogliai tanto da imparare tutti quei nomi stranieri prima ancora che mi dicessero qualcosa. Nomi come Elvis Presley, i Beatles, i Rolling Stones, Sam Cooke, Bob Dylan, Jim Morrison, i Pink Floyd, i Guns N'Roses e David Bowie.

Più tardi, verso i dieci anni, da un viaggio mi portò un microregistratore, affinché potessi registrare le canzoni delle quali non conoscevo il titolo quando le notavo alla radio. Dopo nemmeno un anno avevo ricevuto un cellulare, con incluso il registratore e le nuove app per riconoscere le canzoni sul momento, così non lo avevo mai usato. Però l'ho conservato quasi fosse d'oro e lo tengo al sicuro nella mia scatola della musica, una scatola dove man mano accumulo qualsiasi cosa sia riconducibile a questa mia passione, come i biglietti dei concerti, i dischi, gli spartiti, i plettri per la chitarra. Questi ultimi ho addirittura iniziato a collezionarli: ne compro uno in ogni paese che visito. La musica è la più grande espressione d'emotività fra me e mio padre.

Lui non è infatti quel genere di persona da cui vai quando hai bisogno di confidarti, la nostra dimostrazione d'affetto si restringe a un bacio sulla fronte che mi dà prima di andare al lavoro, mentre io neanche lo guardo.

Fra noi c'è un forte contenimento di sentimenti, ma non perché siamo indifferenti. Piuttosto, li riteniamo a tal punto preziosi che se non li tiriamo fuori è perché temiamo che facendolo possano essere danneggiati.

Anche se fra i miei genitori l'animo più sognante e romantico lo ha sempre dimostrato mia madre, non dubito mai che papà possieda altrettanto amore e anzi ho sempre pensato che forse il suo sia anche più robusto, più saldo, perché lui lo tiene concentrato tutto insieme, al riparo.

Da bambina mi piaceva credere che io e lui fossimo talmente pieni di bene reciproco che se solo avessimo provato a dichiararcelo saremmo scoppiati, per questo non lo facevamo. E lo credo ancora.

Questo freno però non ce lo poniamo per il sapere: siamo affamati di sapere. L'anatomia umana, la natura, la meccanica esercitano su di me un potente fascino, quando lui me le illustra. Mi piace la matematica nelle sue spiegazioni, la sua capacità di dissezionare i concetti, grazie alla quale riesco a comprendere ogni articolata strategia, e più capisco più ne sento il bisogno. Troviamo una semplice soddisfazione nel trarre informazioni dalle osservazioni. Ogni nostro discorso si costruisce sulle osservazioni, papà le adora. Menziona di continuo *Il giovane Holden* di Salinger: "Sa le anatre che stanno in quello stagno vicino a Central Park South? Mi saprebbe dire per caso dove vanno le anatre quando il lago gela?".

Ho divorato quel libro cinque volte, ma non abbastanza perché divenisse oggetto di noia. Talvolta me lo porto appresso, senza leggerlo, giusto per sentire vicina la sicurezza del suo potere inesauribile, e ciò giustifica la copertina parecchio sgualcita e la piccola macchia di caffè sul dorso. Mi procura la stessa quieta esaltazione del parlare con papà, la stessa che aleggia ora che abbiamo appena consumato una lunga discussione sul carattere dei virus e fissiamo silenziosi lo schermo con la lingua secca.

Oziamo in questo momento su un canale di cucina, che trasmette la pubblicità di uno shampoo. Una donna attraente sfoggia lisci capelli dorati e innaturalmente luminosi e sorride in un setoso e principesco abito da sera. Penso che un giorno vorrei indossare anche io un vestito così: lungo, elegante, estremamente costoso. Metterlo per un gran gala, durante il quale discorrere, sorseggiando drink, con altolocate signore dalle voci al miele. Sarebbe divertente sentirsi per una sfavillante sera una nobildonna nel suo mondo di ricevimenti. Era uno di quei piccoli vorrei che ogni tanto sbucano fuori, quei desideri o sogni che bussano un poco nella testa e poi ritornano a dormire in un cassetto nascosto.

«Perché li lasci addormentare?!» mi rimprovera il *non so chi*. «Dovrebbero anche loro avere la possibilità di venir compiuti, e non accontentarsi di bussare ogni tanto», continua infiammato, «non accontentarsi di essere pulviscolo, che viene notato solo all'incrocio di un raggio di sole, per poi scomparire di nuovo».

Come si può immaginare, grazie all'insistenza e all'abilità persuasiva di quest'essere che mai mi abbandona, mi ritrovo in breve a dirmi che ha senza dubbio ragione. Dovrei per rispetto mantenerli svegli. Dovrei trovar loro un rifugio che li salverebbe dal triste destino del dimenticatoio.

Non sono forse anche loro parti della mia persona?

Certamente alcuni di questi, proprio perché appartenenti alla mia psiche, proprio perché me, dovrebbero rimanere in ombra, irrealizzati. Ma allo stesso modo altri potrebbero trovare compimento e, appagati quei piccoli vorrei, briciole di me, non lo sarei, almeno in parte, anche io?

Dovrei appuntarmeli tutti in una lista e poi fare un segno accanto a ogni voce che viene soddisfatta. Oppure raccoglierli da qualche parte e di tanto in tanto tirarne fuori uno per farlo avverare. Un po' come il gioco delle domande, il gioco delle sorprese.

Tommaso, ecco quale può essere la mia sorpresa per lui: una possibilità ai suoi piccoli vorrei.

Ho solo bisogno di rimediare un contenitore dove lui possa fissarli, come il registratore che mi ha regalato papà farebbe con le canzoni alla radio.

Il registratore!

Balzo dal divano e, seguita dallo sguardo impassibile di mio padre, mi allontano saltellando, come sempre mi succede quando sono presa da un'idea. Inizio a svuotare alla rinfusa i cassetti della scrivania per dissotterrare la mia scatola della musica.

È una scatola circolare in metallo, sul coperchio della quale, prima di venir coperta da un cartoncino colorato con una frase della mia canzone preferita, era stampata l'immagine di biscotti molto appetitosi.

"She's got a smile that it seems to me, reminds me of childhood memories".

Tutt'intorno l'ho decorata incollando brillantini e foto scattate ai concerti.

Ognuna ritrae me con una sciarpa legata in testa, in mezzo a migliaia di sconosciuti, con la bocca spalancata e le braccia in aria.

Staccando il coperchio con un po' di difficoltà e non senza farmi cadere addosso qualche brillantino, scopro il vecchio vinile che papà mi ha affidato, il primo scarso disco che è stato in grado di comprarsi con i propri soldi. Con un lembo della maglietta lo raccolgo e lo spolvero, maneggiandolo con quell'accorta delicatezza che gli oggetti amati, per via di una certa sacralità, sembrano richiedere.

Dopo averlo riposto con cura, mi concentro sul fondo della scatola, dove è abbandonato il microregistratore. Uno schermo quadrato occupa la parte superiore dell'oggetto, mentre sotto spuntano cinque pulsanti di colori diversi. Ben presto, sebbene l'ho usato molto tempo fa e soltanto una volta, ricordo come funziona: il primo dei tasti avvia la traccia vocale, il secondo la blocca, il terzo salva, il quarto elimina e il quinto accende e spegne.

Con dei nastri adesivi colorati che ho trovato nel disordine dei cassetti durante la recente ispezione, decido di abbellirlo.

Quando il retro del registratore è completamente foderato da strisce arancioni, azzurre e rosse, prendo un pennarello indelebile e con una calligrafia a ghirigori ci scrivo sopra: PER I PICCOLI VORREI.

Completata l'opera, la studio con ammirazione. Mi sento creativa, ed è proprio una bella sensazione, ma manca ancora qualcosa. Dopo aver guardato il microregistratore con un sorriso, mi schiarisco la gola, faccio qualche prova e poi spingo il primo tasto per avviare.

«Vorrei andare a un gala indossando un bellissimo e raffinato abito da sera» dico tutto insieme, poi aggiungo «oppure un giorno vorrei prendere in affitto un abito d'epoca e andare a un ballo a tema, come... come le dame dell'Ottocento, quelle dei romanzi di Jane Austen, come Emma. Ecco, vorrei sentirmi un po' così».

Premo il tasto per salvare la traccia e inizio a perlustrare la camera con gli occhi, sperando di cogliere altro pulviscolo. L'ispirazione si disegna sul muro bianco: «Vorrei dipingere dei fiori sulla parete della mia camera» dico ripetendo da capo gli stessi gesti.

Mentre parlo, penso che mai davvero dipingerò la mia camera e rischierò così di rovinarla, e sono proprio lì per premere il tasto di eliminazione quando il *non so chi* blocca la mia mano. Mi ricorda che quello è il senso. Accogliere le idee vagabonde. Quindi sentenzia: «Io credo che dovresti iscriverti a un corso di swing».

Ridacchio all'idea, ma ammetto che effettivamente una volta nella vita dovrei farlo e così lo ripeto al microfono.

«Vorrei comprarmi un bonsai e dargli un nome» dico sollecitata dall'immediatezza del *non so chi* e provando a replicarla.

«Vorrei scoprire dove vanno le anatre di Central Park quando il lago gela».

A poco a poco scopro che desiderare è un congegno molto semplice, e i piccoli vorrei nascosti, osservando il trattamento riservato ai loro amici, sembrano man mano farsi coraggio e sgusciare fuori dalle loro tane sempre più numerosi.

Così continuo a volere e volere al punto che, per non occupare tutta la memoria del microregistratore, seguito ad appuntarmeli su un vecchio diario pressoché intatto.

D'un tratto incomincio ad avvertire la stanchezza nelle palpebre pesanti e le labbra incollate fra loro, e mi accorgo che si è fatto tardi. La televisione in salotto ancora parla e delle ombre giungono fino alla mia camera. Spengo la luce e appoggio il registratore sul mio comodino.

Al suono della campanella della ricreazione, esco speditamente dalla classe. Tengo fra le mani il microregistratore, che fino a questo momento ho custodito nella mia borsa, ignorando le domande dei miei compagni: «Che cos'è?», «Ma è un registratore?».

Salgo tutto d'un fiato i gradini fino all'aula del quinto F.

Nel corridoio fuori dall'aula parecchi ragazzi bevono il caffè e parlottano. Per prime mi imbatto in Sveva e Alessandra che mi fermano, salutandomi con due baci, e poi, nel notare i miei occhi che passano in rassegna il corridoio alle loro spalle, mi chiedono: «Chi cerchi?». Alla risposta «Tommaso» sembrano per un secondo stupefatte, prima di ricomporsi e indicarmi la rientranza del muro, poco più giù, dove sono installate le macchinette degli snack. Senza troppo riguardo, faccio loro un cenno di saluto con la mano e mi affretto verso il luogo che mi hanno mostrato.

Quando mi trovo faccia a faccia con Tommaso, biascico parole confuse per il fiatone che ho accumulato e gli porgo il microregistratore.

Lui lo fissa senza capire di cosa si tratti e allora gli spiego, incrociando le gambe per bloccare un certo tremolio del piede.

Gli parlo dei piccoli vorrei e gli esprimo con un po' troppa solennità, che risulta forzata e che lo fa indubbiamente sorridere, la mia speranza che se li annoti con una registrazione vocale. Al termine del mio goffo discorso, lui prende la piccola scatolina rettangolare dalle mani e le sue dita sfiorano le mie. Come se avesse ricevuto esattamente il dono che aveva chiesto, continua a sorridermi con un barlume di fierezza nelle pupille brune, tra le pagliuzze chiare.

«Una volta vorrei raccontare una barzelletta dall'altoparlante dello stadio» dice con serietà.

Rido, dandogli una spintarella che destabilizza più me che lui.

Poi, quasi in mio aiuto, suona nuovamente la campanella di fine intervallo.

Quindi mi avvicino per abbracciarlo ma, pensando che sia più adatta una pacca sulla spalla, e subito dopo cambiando idea, non ricavo altro che una sequenza di brevi movimenti scattosi e incoerenti, prima di girare i tacchi e risolvere la faccenda con un «Ciao» urlato, mentre sparisco tra gli studenti che tornano in classe.

Il ballo

Abito in un condominio di due palazzine, disposte ad angolo verso ovest e collegate dal famoso vialetto su cui affaccia il mio balcone. Si accede tramite un cancello nero, che ho sempre avuto difficoltà ad aprire, forse per la chiave consumata o per la serratura sformata. Sono dunque solita attendere qualche minuto prima dell'arrivo dello scorbutico signor Ferretti, il quale torna dallo studio allo stesso orario in cui io torno da scuola, così da approfittare del suo passaggio e intrufolarmi dietro di lui.

Il cancello è alla fine di un largo viale alberato, che si chiama via dei Canetti, e un alto muretto di pietra lo costeggia tutto. Sul lato destro del viale si ergono, a ridosso dei palazzi, dei pini maestosi e sul lato di sinistra degli esili pruni, regolarmente distanziati. I primi, robusti e sempreverdi, osservano dall'alto i loro opposti, con un'austerità che non cela però una certa invidia. Quest'ultima non si smorza neanche quando l'inverno giunge a scolorire i pruni, a strappargli le vesti con aggressività. Allora i corpi grigi e scheletrici aspettano con una serena e speranzosa nostalgia l'arrivo della bella stagione, quando le prime gemme torneranno a popolare i loro rami e scoppieranno di tenerezza. E i pini, di quel circolo, di quell'alternarsi e generarsi di tristezza e felicità, non capiscono nulla. Quest'inequivocabile apparenza mi ha sempre portato a ritenere che, tra i due filari d'alberi, i più appagati siano i vecchi e fragili pruni.

Un giorno che percorro di buon grado il viale, mi accorgo d'improvviso dell'arrivo della primavera.

Lo zaino pende sulla spalla sinistra, ma è contrappesato da una lettera che fa fremere la mano destra. Racchiude in sé la sorpresa, la prima sorpresa, che Tommaso ha preparato per me.

Affiancandomi all'uscita di scuola e porgendomi la busta con aria misteriosa, mi ha detto proprio così: «È la mia sorpresa per te», e io ho sentito di nuovo la certezza di poter scoppiare, quel sentimento che per la prima volta ho provato in spiaggia: privata della voce ma con un grido appeso in gola, con la voglia di ballare e di affogare.

Per coprire la momentanea sospensione di ogni mia capacità reattiva, ho concentrato il mio sguardo sulla busta, non vedendola del tutto distintamente. La carta ruvida è di color avorio, decorata da una fantasia floreale blu e rossa, con qualche sprazzo d'oro. È diversa dalle nostre solite lettere, ha un che di fastoso.

«Prendi sul serio quello che c'è scritto» mi ha raccomandato lui, prima di posarmi un bacio sulla guancia e allontanarsi in direzione dei suoi amici sotto il porticato.

Io l'ho salutato con un gran sorriso e, con passi che sembravano calzarmi troppo larghi, ho raggiunto Luna. Sono salita sulla sua macchinetta con la stessa espressione stampata sul viso per il resto del tragitto, e che neanche il vento che soffiava entrando dal finestrino è riuscito a portar via. Luna, seppur saltando con gli occhi da me alla lettera con aria furba, ha avuto il buonsenso di non dire nulla. È infatti ormai evidente a tutti i nostri amici che un sentimento particolare è nato fra me e Tommaso, ma ciascuno di loro, dopo qualche domandina invadente prontamente liquidata da entrambi, ha ceduto a non immischiarsi più di tanto.

Appena prima che svoltasse in via dei Canetti ho chiesto a Luna di lasciarmi di fronte al bar all'angolo, colta da un improvviso e singolare desiderio di passeggiare.

E così mi ritrovo nel viale alberato, soppesando in mano la lettera e studiandola con curiosità. Oltre ai fini petali, noto un sottile filamento verde che la contorna e che si sbroglia fino al centro della busta, dove termina con un ricciolino. Lì la carta, non incollata bene, si alza leggermente. Da quella fessura pare uscire una forza che attrae le mie dita. A stento resisto ad aprirla.

Via via che il viale scende, il muretto laterale si alza, fino a raggiungere, all'altezza del cancello nero, i due metri. Il sole non è abbastanza forte da scaldare ma punzecchia tiepidamente la mia pelle, rilassandola. A confronto con la tranquillità circostante, lo scalpitio proveniente dalla busta sembra crescere.

D'un tratto decido di fermarmi e aspettare di scorgere il signor Ferretti, seduta in una macchia di sole tra due pini. Alla luce del sole gli sprazzi d'oro sulla carta mandano bagliori. Apro la busta e tiro fuori un biglietto, ornato con la stessa fantasia, ma di carta più rigida, sulla quale a inchiostro blu è stato scritto:

Carissima Miss Emma,
è per me motivo di vanto invitarLa al Gran ballo di Primavera. Lasciatemi dire che mi rendereste l'uomo più felice del mondo se onoraste me e gli ospiti della Sua eccelsa Presenza. Spero non mi diate torto se, pienamente fiducioso della Sua bontà, mi prendo la libertà di inviarLe una carrozza questo venerdì alle 17.45, che L'aspetterà davanti al teatro L'Angolo. Nell'attesa del dolce evento, resto il Suo più umile e fedele servitore,

Sir Teo

Scoppio a ridere nel silenzio della strada. Tommaso mi ha detto di prendere sul serio il contenuto del biglietto, e io l'ho preso più seriamente di quanto ritenessi possibile, credo che sia per questo che rido.

Sono stata invitata a un ballo, un ballo d'epoca, nei grandi saloni sfarzosi illuminati da lampadari di vetro e rivestiti di specchi, dove si riflettono le giravolte delle fanciulle e gli inchini dei gentiluomini. Quei balli che nei romanzi costituiscono sempre un evento compromettente per la storia delle mie eroine. Non vedo come possa in alcun modo avverarsi questo sogno, ma non posso fare a meno di provare un forte impulso a tornare indietro, trovare Tommaso e tempestarlo di domande al riguardo.

Capisco che deve aver ascoltato i piccoli vorrei già registrati e immagino che la sua sorpresa voglia essere una specie di realizzazione del mio piccolo vorrei sul ballo ottocentesco. Ciò spiega il tono del biglietto e la busta decorata.

Allora mi alzo, perché d'un tratto mi è insostenibile star lì ferma, in attesa.

Il mio sguardo si sposta sui pruni, il rosa spicca più che mai sui loro rami.

A tale spettacolo mi salta in mente una parola norvegese: *forelsket*, l'euforia che si prova quando inizi a innamorarti. La stessa euforia che scaturisce dal polline dei primi fiori, e che tanto commuove i pruni e ingelosisce i pini. La stessa euforia che si fa strada in me mentre cammino. Il terreno oscilla sotto i miei piedi e mi sballottola da una parte e dall'altra, che per mantenere l'equilibrio devo seguire i suoi movimenti e saltellare qua e là. E come i miei piedi si agitano, così l'asfalto scivola via con loro.

Arriva il venerdì, l'orologio da polso segna le 17.40 e mi trovo sotto all'insegna del teatro.

Sposto il peso del corpo da un piede all'altro a intervalli di pochi secondi, di tanto in tanto batto la suola di uno stivale all'altra. Ho lo stomaco annodato e il cuore nel petto sembra essersi aperto a metà. Canticchio senza farci attenzione, tanto per elasticizzare la mia voce e impedire che l'emozione la stringa.

Scorgo Tommaso avvicinarsi e butto lo sguardo a terra, così che nel mio campo visivo possano rientrare soltanto le sue scarpe da ginnastica che procedono speditamente, rallentano un poco e poi si fermano a qualche metro. Allora capisco di non poter più sfuggire, alzo il capo.

«Dov'è Antonella?» è l'unica frase che esce dalla mia bocca.

Una leggera delusione mista a perplessità si dipinge sul suo volto.

«Viene alle sei, come tutti gli altri» risponde.

Cala uno spinoso silenzio, dal quale, quando lui lo interrompe saggiamente, esco con le guance arrossate come se mi avessero schiaffeggiato.

«Mi scusi, stava aspettando qualcuno?» domanda con tono più dolce.

«In realtà aspettavo un certo cocchiere, devo andare a un ballo» dico cambiando totalmente espressione, e assumendo una finta aria da pavone.

Lui sorride.

«Ma Signorina! La sala da ballo è proprio qui accanto, mi permetta di accompagnarLa» dice porgendomi il braccio, che accetto senza esitazione.

La parte della gran signora e il modo semplice di Teo mi hanno sciolto, e ora non trovo alcun impedimento a varcare, stringendo la sua manica, la porticina del teatro che è sempre aperta. Camminiamo per il corridoio delle foto, la donna riccia sembra ammiccarmi e fare cenno in direzione del mio accompagnatore. Come per ricambiarla dell'incoraggiamento, le faccio un gran sorriso senza pensarci.

Le luci si affievoliscono ed entriamo nella sala degli spettacoli. Lui mi conduce tra le file di poltroncine vellutate, mi fa salire le scalette del palco e poi allarga le braccia per dire "eccoci qui". Mi guardo intorno diffidente, ma senza contenere l'increspatura delle labbra.

«Perdoni la mia sfrontatezza, Signore, ma credevo che a questo genere d'incontri ci fosse molta gente… e il banchetto e gli specchi».

«Gli specchi sono proprio là» e indica un punto nel vuoto, «e lì in fondo, dietro a quel gruppo di allegri signori, trova il banchetto. Spero sia abbastanza ricco» recita con fare cerimonioso.

«Sì, abbastanza. Ma invece…» e faccio finta di lisciarmi un abito, «Le piace il mio vestito… verde giada?».

«Signorina, il verde giada Le dona incredibilmente!».

A questo punto scoppiamo entrambi a ridere.

«Dimenticavo la musica! Che ballo è senza la musica?» rimprovero con gentilezza.

«Che sciocco!» fa lui portandosi drammaticamente una mano alla fronte. «Ha ragione! A questo punto La prego di deliziarci con il Suo canto…».

«Signore, io non canto» replico subito, stavolta più aspra.

«Ne dubito, Signorina. Ogni fanciulla che si rispetti

possiede questa dote e inoltre mi è parso poco fa di udire la Sua voce, quando ci siamo incontrati».

Volto il capo, per nascondere il mio spavento. Stavo canticchiando sottovoce, ma mi ha sentito. Forse mi sono dimenticata di smettere, troppo presa dall'ansia.

Tommaso mi guarda esortante.

«Non canto, davvero. Non saprei che canzone cantare e poi… e poi sono stonata» borbotto, l'alterazione da dama è svanita nella mia voce, che ora risulta vagamente stridula.

«Io ho una soluzione per entrambi i problemi. La canzone la puoi inventare sul momento e in questo modo, non conoscendola, non posso sapere se stoni» ribatte, anche lui tornando al tono normale.

«Ma se arrivano gli altri o… Francesca!» esclamo, ricordandomi della padrona del teatro e rendendomi conto che deve essere lì da qualche parte, se abbiamo trovato la porticina aperta.

«Francesca non esce dal suo studio prima delle 17.55 e gli altri non arrivano prima delle 18. Siamo in anticipo…».

«Non posso» balbetto.

«Chiudi gli occhi, è più semplice».

Mi scruta in silenzio.

«Va bene».

Chiudo gli occhi.

«Ora prova, ci provo anche io».

Li riapro di scatto. Non posso farlo. Perché? Non posso farlo e basta. Lui tiene gli occhi chiusi e ancora un sorriso gonfia le sue guance. Passa qualche secondo, prima che riesca effettivamente a emettere suoni. Poi inizio a canticchiare a bocca chiusa. Non riconosco la musica, ma per la facilità con cui nasce, nota dopo nota, potrebbe essere quella ninnananna che le mamme cantano ai bambini e che, per quanto tempo passi, rimane impressa nella memoria. Una melodia dolce, piena, corposa. Un fiore bianco.

Lo spazio, che altre volte ha represso la mia voce, è ora il mezzo indispensabile affinché le vibrazioni nella mia gola si propaghino per diventare suoni, per essere il mio stesso canto. La voce si sta facendo più ferma, più decisa.

«Balliamo?» bisbiglia.

Stavolta non replico: non mi risulta una richiesta strana o avventata. È un gesto spontaneo. Sposto un piede, poi l'altro.

Mi dondolo, come su un'altalena.

È un movimento curvilineo, soave, che culla. Le domande troppo impacciate per la danza, cadono, e le risposte troppo pavide, scappano. La melodia intanto va addolcendosi. Diviene calma, statica. Come una piccola barchetta che galleggia in mezzo al mare, avvolta dalla serenità. Sorrido, e in quel momento Tommaso tocca la mia mano.

In mezzo al prato con al centro il fiore bianco, sul palco senza spettatori, balliamo.

Un rumore di passi, un urtare di anta e apro gli occhi. Subito il prato viene riassorbito dalla terra, il fiore si smaterializza e la mano di Tommaso lascia bruscamente la mia.

«Ciao ragazzi! Siete in anticipo. Già che siete sul palco, andate dietro le quinte a prendere i costumi? Oggi prova generale» dice distratta Francesca, d'un tratto comparsa sulla porta con una scopa tra le mani.

Io e lui scattiamo dietro le quinte rispondendo a malapena, stralunati. Piegandomi a raccogliere la cesta di vestiti, nel buio dietro le quinte, mi accorgo di un fastidioso pizzicore agli occhi.

«Che cosa hai visto?» mi sussurra Tommaso.

«Una margherita».

La cena

Nelle settimane dopo, io e Tommaso continuiamo il nostro gioco con impegno e una crescente competizione dovuta alla costante parità del punteggio. Man mano scacciamo ogni imbarazzo, cominciando persino a trascurare la nostra segretezza, includendo alle volte i nostri amici in piani strategici per stupire maggiormente l'altro. I giorni non si scontrano più come cani al parco. I giorni adesso sono accucciati sul prato che, nonostante il calore del sole, conserva la propria freschezza.

Un giorno mi arriva un mazzo di fiori, precisamente di tulipani rossi, un altro un segnalibro fatto da lui che recita: "Dovunque tu sia, troverai l'ingresso alla serra delle farfalle". Un lunedì ho trovato nella borsa un piccolo ciondolo a forma di goccia, e un martedì mi lascia sul banco un sacchetto di carta contenente un pennello nuovo e un tubetto di tempera color turchese.

Il tempo passa con rapidità, inesorabile ma inoffensivo. I minuti mi superano lesti in punta di piedi, guardandosi bene dall'interferire con la mia pace. Sembrano quasi temere che un simile stato d'animo possa rivelarsi letale a chiunque di loro ne goda. Intuiscono che gli è precluso.

In un battito di ciglia si arriva alla sera prima dello spettacolo. La trascorriamo a casa di Francesca. Durante l'ultima lezione, dopo tre ore di prove ininterrotte, abbiamo lasciato il palco, per l'ultima volta prima dello spettacolo.

Ognuno ha occupato una poltroncina nella sala, il velluto era comodo. Per dieci minuti buoni siamo rimasti in quella posizione a osservare la scena, illuminata dai riflettori, vuota. I fantasmi degli ultimi personaggi, si stavano in quel momento congedando, evaporavano per tornare al loro stato originale, nei loro mondi lontani.

Noi seduti assistevamo a quello spettacolo di invisibili e taciti saluti.

Per mesi abbiamo letto battute di copioni come numeri di telefono per metterci in contatto con quei fantasmi. Per mesi sono stati i nostri amici. Ma tra meno di due giorni il loro vincolo con noi scadrà, il sipario alla fine si aprirà e loro voleranno via. Sappiamo tutti che il vero e più sentito saluto è sempre il penultimo, l'addio è troppo intenso per essere provato.

Abbiamo guardato in avanti, vedendoci già, noi e i

nostri personaggi, a esibirci davanti a un pubblico, per quel pubblico, nel pubblico. E come ogni volta, Francesca ha detto «Ragazzi è ora», e abbiamo lasciato la sala. Ci siamo trattenuti più del solito nel corridoio, nel piccolo atrio davanti alla porticina, come aspettando qualcosa. Quel qualcosa, se era quello che stavamo aspettando, è arrivato con un'esclamazione di Giorgio: «Facciamo una cena! Domani, per brindare allo spettacolo».

Nel mezzo del salotto è stata posta una tavola tonda con pietanze di ogni genere. Il divano è addossato alla parete, vicino alla televisione e sotto un tappeto da muro orientale. Su un lato si apre una grande porta a vetri, dalla quale si ha accesso a un terrazzino. Lì un basso tavolo rettangolare è circondato da tre pouf di dimensioni diverse, sul più grande dei quali si potrebbe stare comodamente in due. Il resto della sala è rivestito da alte librerie, pullulanti di pesanti volumi e oggetti e statuine etniche.

Una sezione intera è dedicata a guide di viaggio nei più disparati e reconditi angoli del pianeta. Appoggiato a *Le meraviglie del Kenya* sta un ritaglio di fotografia che mostra una giovane Francesca, con un turbante in testa e una minuscola tartaruga fra le mani. Non fosse per la distanza degli occhi, giurerei che si tratti della sua mamma.

Nel complesso, malgrado l'arredamento tutt'altro che spartano e i ragazzi che l'affollano, il salotto è piuttosto grande. Gli ospiti si sono divisi in due gruppi, uno radunato intorno e sul divano, l'altro in piedi di fianco alla tavola imbandita. Io siedo sul morbido sofà con un piattino di plastica sulle ginocchia, pieno di una porzione di ottime lasagne. Parlo con Agnese della maturità che anche lei, come i più di noi, dovrà sostenere, e di un ipotetico viaggio da fare insieme dopo gli esami.

L'emozione per l'evento è forte al punto da non sentirsi più e, visto che ci siamo ripromessi di non menzionarlo per scaramanzia, pare che ci siamo completamente dimenticati dello spettacolo. Questo almeno finché Francesca non picchietta una forchetta su una bottiglia, volendo richiamare l'attenzione degli invitati.

«È ora di brindare» esordisce, aprendo le ante della porta a vetri e facendoci cenno di uscire in terrazzo.

Mettendo piede fuori, il fresco pizzica le mie braccia scoperte. Oltre il terrazzo, si srotola Roma e le sue luminarie, fuochi artificiali. Giorgio stappa lo spumante, facendo saltare il tappo in strada e provocando così l'ilarità generale. Tutti i bicchieri, che Francesca si è curata di distribuire, sono colmi di bollicine. Allora la padrona di casa dichiara: «Ragazzi. Vi volevo ringraziare. Quest'anno e specialmente questi ultimi mesi» e qui posso giurare che abbia spostato per un attimo gli occhi su di me, «sono stati bellissimi. Ci siamo divertiti lavorando, giocando. Lavoro e gioco. Chi distingue le due cose non ha capito cosa vogliono dire. Il lavoro non è costrizione, il gioco non è svago. Nessuno dei due sarà mai un'occupazione. Partecipazione, entrambi non richiedono altro che partecipazione. Avere una parte, questo significano. Ricordatelo. Non fate differenza tra i due. Diffidate di chi vi dice che c'è. E domani, domani salite sul palco e abbiate la vostra parte. Domani, dopodomani, per tutta la vostra vita, salite sul palco e abbiate la vostra parte. Siate il vostro spettacolo». Poi alza il bicchiere sopra la testa e prosegue: «Alla rassegna! Al teatro! A questo gruppo e a ognuno di voi, tanta salute e gioia!».

A molti sono saliti i lucciconi durante il discorso. Io ho sorriso, quando l'umido mi ha carezzato le guance.

Tutto possiamo fare, noi.

Scolo il contenuto del bicchiere e lo sento bruciare nel petto, come aver inghiottito una delle luci della città. In quest'esatto momento mi rendo conto di voler profondamente bene a ciascuno di questi ragazzi, che conosco da appena tre mesi, ma che sono proprio il mio gruppo. E allora capisco. Capisco che per avere una parte, bisogna prima di tutto far parte. Così, urlo. All'inizio penso che stia parlando il *non so chi*, invece finisco io la frase.

«Vi voglio bene!» grido nel chiasso. Da tutto il terrazzo si alzano echi di risposta. Pare capodanno. O almeno quello che dovrebbe essere il capodanno, che invece a me, con i suoi numeri nuovi, porta sempre un'ovattata e insaziabile mestizia.

Dopo lo spumante gli ospiti si diradano, chi verso i dolci allestiti sulla tavola in salotto, chi seduto sul divano, chi sui pouf colorati all'esterno. Io mi appoggio al parapetto del terrazzo, stingendomi nel giacchetto, e anche, furtivamente, vicino a Tommaso.

La luna è nel cielo, nessuna nube davanti a lei. Dall'alto abbraccia tutto, con la sua pelle macchiata ma splendente. Si riflette sul viso di Tommaso, che la guarda serenamente, in un modo per cui non riesco a distinguere quali siano i tratti di lei e quali quelli di lui. Torno a fissare il cielo, fumoso, che questa sera sembra essere colato sulle stelle. Soltanto una, molto distante, è visibile.

«Lo sai che la luce di una stella quanto più è lontana tanto più ci mette ad arrivare a noi? Le stelle che vediamo noi, sono quelle che in realtà c'erano migliaia di anni fa. Alcune si sono già spente da tempo» dice Tommaso, individuando l'oggetto del mio sguardo.

Lì per lì non riesco a interpretare l'effetto che ha su di me quella rivelazione. Non capisco se mi rallegri o mi intristisca, se mi spaventi o mi intrighi.

«Davvero?» è la sola cosa che dico. Una di quelle domande che si fanno quando, o per poco interesse o per troppo, non si sa che dire.

«Sì. Noi siamo futuri a loro, e loro sono passate a noi».

«Allora guardare il cielo è vedere attraverso, al di là del tempo» rifletto, senza staccare gli occhi dalla distesa sopra di me, che più osservo più si ingigantisce.

«Già, lui custodisce i segreti di tutti i secoli» risponde Tommaso.

«Non credo, è la luna» replico sorridendo al ricordo dell'alba al mare.

«Perché?».

«È la luna la custode delle stelle, dei loro anni, delle loro vite. Il cielo perde tutto dentro di sé, nella sua vastità. Ma la luna raccoglie quelle memorie».

A queste parole lui si volta a fissarmi con gli occhi spalancati, e le labbra innalzate solo da un lato, in un mezzo sorriso.

Scuoto il capo, scrutandolo interrogativa e sentendo il mio respiro inciampare probabilmente distratto dal suo viso.

«Io ho sempre pensato che parlando alla luna si potesse parlare con persone d'altri tempi» spiega, sorpreso da ciò che ho detto.

«In che senso?» domando con slancio, stringendo un poco gli occhi.

«Hai presente quando tu sfiori i libri e riesci a parlare con la piccola te? O quando ci salutavamo a vicenda dal balcone? Ecco, è simile. Tu parli a lei e lei riferisce alla persona con cui vuoi comunicare, del passato o del futuro. Perché la luna è sempre lì per noi, immutata, nel cielo dove il tempo si confonde. Come hai detto tu, lei raccoglie. Noi le affidiamo».

«Ma proprio parlarle?».

«Sì! Io… io… l'ho fatto… a volte. So che può sembrare strano… però ti assicuro che ti fa sentire… oltre tempo, sicuro che qualcosa di te rimarrà».

Mi chiedo perché non ho mai parlato alla luna. Mi chiedo per quale motivo non mi è mai, in nessun modo, passato per la mente di lasciarle un messaggio.

Potrei contattare, non so, una bambina. Una bambina vissuta, vivente, in un'altra epoca, una bambina che si sente sola. E invece non l'ho fatto.

«Marghe, dovresti parlare alla te del futuro. Ora, prima dello spettacolo, ora che potresti conoscere un agente. Ora che sei all'inizio. La dovresti incoraggiare, così se dovesse stare male avrà il tuo conforto» dice Tommaso dopo qualche secondo di silenzio.

«Lo farò» esclamo con decisione.

«Per quello c'è lei… non credi?».

«Dici ora?» chiedo, intuendo il sottinteso.

«Perché no?» replica stringendosi nelle spalle e rafforzando la presa sulle mie dita.

Trattengo l'aria, esitante. Sollevo il capo, per poter guardare con tutta me stessa la sfera luminosa. So che va fatto così. Butto fuori l'aria e incomincio: «Marghe… ciao…».

Lo spettacolo

Le tende rosse, spesse e pesanti al tocco separano la scena dal pubblico. Al di là risuona un forte chiacchiericcio. A turno andiamo a sbirciare attraverso la fessura centrale, assistendo al progressivo riempimento della sala. Le ultime due file sono a malapena visibili dal palco. Mi avvicino al sipario e osservo i miei genitori, che da poco hanno fatto il loro ingresso.

In piedi in un passaggio laterale mia madre conversa amichevolmente con una signora sconosciuta, accanto mio padre scruta i presenti. Alla loro vista, l'ansia, che si è svegliata con me al mattino, si acuisce. Non sto più nella pelle.

Dietro di me, Lucia percorre a grandi passi il palco, con gli occhi lucidi per la stessa agitazione, persino Giorgio è chiuso in un meditativo silenzio. Dopo che una parlantina irrefrenabile ha caratterizzato le ultime prove del pomeriggio, ora a stento ci rivolgiamo la parola, come se lo sforzo di parlare sia estenuante.

A grandi respiri ingoio l'aria, come indotta dall'inconscio a farne tesoro, a prenderne quanta più possibile, ad assorbire pienamente questo momento, che, lui lo sa, è importante. Cercando di ammorbidirle, in bocca ciancico le mie battute, che sembrano irrigidite. Poi d'un tratto una voce parla: «Lo spettacolo inizierà tra pochi istanti». Nel pubblicò cala il vociare e allo stesso tempo le luci nella sala.

Un altro sospiro, inalo la voce che si è propagata dal microfono, entra in circolazione nel sangue, trasmettendo le sue vibrazioni. Torno dietro le quinte a cercare Tommaso. Lo trovo poco dopo, sta indossando la giacca del suo costume e ha un'espressione vagamente contratta. Dal leggero raggrinzimento delle sue labbra, capisco che si sta mordendo l'interno della bocca.

«Hai l'ansia?» gli domando, posando una mano sulla sua spalla.

Quanto differisce quella spalla dal resto. Stabile, perfettamente formata, rassicurante. Non potrebbe mai incutere timore, non potrei mai tremare nell'appoggiarmici. Ma lo credo forse perché non ho mai preso in considerazione di farlo davvero. Quando prendo l'iniziativa e appoggio la testa sopra di lui, lo scopro. Mi manca il cuore. Non ho previsto che in quella spalla si nasconda un campo magnetico. Tommaso pare sussultare, poi esitante attorciglia le dita alle mie.

«Sei pronta, Mariangela?» dice, chiamandomi con il nome del mio personaggio, con una gomitata.

Per tutta risposta io sorrido, corrugando la fronte per esprimergli la mia agitazione. Non faccio in tempo a cogliere la sua smorfia che intorno si fa ancora più buio e silenzio, come se qualcuno stia gradualmente disattivando la capacità sensoriale di tutti. Nell'emozione, nella confusione, nello smarrimento, nell'assurda e inaspettata calma che cala su di me, la voce parla di nuovo: «*Il patto dei coinquilini*, regia e sceneggiatura di Francesca De Sandri».

Un secondo di vuoto, in cui vedo soltanto due sagome scure al centro, immobili, ghiacciate. Poi un'abbagliante luce si sprigiona e inonda il palco. Oltre, il nulla: nessun volto è distinguibile, solo una finestra nera.

Le due sagome, che ora riconosco essere Lucia e Lorenzo, i due fratelli nella storia, si muovono e prendono a parlare. Lo spettacolo è iniziato.

Da dietro i pannelli neri, che rispetto al piccolo teatro nel vicolo appaiono enormi, sembra che quel rettangolo sopraelevato sia una piattaforma sospesa. Seguendo il viavai di attori che entrano ed escono, conto le scene che mancano al mio ingresso.

Una scena, cinque battute, quattro battute, tre, due, una.

Mi faccio avanti sul palco senza alcun controllo sul mio corpo, né su me stessa. L'emozione è tale da non limitarsi a farsi sentire internamente, ma da fuoriuscire e ingerire tutto. Un passo nella piattaforma sospesa, brivido.

Ripeto la battuta che so a memoria: «Susi, non puoi continuare a struggerti per quel pompato!».

Poco dopo, mentre Susanna e Mariangela chiacchierano con animo riguardo a Roberto, entra proprio lui. Anche se Tommaso appare più spesso nel corso della commedia, la prima scena in cui mette piede sul palco è la stessa mia. Lo guardo per quello che è neanche un millesimo d'istante, non parte del copione, in cui ci diciamo *ora o mai più*, come mi ha sussurrato il *non so chi* la prima volta che ho recitato.

E da allora non penso.

Prima che me ne accorga la mia scena termina e io faccio il mio ritorno dietro ai pannelli scuri con la soddisfazione di avercela fatta, di aver superato una prova, la prova. Mi dico che è la cosa più bella che ho fatto, fatto con le mie mani, con me stessa.

Ha ragione Tommaso, recitare è come amare: si trascina importanza, si trascina sentimento in ogni movimento, in ogni parola, in ogni espressione. Un passo equivale a un brivido. Se l'essere un personaggio, anche per quei pochi minuti, può essere così intensa come esperienza, perché non possono esserlo tutte le scene della mia vita?

Così, fuori dallo spettro del pubblico, nascosto e taciturno, vengo investita da una viva nostalgia del palco. Voglio tornarci ora, a costo di sconvolgere il copione. Voglio accarezzare il legno del pavimento, voglio abbracciare le tende pesanti, voglio mettere nuovamente piede in quella piattaforma sospesa, piena di quella magia madre delle emozioni. Voglio tornare in quel rettangolo e ballarci dentro. Ballare con in mano il fiore bianco come ho fatto qualche tempo prima. Ballare e ballare ancora, perché quel rettangolo è il mio rettangolo. Quel rettangolo è la sala da ballo del mio castello sontuoso, un balcone che dà sulle persone vere, sul mondo.

Osservando lo spettacolo proseguire, mi torna in mente quando, appena due giorni prima, abbiamo osservato lo stesso palco disabitato, seduti sulle poltroncine di velluto.

Tommaso in una sua lettera ha detto che alcuni punti della terra, per quanto lontani, sono collegati. E ha così ragione. Tutti i palchi del mondo combaciano e sono l'accesso a un unico mondo lontano, diverso. Il grande mondo parallelo dove tutto è e non è. Il rettangolo in cui tutto può essere, in cui si improvvisa. Perché quel palco può esserci apparso disabitato, ma solo perché dentro già c'è ogni cosa. Tommaso in un'altra lettera ha scritto che siamo finiti in un mondo infinito. Ma quel palco, quel mondo parallelo. Quel mondo racchiuso, finito. Lì possiamo essere liberi, infiniti.

Seguo il resto dello spettacolo rapita, ascoltando le battute che ho sentito e risentito come fosse la prima volta, ridendo alle scene divertenti, con il batticuore in quelle cruciali.

In men che non si dica lo spettacolo finisce. Il sipario si chiude.

Sbuchiamo dalle quinte e accerchiamo Giorgio e Lucia che sono ancora avvinghiati dall'ultima scena. In uno stato di eclatante gioia ci prendiamo tutti per mano, in un'unica catena. Il sipario si riapre nuovamente per gli inchini. Attraverso le nostre mani strette si trasferisce una certa energia. In questo campo di forze, i centri di forza siamo noi, noi che attraiamo e trasmettiamo. Alziamo le mani in alto e poi protendiamo il busto verso il basso. Quando ci rialziamo, le luci dei riflettori sono variate: il pubblico si fa più distinguibile.

Vedo tante persone applaudire, qualche genitore in piedi. Tra questi, riconosco, con mio grande stupore, mio padre. Lui sta stropicciando i capelli a mamma, che invece è come inebetita, con gli occhi carichi di lacrime visibili anche da una certa distanza. Sono fieri di me, lo so. E a diciott'anni io non posso essere più orgogliosa di sapere i miei genitori fieri di me, a diciott'anni non posso essere più assoluta nel pensare: questo è quello che farò, questo è quello che sarò. Perché là sopra ci sono solo io.

Io, energia.

Energia che vuole gridare e vomitare e poi ridere.

Quando il sipario cala, noi torniamo dietro le quinte e scendiamo le scalette che portano a un piano sotterraneo. Gli applausi sciolti nelle mie orecchie rimangono anche oltre la loro fine. Non sono assordanti, assomigliano al sommesso ridere delle foglie solleticate dal vento, il suono che sempre ho evocato ammirando il quadro in salotto.

Scendiamo nel corridoio di camerini e ci raggruppiamo nella stanza dove prima dello spettacolo abbiamo lasciato le nostre borse e i vestiti. Sotto le giacche abbiamo nascosto una chitarra e qualche tamburello. Al segnale di Lorenzo, Tommaso prende la chitarra e attacca di punto in bianco a suonare. Il resto della compagnia inizia a cantare appresso, battendo le mani. Da circa due settimane lavoriamo a questa sorpresa per Francesca, volendo ringraziarla del lavoro svolto con noi.

Lei rimane interdetta per qualche secondo, poi, accorgendosi che tutti sorridiamo nella sua direzione e riconoscendo la canzone, si copre il viso tutto rosso con le mani. Ripetiamo il ritornello della canzone per circa una decina di volte, poi Beatrice le si butta addosso e la abbraccia. Allora, gettando in disordine gli strumenti e interrompendo la musica, che viene meglio sostituita da veri commenti di lode e affetto, le circondiamo e ci stringiamo a loro.

Casualmente mi ritrovo vicino a Tommaso, il quale, radioso, mi prende le mani tra le sue. Ha i polpastrelli segnati dalle corde della chitarra, leggermente spellati. Noto che le piccole stradine concentriche sulle sue dita si inceppano lì dove la pelle è appena rovinata.

Avvicino le sue dita alle mie labbra e le bacio, come una mamma dà un bacino al dito schiacciato del suo bambino.

Avvampo per la vergogna, immobilizzata. Poi di colpo lui mi bacia. I suoni circostanti si dissolvono e il caldo si fa impercettibile sulla pelle. È allora che scopro che certi posti non hanno luogo e certi attimi non hanno durata. Quel minuscolo frammento di spazio-tempo per me è Tommaso.

È allora che una parola serba che da sempre mi ha ammaliato assume inconsciamente un significato: *merak*, il senso di unità con l'universo derivante dal semplice piacere.

Facile è tradurre la tristezza: così collosa, ingombrante e greve che, quando prima o poi si calano le reti nel mare bisognosi di rintracciare lo squalo, finisce inevitabilmente per rimanervi intrappolato. Ma la felicità, quella leggerezza, volubilità, ampliamento, propagazione, effusione, quello slancio e quel salto smisurato, volto solo a sentire quell'unico millesimo di volo che ti ruba il corpo e lo riempie. Quel millesimo è tanto labile che nessuno, e dico nessuno, potrà mai acchiapparlo.

Acchiapparlo vorrebbe dire arrestarlo e privarlo della sua natura. Perché se quel millesimo non fosse scattante, se non fosse minimo e massimo, inavvertibile, allora non avrebbe la stessa autentica suggestione, la sua bellezza.

Il biglietto da visita

Tommaso leva le labbra dalle mie e scoppia a ridere. Io rido appresso a lui e così fanno tutti gli altri ragazzi che si sono voltati a guardarci con occhi aperti. Francesca mi fa palesemente l'occhiolino, più che mai rassomigliante alla sua mamma nelle foto, e lancia un urletto: «Lo sapevo!». Penso a quando è arrivata nella sala durante il nostro ballo. Nella schiera di volti accesi, scorgo quello di Antonella. Ha un'espressione stupefatta, poco usuale su quel visino intrepido. Le sue orecchie hanno raggiunto la stessa tonalità rosso fuoco della sua chioma. Le sorrido, coraggiosa quanto lei. Agnese e Beatrice mi vengono incontro elettrizzate e mi circondano, dividendomi da Tommaso che, da parte sua, viene assalito dalle manate amichevoli di Giorgio e Lorenzo. Mentre soddisfo la loro curiosità, per quanto permesso dall'esuberanza con cui viene manifestata, sono avvicinata da Francesca.

Mi dà un buffetto sulla guancia dicendo: «Proprio un bel bacio plateale». Poi, sottraendomi alle grinfie delle ragazze, aggiunge sottovoce: «Ti va di conoscere una mia amica?».

Impiego qualche secondo prima di comprendere davvero la proposta e lì per lì non sono in grado di ricondurla alla famosa speranza con cui mi sono recata quel pomeriggio allo spettacolo. Quindi riaffiora il ricordo della nostra chiacchierata e metto su una faccia entusiasta.

Ci distacchiamo dagli altri senza essere notate, facilitate dalla festosità generale. Lancio uno sguardo a Tommaso, che imbambolato sorride tanto da far fatica a dischiudere le palpebre. Attraverso quelle fenditure, colgo un certo scintillio. Lui fa un microscopico cenno con il capo, poi torna a guardare gli amici. Percorriamo il corridoio dei camerini nella direzione opposta a quella del palco, giunte al termine passiamo da una porta secondaria e ci ritroviamo in un cortiletto esterno, al di là del quale c'è un'altra porta nascosta, in cui entriamo.

Francesca procede senza indugio, sembra conoscere perfettamente la strada. Sbuchiamo quindi nella sala dello spettacolo, in fondo. In lontananza il palco viene ora sgomberato. Alcune persone sono in piedi chiacchierando in gruppi, la maggior parte incanalandosi verso l'uscita. Nel corridoio, oltre la porta principale della sala, intravedo di sfuggita i miei genitori.

Francesca si dirige verso un gruppetto costituito da una donna alta e ben vestita e da due uomini. L'uno, sulla cinquantina, è in completo, e l'altro, parecchio più giovane, porta i baffetti e un codino. Francesca incrocia gli occhi della signora, che subito e con lampante sollievo, si svincola dalla conversazione che va accalorandosi. La signora, da dietro un paio di lenti spesse e rettangolari adagiate sul naso adunco, mi osserva con curiosità.

I recenti avvenimenti mi hanno colpito tanto che pare abbiano rotto le mie emozioni. Non le avverto più, e mi faccio avanti imperturbabile presentandomi alla signora. Lei e Francesca devono aver già parlato, perché si rivolge subito a me: «Piacere, Angelica» dice con una voce assai più giovanile del suo aspetto.

«Margherita» rispondo stringendole la mano piena di anelli.

«Allora Margherita, mi ha detto Francesca che sei interessata alla carriera da attrice».

Annuisco, privata in quel momento di qualsiasi timore, ma anche di abilità verbale ed espressiva.

«Guarda, questa è la mia agenzia» e così dicendo estrae dalla borsa un biglietto da visita e me lo porge. Lo afferro avidamente e lo studio con attenzione. Sopra i contatti e gli indirizzi è scritto a caratteri semplici: "Studio Artistico Cantucci".

«Sei maggiorenne, vero?» domanda, muovendo il braccio in un fragoroso tintinnio generato dai tanti bracciali al polso.

«Sì» rispondo senza staccare gli occhi dal biglietto.

«Allora se vuoi ci organizziamo per un colloquio, così per iniziare a conoscerci... In questo modo tu puoi capire come orientarti e noi se possiamo effettivamente lavorare insieme» conclude lei con fare gentile, in contrasto con il suo aspetto altero.

«Mi farebbe molto piacere!» esclamo.

«Allora ti aspettiamo! Puoi chiamare direttamente questo numero» e mi indica uno dei tre numeri sul cartoncino, «così fissiamo l'appuntamento».

Non avendo le unghie per poter incidere il cartoncino, faccio un piccolo strappo all'altezza del numero suggerito così da non dimenticarlo. Poi infilo il biglietto in tasca e sorrido di rimando alla signora. C'è un momento di disagio, in cui non so se congedarmi o aspettare Francesca. Fortunatamente lei mi anticipa: «Marghe, va' dai ragazzi e di' loro di radunare gli oggetti di scena».

Inchino il capo in segno di riconoscenza alla donna e le do la mano, questa volta scuotendola con la sua stessa fermezza. Con passo frenetico, ritorno sulla strada percorsa prima, perché la via più breve per i camerini, che taglia per il palco, è stata bloccata.

Quasi per caso mi imbatto nei miei genitori, che sono rientrati nella sala avendomi vista nella folla. Capisco di avere una faccia abbastanza singolare perché mi guardano con un certo interesse.

«Chi era la signora con cui parlavi?» chiede mia madre dopo essersi profusa in complimenti di ogni genere.

«Ti spiego a casa» rispondo misteriosa.

Mio padre è silenzioso e ha un'aria contenta.

«Sei stata bravissima» si intromette, interrompendo la parlantina di mamma.

Resto immobile, aspettando in cuor mio quel rigido abbraccio che finalmente arriva. Dopo essermi lasciata stringere dalle loro forti braccia, spiego di dover tornare dagli altri e scappo verso la porticina laterale da cui sono entrata.

Giunta nel cortiletto, prendo a correre.

Non ce la faccio a camminare e basta.

Innamorati

Scopro che quando si è innamorati si dà rilevanza a dettagli che in principio a malapena vengono notati.

Il lenzuolo che, quando ancora non sapevo di essere innamorata, alzavo con un dito abbandonata alle mie fantasticherie, ora mi fa da mantello, fresco. Il tessuto soffice si modella sul mio corpo, come avesse sempre aspettato d'essere indossato, i fili che lo ricamano sembrano prodursi da me, essere me.

Ogni punto di cucito è un mio punto.

È come vivere più a fondo, più fortemente, di più.

Io e Tommaso passiamo pomeriggi interi seduti su quel muretto sopra al quale, tra i due pini, ho aperto la lettera dell'invito al ballo. Ci sediamo lì e guardiamo le chiome rosee dei pruni, osserviamo la gente che passa, facendo attenzione a chi calpesta lo stesso punto e, in tal caso, inventando teorie articolate su queste coincidenze. Ma soprattutto ci guardiamo. I suoi occhi bruni, nei quali sono incastonate le pagliuzze dorate, porte d'accesso al suo universo. I suoi occhi bruni sono l'oggetto più raro. I capelli ramati, di quel colore strano che mai mi è sfuggito, con i riccioli che ricadono sulla fronte, talvolta si voltano controvento. Quindi ci sediamo lì, nei tardi pomeriggi che con l'avvicinarsi dell'estate rappresentano il momento più gradevole nell'arco delle giornate, e diamo senso alla parola *zweisamkeit*, un lemma tedesco che indica l'alone di solitudine che avvolge due anime innamorate, l'isolamento in cui si nascondono per poter godere soltanto della reciproca compagnia.

«Mi piace il modo in cui dondolano i tuoi orecchini quando mastichi» dice lui in una di queste occasioni, scrutandomi i lobi delle orecchie.

Abbiamo preso delle fette di torta da casa mia e, stendendo una tovaglietta sul bordo del muretto, abbiamo allestito una piccola merenda.

Ridacchio e di rimando dico: «Mi piace come dici all'improvviso cose dal nulla».

«Vogliamo fare questo gioco?» domanda lui, ridendo con aria furba.

«Vai!» esclamo con tono di sfida.

«Mi piace come la tua voce cambia tonalità quando ti viene da ridere».

«Mi piace come ti si creano le rughe sul naso quando scoppi a ridere» dico subito io.

«Mi piace come stringi le labbra quando pensi qualcosa di dolce tra te e te».

«Mi piace come inizi involontariamente a battere con il piede appena senti la musica».

«Mi piace come le labbra si incurvano sul tuo dente storto quando sorridi».

«Non vale! Che fai? Ti rigiochi i complimenti?» lo riprendo io con una spintarella.

«Allora mi piace il modo in cui molleggi sui piedi quando cammini e sei allegra» esclama lui con una finta espressione infastidita.

«Mi piace il modo in cui ti guardi intorno in cerca di qualcosa da guardare quando una conversazione non ti interessa».

«Mi piace il modo in cui rispondi sbrigativa agli altri quando ti viene un'idea e non vuoi che disturbino i tuoi ragionamenti».

«Mi piace come ti lecchi il labbro inferiore ogni volta che sei in imbarazzo».

«Mi piace il modo in cui la voce ti si incrina ogni volta che parli di qualcosa di bello».

«Mi piace come diventi leggermente strabico ogni volta che ti incanti».

«Mi piace come socchiudi la bocca quando vuoi dire qualcosa ma poi non la dici».

«Mi piace il modo in cui si incurva il tuo sopracciglio destro quando mi guardi».

«Mi piace come le palpebre ti calano sugli occhi quando mi guardi».

«Ti si è incrinata la voce» dico io maliziosa.

«E tu stai dondolando i piedi» ribatte lui.

Sventolo la tovaglietta sulla quale non sono rimaste altro che poche briciole della torta al cioccolato, e la ripiego.

Dove prima era stesa, appoggio la schiena, a filo dal cadere dal muretto, e metto la testa sulle ginocchia di Tommaso. E in silenzio penso che ho voglia di scrivere.

Scrivere quel libro che ho sempre visto nel mio futuro, insieme a tutte le altre cose che voglio fare. Non ho mai iniziato, non avendo una storia da raccontare, non avendo abbastanza capacità di interazione con i miei pensieri per poterli trattare.

Ho sempre creduto che non potrei essere una scrittrice. Ma adesso ho un precipitoso desiderio di iniziare, di scriverlo qui, in quest'esatto momento. Non saprei dire come, né su cosa, ma sento di esserne capace.

«Vorrei restare innamorata di te per sempre» dico studiando una nuvola che assomiglia a un elicottero trainato da un delfino. «Intendo dire proprio innamorata. Non voglio che l'amore invecchi, si consolidi con noi, non voglio neanche che si stabilizzi. Voglio che rimanga in questo stato di febbrile novità. Così giovane e spaesato. Leggero e superficiale come un innamoramento».

«Non cambiare mai, resta diverso per sempre» pronuncia lui come fosse una formula chimica.

«Dovremmo trovare un modo» rispondo io pensierosa.

«Dovremmo sposarci» dice distrattamente, anche lui studiando una certa nuvola.

Resto in silenzio, soppesando la proposta.

«Ora?» domando quindi, trattenendo il respiro.

«Sempre».

Sorrido, utilizziamo spesso la parola sempre. Vaga, concisa.

«Dovremmo fare una festa meravigliosa» sbotto, balzando su entusiasta.

«E quando?»

«Tutti i giorni, o forse tutte le settimane… insomma, almeno una volta al mese».

«A lungo andare non ci verrebbe più nessuno, forse. Dico, gli invitati sono fondamentali per una festa».

«Hai ragione. Allora facciamola nel nostro ultimo giorno» dico un po' esitante.

«Intendi il giorno in cui moriremo?» guardandomi di scatto, con occhi allarmati.

«Non lo dire, chiamalo solo l'ultimo giorno» dico stringendo gli occhi.

«E perché vorresti sposarmi nel nostro ultimo giorno?» chiede lui titubante.

«Perché così sarebbe anche il giorno più bello».

Lui non risponde. Per un po' restiamo entrambi ad analizzare quell'affermazione, l'uno convincendosene, l'altra dubitandone.

«Cancella quello che ho detto» dico all'improvviso.

«E perché?» domanda con espressione mutata.

«Perché… perché se ci sposassimo quel giorno, sarebbe talmente felice che la mo… che l'idea di… mi risulterebbe ancora più tremenda».

«Invece no» dice con lo sguardo interessato in un sereno altrove. «Cioè, credo che saremmo così felici, da sentirci anche disposti a morire, da non curarcene» conclude con una sicurezza nella voce.

«Forse è vero» rifletto, sdraiandomi di nuovo e stringendo le labbra. «Anzi, sai una cosa? È per questo che dovremmo morire: per la felicità».

«Però se ci fosse questa possibilità, nessuno vorrebbe più essere felice. Neanche noi» commenta lui.

«Sicuramente ci daremmo tutti più conto».

«E ora sei felice?» mi chiede d'un tratto.

«Certo, sono una sposa» esclamo io, posandogli un sorriso sulle labbra e tornando a osservare le nuvole.

Se mai un giorno pubblicherò un libro su noi due, lo trascriverò proprio in queste nuvole, affinché io e Tommaso, sedendoci su un muretto e guardando in su, potremmo rileggerlo da capo.

Il labirinto

Non appena suona la ricreazione, tiro fuori dai pantaloni il biglietto dell'agenzia e mi apparto in un angolo spopolato dell'aula. Con dita fredde digito il numero riportato all'altezza dello strappo. Dopo appena tre squilli mi risponde una voce femminile, differente da quella della signora dello spettacolo. Inceppandomi in qualche parola, riesco infine a chiedere un appuntamento alla ragazza.

Ci accordiamo per il giovedì della stessa settimana, alle ore 17.00.

Conclusa la telefonata, ripongo il cellulare e il biglietto da visita, che per tutto il tempo ho stretto in mano a mo' di portafortuna, e raggiungo saltellante il corridoio per trovare Luna, Carlotta e Federica. Le individuo vicino ai bagni, a conversare con Giulio e Tommaso, scesi al piano terra per l'intervallo. Dal momento che ciascuno di loro è al corrente dell'agenzia, quando al mio arrivo si voltano con fare interrogativo, riferisco con emozione come è andata. Allora Tommaso mi dà un bacio sulla fronte, generando altro scalpore tra le mie amiche già entusiaste per la notizia del colloquio.

Per quanto tutti i nostri amici siano informati della nostra storia e non ne siano rimasti troppo sorpresi, non è ancora passato abbastanza tempo affinché il vederci insieme smetta di suscitare commenti inteneriti.

«Allora dobbiamo fare qualcosa martedì sera!» incalza Luna, guardandomi sorridente.

Carlotta, che da quando ha saputo che la cantante dei Devil-kiss si è mollata con il bel chitarrista mostra un eccessivo e sospetto interesse per la musica punk, propone di vederci al locale per il loro concerto. Mi sembra che possa essere un ottimo svago prima di un giorno tanto importante e dico che non ho nulla in contrario. Invitiamo altri amici e nessuno dissente, così che è stabilito di incontrarci lì verso l'ora di cena.

Il martedì sera ci raduniamo sul marciapiede davanti all'ingresso illuminato del nostro locale. Dall'interno provengono note sconnesse di una chitarra elettrica: stanno sistemando e testando le casse. Una volta che la compagnia è al completo e le ultime sigarette ridotte in cicche, entriamo.

Ultimamente non ho frequentato molto il locale, tanto sono stata presa dallo studio degli ultimi mesi, dal teatro e da Tommaso.

Oltre ai pomeriggi sul muretto, usiamo fare lunghe passeggiate, perdendo la cognizione del tempo, nei parchi fioriti e nei vicoli vivaci del centro della città, alla ricerca dei signori delle bolle di sapone.

Per questo nel ritrovare quel conosciuto seminterrato, ingombro come solito dai troppi tavolini e dal palchetto contro la parete, avverto un lieve brivido, affatto sgradevole. Non è pieno quanto nelle sere del fine settimana, ma certo più di quanto possa esserlo un mercoledì sera. Il concerto ha come ogni volta attirato un discreto numero di studenti della Saffo e fan esterni. L'inimmaginato successo riscontrato della band ha fatto sì che ormai sia ospite fissa del locale. Lorenzo spesso racconta che stanno prendendo in considerazione di fare della loro musica un affare serio, che continui dopo la maturità.

Quando ci sistemiamo al tavolino con i boccali in mano, l'esibizione non è ancora iniziata. Con uno stuzzicadenti gioco assorta con la schiuma della birra. L'assenza di musica mi provoca una certa ansietà, perché non c'è nulla ad attutire certi rumori che mi intasano la testa. I miei pensieri sono polarizzati dal colloquio imminente. La sua importanza è cresciuta a poco a poco e ora ha assunto un aspetto mastodontico. Il cammino verso l'altura, ormai improrogabile, si fa più ripido e impervio, e posso già avvertire il fiatone.

Per il resto della serata tento di appigliarmi alle chiacchiere dei ragazzi e, quando il gruppo prende a suonare, cerco di consumare l'aria grave con l'affanno del ballo.

Il *non so chi* si impegna a tenere a bada il pensiero nero, ma quest'ultimo è abile nel divincolarsi e con la sua scaltrezza sfrutta il miscuglio di luci, suoni, persone, per mimetizzarsi e guizzare tra di noi. Ho la fastidiosa sensazione che sia io con la mia voce a richiamare quella serpe, e che di questo ne sia prova il modo esasperato con cui il *non so chi* si volta di continuo verso di me.

È mezzanotte passata quando guardo l'orologio. Stiamo chiassosi fuori dal locale, a noi si sono uniti i Devilkiss. Una cappa di fumo, che si leva bianco nella notte, ammanta la comitiva e il marciapiede.

Carlotta civetta con il chitarrista, che ha tagliato i capelli e non porta più il codino come a gennaio. Stiamo qui a parlare, senza renderci conto del balzo da un giorno all'altro, dello scambio di numero sul calendario. Ma io non posso non notarlo e trasalire: il giorno del colloquio è arrivato.

Il gruppo prende a disperdersi, visto che stamattina stessa ci sveglieremo presto per la scuola. Quando siamo rimasti in pochi, anche io, Tommaso e Luna ci salutiamo. Il viaggio in macchina è breve e tranquillo, sebbene non abbia mostrato gran piacere nel parlare e sia per lo più stata con il viso verso il finestrino aperto, a farmi spettinare i capelli.

Fossi fine come un capello, allora forse non potrei contenere tanti pensieri.

Per strozzare la serpe che nel corso della serata mi si è intrufolata nella mente, devo concentrarmi e pensare. Ma più lo faccio più sembro compiacerla. Il *non so chi*, per quanto cerchi di aiutarmi, rimane incastrato in questo circolo vizioso.

Quando Luna accosta accanto al cancello nero del viale alberato, io e Tommaso scendiamo e la ringraziamo. Ci vuole qualche minuto, prima che la chiave giri correttamente nella serratura difettosa. In casa ogni luce è spenta e i miei genitori sono già a letto addormentati. Tommaso li ha conosciuti allo spettacolo. Di soppiatto attraversiamo il salone e usciamo in balcone. Mi siedo sulla sedia verde e Tommaso su quella accanto a me. Davanti a noi le chiome dei pini stanno scure contro il cielo nero.

«Il balcone» commenta Tommaso, «direi molto alla Emma e Teo».

Sorrido. Un po' mi manca salutare il mio Teo dal balcone, scrivere le lettere firmandomi Emma.

Poi restiamo in silenzio, ascoltando il richiamo di una civetta lontana e i sussurri della brezza notturna. Della luna non si vede che una nebbiolina leggermente più chiara fra le nuvole. So che a breve gliene parlerò, ma sono trattenuta dall'incomprensibilità di un certo sentimento che è covato in quest'ansia, di per sé lecita. C'è qualcosa che non capisco.

«Tommi» bisbiglio, indotta dalla notte ad adottare il suo stesso tono debole.

Lui piega il viso sveglio verso di me. Così bambino nei lineamenti mascolini, di una morbida vivacità.

«Sono agitata per l'incontro» dico.

«Ma davvero?» scherza lui, passandomi un braccio attorno al collo.

Sento di dover completare, seppur approssimativamente, il senso della frase: «Ho paura che non mi prendano».

«Io sono sicuro di sì» risponde con lo sguardo sulla nebbiolina bianca.

Mugugno dubbiosa. Continuo a non capire.

«In caso cercherai un'altra agenzia».

Sbuffo, scrollando il capo.

«Se non riesco a entrare in un'agenzia, dove il colloquio me lo ha rimediato Francesca, come posso sperare di trovare altro? Io non conosco per niente questo campo, non mi ci so muovere. Però so che voglio fare l'attrice, nient'altro. Non è giusto...».

«Cosa?».

«Che sia tanto difficile. Perché dai, ammettiamo che mi prendano, cosa credo di fare? Di svegliarmi il giorno dopo e girare un film? Certo è quello che vorrei, è quello che io fantastico, ma non è così. Io vorrei solo recitare e sai benissimo che, per qualche assurdo motivo, non mi so accontentare del teatro. Ho questo sporco desiderio di essere riconosciuta dalla gente. Non fama o soldi, per carità. Solo essere riconosciuta, e apprezzata al massimo. Però sembra che ogni cosa debba essere sempre complicata. Tutte queste agenzie, provini, tutto questo giro di interessi e nessuno che tiene conto di quanto io ami la recitazione. Vorrei che fosse sufficiente».

«Posso dirti una cosa?» fa Tommaso con cautela.

«Certo».

«Lo sai che non si tratta solo di questo. Voglio dire: il

fatto che sia complicato trovare lavoro sarà certamente vero, ma so, e sai, che non basterebbe a farti arrendere. Io credo che tu te ne serva per addossare a qualcuno la colpa dell'incertezza del futuro».

Così dicendo, mi guarda con occhi schietti. Un accenno di dolore e di verità mi tocca.

«È che io vorrei tanto fare tutto e subito» confesso, distogliendo gli occhi, che nel mentre si gonfiano. Io lo so che è così, ma non posso dire il perché.

«Anche io. Non mi importerebbe nemmeno la fatica, purché potessi avere la certezza di farlo in tempo» sospira. Noto un'incrinatura flebile nella sua voce, non nel tono, che mi fa rabbrividire.

«È colpa mia» dico d'un tratto.

Lui si acciglia, interrogativo.

«È colpa mia» ripeto. «Devo sempre rovinare tutto».

«Che stai…».

«È vero!» lo interrompo. «Questo non dovrebbe essere il mio sogno? E invece io ne ho fatto un'ossessione, l'ho trasformato in un motivo di inquietudine» sbotto. «Io mi fisso sulle cose e ci penso troppo, fino a farmi venire il mal di testa. Come si può dire che questo sia sognare? È solo un guardare compulsivamente al futuro, un tormentare il presente. Mi concentro sulla corruttibilità di domani a scapito della certezza di oggi. Che poi il futuro di oggi è solo il presente di domani. Quindi non esiste neanche questo benedetto futuro, mi affliggo per una cosa inesistente. Ma non posso smettere perché… perché ho la sensazione che così, se anche il domani non dovesse mai arrivare, un poco sarà stato vissuto oggi...».

«Marghe» mormora lui abbracciandomi.

In quel momento di silenzio, pare che la sera sussurri più forte, divulgando al mondo intero, di foglia in foglia, di fruscio in fruscio, come mi sento.

«È terribile» sussurra Tommaso passando il pollice sulle mie guance, «è terribile. È terribile quanto noi due teniamo alle cose. Ci teniamo con tutti noi stessi. Ma come non potremmo, consapevoli della nostra grande fortuna? Troppa fortuna. Io... io sono terrorizzato che non sia in grado di sfruttarla. Guardami, ho diciotto anni e... e non ho fatto... nulla. È terribile, perché sono circondato da malattie, da incidenti, da tragedie» continua. «E so che non ne siamo affatto esonerati, so che se fino a oggi ci si è salvati, è soltanto per un caso. E so anche che finirà per... per... per forza».

Non rispondo. Lui abbandona la testa su di me. Infilo le dita tra i suoi riccioli, cercando il colore ramato che tanto mi affascina e che il buio ha coperto.

«Perché siamo così? Perché la nostra testa vuole spingersi così avanti?» si lamenta. «Più di quanto io sia in grado di sopportare».

Esiste un termine tedesco per descrivere ciò, *weltschmerz*: la consapevolezza che la realtà fisica non potrà mai soddisfare i bisogni della mente.

D'un tratto il particolare che non ho capito, o che forse non ho mai voluto capire, punge la mia lingua. Il suo pungiglione rilascia un liquido amarognolo, che mi impregna la bocca provocandomi un'immediata nausea.

C'è silenzio finché diventa impossibile per me non sputare. E sputo: «Io ho paura di me stessa, Tommaso. Ho paura di me stessa, perché se ora mi faccio stare così male, mi tormento così... io... io ho paura di quello che potrei farmi un giorno. Il balcone. Tante volte sono stata sorpresa dal passeggero desiderio di scavalcarlo, solo per fare qualcosa di... di superiore a tutto. E ogni volta mi spavento, mi spavento per aver pensato una cosa tanto orrenda. Allora mi vengono in mente certi pensieri, che io provo a coprire. Io chi sono? Io chi sono in tutto questo? Non posso salvarmi da questo mare, nessuno può. Ma non voglio affondare. Io non voglio. Io voglio vedere fuori, respirare l'aria. Non voglio essere travolta. Perché? Perché, mi chiedo, dobbiamo essere chiusi in corpi? Anche se tu mi hai detto che l'universo è nella nostra stessa situazione, allora perché lui, o noi stessi, o qualcun altro, siamo stati così crudeli da mescolare finito e infinito? Perché? Siamo solo tanti piccoli numeri infiniti ma finiti. Utili solo a contare, a mostrare un soffio che va, continua e non si ferma. E noi dobbiamo stare qui, a guardarlo, a farlo passare, a morire per un soffio di nulla. E in questo nulla, o in questo tutto che sia, io che cosa conto?».

Lo guardo con quella paura che solo gli occhi possono esprimere. Comincia a mancarmi il respiro. Il mondo mi gira intorno opprimente, talmente pesante che non riesco a sostenerlo. Amo tutto questo, non sopporto l'idea di separarmene.

Ho paura di morire, di non vivere più.

Ho paura dell'oblio.

Ho paura di non riuscire più a sentire niente.

Voglio essere, senza schemi. Voglio essere senza condizioni. Voglio meritare di essere.

«È troppo grande, non ce la faccio».

«Neanche io».

Tommaso mi stringe tanto da tirarmi i capelli, da farmi male, come se speri di farci scoppiare, scomparire insieme.

Il colloquio

Nonostante la vista ancora offuscata dal sonno, riconosco nei raggi obliqui che filtrano dalle persiane un'intensità sbagliata.

È la luce bianca e calda della tarda mattinata, la luce del risveglio. Prima ancora che la mia mente ricostruisca correttamente i fatti, con i residui di pensieri e sensazioni che la lunga dormita ha stracciato, so, dalla luce e dalla sensazione d'ansia che a questa inconsciamente accosto, che è tardi.

Mi volto di botto cercando Tommaso accanto a me, intuendo che ci siamo addormentati parlando. Un altro ricordo, un ricordo meno terso, ma più velenoso, acre.

Il letto è intatto, il lenzuolo non è stato spiegato. Sono coperta solo da una leggera trapunta in cotone che, da come è stesa ordinatamente, deve essere stata disposta lì da qualcun altro.

Di Tommaso nessuna traccia.

Mi alzo dal letto e vado ad aprire le persiane. Quando la luce si riversa nella camera, vengo colta da un capogiro. Per qualche secondo non vedo altro che una massa di puntini neri. Non appena la vista riacquista nitidezza, scorgo davanti a me un cielo ciano e ho la conferma che è mattina avanzata.

Confusamente mi dirigo in corridoio, sperando di trovare in qualche stanza i miei genitori, preoccupata che possano essere spariti tutti.

Trovo mia madre in cucina, intenta a correggere una pila di temi. Gli occhiali adagiati sulla punta del naso, la penna rossa stretta nella mano destra. Al mio ingresso, solleva lo sguardo e la sua espressione muta da concentrata a benevola.

«Buongiorno!» dice raggiante.

«Che ore sono?» chiedo perplessa.

«Sono le dieci e mezza».

«Oddio, io dovevo andare a scuola!».

«Tranquilla» mi ferma lei «non ti abbiamo svegliato apposta».

«E Tommaso? È andato via ieri sera?».

«No, è rimasto a dormire. Stamattina si è alzato senza far rumore. Mi ha detto che non avevi passato una bella serata e che forse era meglio lasciarti riposare. Anche perché oggi hai il colloquio, giusto?».

La parola colloquio è uno spillo all'esofago. Non soltanto la prospettiva mi agita, in più rievoca la discussione con Tommaso e l'associato calore di panico nel torace.

«Allora... grazie».

«Figurati, ne avevi bisogno. Poi ho pensato che, visto che oggi non lavoro, potevamo stare un po' insieme».

Mi ricordo di quella mattina, mesi fa, in cui in bagno ho lasciato che lei richiudesse la porta, senza riuscire a fermarla e dirle di stare con me.

«Certo» rispondo allora, morsa da un certo senso di colpa.

Mia madre torna a correggere gli ultimi compiti e io la lascio in cucina.

Intanto decido di farmi una doccia, con l'urgente bisogno di lavarmi di dosso la pellicola d'angoscia che la notte ha lasciato.

Faccio scorrere l'acqua a lungo, assai più del necessario. Per una volta potrei regolare l'intensità di certe goccioline, la loro temperatura e la durata della loro cascata, invece le lascio scrosciare incurante. Mi piace sentirle scendere su di me, levigare la mia pelle. Mi piace il suono coprente e il vapore che rilasciano.

Dopo essere uscita e aver indossato l'accappatoio, sto parecchio tempo seduta sul bordo della vasca, davanti allo specchio appannato. Ci passo un dito e delineo un taglio attraverso il quale possa scrutarmi. Per un lasso di tempo indeterminato farfuglio parole al mio spicchio riflesso, inscenando la presentazione che farò al colloquio.

Quando un'iride verde incrocia il segno cristallino, mi riconosco. Allora il filo di voce si ferma, la gola si secca, le labbra si increspano.

Mi incammino verso la mia camera, avvertendo un moto scomposto nella gola e nello stomaco. Come due pance della stessa clessidra, dall'una la sabbia diminuisce fuggendo in un mulinello, nell'altra si ammucchia. E intanto il tempo scorre, innescando il precipitoso fluire degli eventi.

Dovrei raggiungere il colloquio e superarlo, sia positivamente o negativamente.

Ancora avvolta nell'accappatoio, mi sdraio sul letto. I capelli bagnati infradiciano il cuscino, mentre fisso il soffitto. Non devo essere spaventata, è solo un colloquio. Uno solo. Ma come si fa a non esserlo?

Quando il soffitto diventa un oggetto troppo bianco, piatto e basso da osservare, mi volto sul fianco. Prendo a guardare la mia libreria: i volumi grandi e piccoli si alternano e si incastrano perfettamente, contenendo ogni loro pagina numerata senza lasciarne scappare una.

Sul ripiano dello scaffale ci sono alcune fotografie. Accanto a una cornice è poggiato un oggetto estraneo, che identifico come il registratore che mi ha regalato papà. Penso che Tommaso deve averlo dimenticato qui e sorrido, immaginando che lo porti sempre con sé. Allungo un braccio per prenderlo, ma quando lo afferro scivola sul tappeto un foglietto.

Scendo dal letto per raccoglierlo e lo srotolo:

Per Margherita.
Ascolta la traccia numero 12,
Tommaso

Distolta all'improvviso dai miei crucci, premo il primo pulsante per l'accensione e, scorrendo tra le tracce con un altro pulsante, trovo la numero 12. A seguito di una leggera interferenza sonora, sbuca incerta la mia voce.

«Ciao... Marghe...»

Rabbrividisco nel sentirla.

«Ora mi guardo intorno e vedo tante persone allegre, le luci della città, la mia ombra, la mia ombra rivolta alla luna e penso: che bello. Marghe, io non ti ho mai parlato. In fondo che senso avrebbe? Però ora mi chiedo: perché guardare sempre avanti a me? Perché vedere solo in quel cono che gli occhi ti permettono? Perché invece non guardarsi intorno, così da pensare: che bello? Sai, certe volte sento di andare a sbattere contro il mondo, come fosse un muro. Un muro in cui il mio mattone non ha il proprio posto. Però sono certa che il tuo lo hai inserito, gli hai cercato un posto e hai trovato la calce per fissarlo. Ne sono certa perché tu sei speciale. Tu, il tuo universo di difetti, pensieri, sogni. Quell'universo che va bene solo per te. Mi raccomando: non farlo vivere dentro di te, vivici dentro. Devi essere sempre quello che vuoi. Fallo, ti prego. Non dubitare, posso darti un motivo. Ora seguimi, immagina una montagna. Riesci a vederla? Tu sei sulla sua vetta più alta, stai facendo un giro su te stessa, la valle verde e quieta è ai tuoi piedi, le nuvole si rincorrono, il sole scende. Sorridi, vero? E lo sai perché? Sai cos'è? È libertà. Ascoltami bene, tieni a mente questo: sei la sola a poterti liberare, e ugualmente a poterti imprigionare. Quindi attenta perché sei i tuoi stessi limiti. Prima di tornare al mio tempo, vorrei dirti un'ultima cosa: ti amo. Ti amo, ti amo. Forse non capirai queste cose o forse sì. Ma importa capire? No. A questo so risponderti. No, non importa. Credimi. Importi tu e la tua galassia. Sei unica, Margherita».

Rimango esterrefatta. Il registratore ancora acceso ma taciturno vacilla nella mia mano. Sto con la bocca aperta, senza parole, quasi le abbia esaurite pronunciandole io stessa. L'emozione dentro di me non è ancora sagomata. Grazie al distacco, fisico e temporale, ho ora colto nel flusso della voce un certo conformarsi, evolversi, un muoversi, che la sera in cui parlai s'era perduto nella superficialità del momento.

Nel ruolo di ascoltatrice, vengo adesso toccata da quella voce, come un'allodola nel suo volo. Sulle prime ha oscillato titubante, poi di colpo ha perso l'equilibrio ed è crollata dal tetto. C'è stato un rapido frullare d'ali, seguito da battiti che man mano sono diventati più decisi, più energici. Il vento sferzava le sue piume ma lei lo spazzava via, spingeva. Giunta sufficientemente in alto, distendeva le ali e planava sulla cresta dell'aria.

Riaprendo gli occhi, scopro che l'allodola mi ha condotto sulla cima di quella montagna. La vecchia me ha ragione: sorrido.

Sorrido perché Tommaso ha previsto.

E poi penso al *non so chi*. Mi rendo conto che lui sarebbe

potuto fuggire, e invece non mi ha mai lasciata da sola, non ha mai rinunciato a parlarmi, nonostante la mia nota opposizione. So di doverlo ringraziare. E quando lo faccio, con cuore pesante di coscienza, accade che lui si mostra. Attraverso quella foschia che ci siamo sempre portati dietro, intravedo i primi lineamenti del mio spirito amico.

Nel pomeriggio, dopo aver visto un bel film con mamma, lascio casa. Sebbene l'ansia mi intirizzisca, avanzo con marcia risoluta verso il mio obiettivo.

Ho la sensazione di imboccare la stessa strada azzardata che ho percorso la prima volta che sono andata a teatro, incredibilmente simile alle tre rampe di scale che separano la mia classe dall'auletta numero 6.

Chissà quanto tempo passerà, o meglio come passerà, prima che la imbocchi ancora.

A ogni passo concepisco una Margherita futura, a poco a poco mi avvicino al giorno in cui ricorderò con dolce nostalgia questo stesso momento, che sì a ogni metro svanisce ma si imprime nella mia memoria. Sono pronta, mi dice l'universo quando, scesa alla fermata stabilita, lo sento bussare sotto le mie suole.

Raggiungo una porta a vetri in corrispondenza del numero civico segnalato sul bigliettino, che tengo saldamente in mano.

Entro in apnea.

Mi ritrovo in una stanza bianca e luminosa tappezzata di foto, premi e locandine di film. Una signorina col caschetto cenere, da dietro un alto bancone, mi accoglie e mi domanda il nome. Poi mi ordina di andare in una sala lì accanto e attendere il mio turno. Il mobilio della stanza è costituito da tre divani su ciascun lato. Due sono già occupati, così mi siedo su quello libero. Sul primo c'è una ragazzina assai esile e dai liscissimi capelli biondi, che ticchetta nervosamente sullo schermo del telefono con unghie lunghe e tinte di blu elettrico. Tiene la testa inclinata da un lato, scrutando oltre la porta con evidente trepidazione. Vicino a lei sta una signora, la quale deduco essere la madre, che diversamente dall'altra è piuttosto grassoccia e sembra assorta nella sua rivista di viaggi, al punto che quando ho fatto il mio ingresso non ha battuto ciglio.

L'altro divano invece ospita un ragazzo ben piantato che mostra circa la mia età. In mano stringe dei fogli di un copione, che sottovoce va ripetendo con un fare spavaldo, simile a quello del mio compagno di teatro Mattia. La prima ad abbandonare il proprio posto è la ragazzina. Quando viene chiamata, la mamma alza finalmente gli occhi dalla rivista, ma non accenna a sorridere. La vedo aprire bocca solo più tardi, mentre se ne va con sua figlia, appena tornata dal colloquio, e con tono flemmatico le chiede com'è andata.

Allora viene chiamato il ragazzo, il quale con un saluto affettato esce dalla stanza impettito. Sono sola, su uno dei tre divani, e mi chiedo se avrei dovuto presentarmi anch'io con un copione e se a ricevermi sarà la signora dello spettacolo, quando la signorina con il caschetto si affaccia alla porta e dice: «Margherita?».

Dopo la lunga apnea, respiro in modo brusco e mi alzo.

L'ultimo giorno di scuola (un mese dopo)

È l'8 giugno, l'ultimo giorno di scuola.

Il 72 rallenta nei pressi della fermata. Attende che salga e mi accomodi sul penultimo sedile in fondo a destra, accanto al finestrino, e riparte adagio. I palazzi studiano il suo passaggio, chiedendosi cosa si provi a muoversi. L'autobus si inoltra sereno tra le macchine, per niente intimidito dalla loro fretta.

Io e il *non so chi* sediamo in silenzio, pensando a quel fedele numero che mai una mattina ci ha trascurati, perché ha compreso che la sua gara giornaliera non è quella di giungere per primo al capolinea, ma condurre con sé quante più persone possibili. Lui ricerca la vittoria nel fermarsi per le persone, raccoglierle, farle scendere. Accogliere i loro pensieri mattutini, i loro crucci e sentimenti. E ama questo compito. Trova un ineguagliabile gusto nell'appostarsi dietro le loro orecchie e sentire la loro musica, nell'intrufolarsi nelle loro bocche e salutare le parole che ne escono sbrigative, dirette al lavoro. È la sua vita dopotutto.

Ogni passeggero costituisce un suo aggettivo, anche se nessuno se ne mostra fiero, o consapevole. Ma questa mattina, è impossibile non rendersene conto.

Come tutti avvertiamo l'irrequietezza di questo giro finale, fresca e sudata nel caldo estivo, così notiamo che l'autobus stesso sembra provarla. Le frenate sembrano più irruenti, le porte automatiche più stentate, gli alti cartelli alle fermate ciondolanti.

Le persone si muovono imbranate, ma urtandosi sono più propense a un sorriso di scusa che a una litigata. Persino le chiacchiere non riescono a omologarsi al solito brusio, ma saltellano una sull'altra senza concentrarsi.

Non sono capace, né sento il bisogno, di distrarmi. Con sguardo vigile mi impossesso di tutto, avara. Perciò so subito, quando Alice fa il suo ingresso e occupa il posto accanto al mio, che è giunto il tempo di sciogliere il patto. Di sottecchi la scruto, porta un vestitino svolazzante color giallo canarino, che le dona molto. I riccioli sono legati in un'unica treccia e il collo scoperto è candido, cinto da una fine catenina. Anche lei sa che è il giro finale, o non si sarebbe curata tanto.

«Ciao» la saluto esitante.

Lei mi guarda sorpresa, non tanto dalla mia voce, quanto dal fatto che abbia preceduto la sua.

«Ciao» risponde timidamente.

«Tu ti chiami Alice, vero?».

«Esatto, tu Margherita?».

Annuisco con un sorriso.

«Ti volevo dire che disegni davvero bene» dico.

«Oh, grazie» esclama lei, arrossendo.

Osservo il familiare blocco che sbuca dalla borsa e sul quale la ragazza, al mio complimento, ha automaticamente posato la mano. Lei se ne accorge, e titubante chiede: «Vuoi vedere?».

«Posso?».

Per tutta risposta lei lo estrae e me lo consegna.

Sollevo la copertina rigida e con delicatezza prendo a sfogliarne le pagine, spesse. Dall'ultima volta che l'ho studiato, quelle più consumate sono aumentate e di intatte non ne rimangono che un paio. La carta è popolata da sottili tratti scuri. Mi pare eccezionale il modo in cui lei sappia ritrarre persone, animali, paesaggi, oggetti. La matita lascia un'impronta sul foglio, come l'attore fa con il palco e una penna con una lettera.

Come avevo notato, il tema più ricorrente sono gli occhi.

Dai suoi schizzi si direbbe che di occhi ne esistono infiniti, tanto che più li guardo, più mi stupisco che non ne abbia disegnati altri.

«Ho disegnato anche te» dice.

La scruto incuriosita e lei abbassa le palpebre con imbarazzo. Poi annuisce, mi toglie il blocco dalle mani e cerca una pagina, delle prime che io ho già studiato.

Fissa titubante la sua creazione, poi volta il disegno nella mia direzione.

Sono un paio d'occhi.

Come tutti i disegni di quel blocco, non sono colorati. Ma forse, proprio per questo, posso distinguere l'erba di un campo, dove piccole pratoline germogliano in modo disordinato.

«È... un occhio» commento meravigliata.

«Sì, lo so, non sei tu intera. Ma sono la cosa che so fare, cioè che la mia mano traccia da sola. Voglio dire, i paesaggi posso immaginarli o vederli e poi impegnarmi a riportarli, ma gli occhi li so disegnare, non ho bisogno di copiarli... capisci?».

«È come se venissero a galla dalla carta» dico.

«Già» dice lei assumendo un'espressione serena, e spostando lo sguardo fuori dal finestrino. Seguo la rotazione del suo capo e mi vengono in mente tutte le volte che ha aspettato il ragazzo, in questa posizione.

«Com'è andata con lui?».

«Chi?» domanda, senza capire.

«Il ragazzo di via Mainetti».

Alice avvampa, spalancando gli occhi.

Sorrido, stavolta abbassando io le palpebre per aver avuto il coraggio di notare qualcosa.

«Era così evidente?» chiede lei scuotendo il capo divertita.

«Un pochino» rispondo io ridendo.

«Ne ero solo invaghita. Da un po' è passato».

«Sorpassato da...?».

Lei reprime un sorrisetto che si dipinge anche sul mio volto. Allora entrambe voltiamo il capo, verso il finestrino che ci separa da tutto quello che non crediamo di essere.

I nostri visi appaiono a specchio sul vetro. Mi chiedo se inconsciamente durante questi anni, siamo state due riflessi della stessa ragazza.

Blu e verde, mare e terra di un unico pianeta.

Penso a quanto le sia stata vicino senza mai chiedermelo.

Proprio in questo momento entra Tommaso, insieme a Giulio, e viene nella mia direzione. Appena mi raggiunge, gli indico la ragazza davanti a me e dichiaro: «Lei è Alice».

Tommaso sorride e replica: «Sì, credo di ricordarmela».

Capisco che allude a quella mattina, in cui abbiamo condiviso le cuffiette per la musica, quando Alice gli ha ceduto il suo posto e lui lo ha preso. Se non fosse stato per quello scambio di posto, probabilmente non avrei mai avuto il coraggio di parlarle. E invece è giusto che lo faccia, perché questo è il giro di boa, l'ultimo giorno di scuola. E qualsiasi conclusione necessita che ogni tassello venga messo al proprio posto.

Per l'ultima volta nella mia vita la vedo scendere alla fermata del suo liceo. Lei saluta Tommaso con un cenno e me, secondo l'abitudine, con uno sguardo.

Per l'ultima volta scendo anche io, con Tommaso, alla fermata del mio liceo.

Per l'ultima volta tocco il marciapiede con un saltello

e attraverso le strisce pedonali. A passi piccoli, calpestando sia le bianche che le nere.

Per l'ultima volta varco il grande cancello arrugginito del Saffo, procedendo incontro alla prima ora di una qualunque giornata scolastica.

Raggiungo la mia classe, al piano terra, con il cartello sbilenco QUINTO L, tenuto su da una puntina gialla e una blu. Nel varcare la soglia, che tante ne ha viste, mi sale un groppo in gola. Di nuovo mi appoggio al termosifone, in fondo all'aula, ormai spento per la stagione calda. La ghisa pitturata di azzurrino adesso conserva il vecchio freddo.

Ancora una volta vedo entrare le mie amiche dalla porta. Il groppo si ingrassa tanto, che lo percepisco tirare alla base degli occhi. Sul volto delle mie amiche è congelata un'espressione contratta che neanche i loro sorrisi smaglianti sono in grado di sciogliere. Una a una, senza averlo programmato, ci abbracciamo.

Stretta a me, Luna mi sussurra: «Sarai sempre la mia amica del cuore».

Non desidero la macchina fotografica, come in altre circostanze. Una fotografia non sarebbe in grado di mantenere la limpidezza di questo momento.

Le ore sono coccolate da quella rara nostalgia di un tempo che ti assale prima che sia realmente finito. I professori allentano la corda, comprendendo quella condizione, franta dall'emozione, in cui ci troviamo.

Chissà se ai loro occhi, questo stato, che già hanno incontrato in altre generazioni di studenti, appare sempre speciale. Sta di fatto che la professoressa Carelli scherza e ride per tutta la lezione, con nostra grande sorpresa. Ma forse un po' ce lo aspettavamo. La ricreazione è fresca, eppure non gradevole al suo annunciarsi quanto lo è stata appena un giorno prima. Il suono trillante della campanella ha un che di drastico che fa venire il batticuore.

Stracolmi arriviamo alla fine.

Il grande conto alla rovescia è l'unico pensiero che regna nell'intera scuola, i rintocchi delle lancette gli unici respiri.

Dieci.

Nove.

Otto, occhi incollati all'orologio.

Sette.

Sei.

Cinque.

Quattro, quasi la fine.

Tre.

Due, *xibipiio.*

È una parola degli indigeni dell'Amazzonia, una parola che indica quell'esperienza della transizione, l'atto di cominciare o terminare qualcosa, di trovarsi al limite di un fenomeno.

Uno, avvenimento.

Il cambiamento accade e noi lo accogliamo con risa, grida e pianti.

Gli alunni si precipitano fuori dall'aula scalpitanti e mi abbandono alla corrente impazzita. Vengo trascinata nel corridoio, dove la folla che si riversa dai piani superiori mi investe. È nel momento in cui, per non cadere, mi aggrappo al corrimano, che capisco di dover ancora fare una cosa.

Quindi mi infilo a fatica tra la gente che spinge per uscire, e procedendo nel verso contrario sgattaiolo su per le scale. A seguito delle prime due rampe, quasi impraticabili, giungo infine alla terza dove posso arrampicarmi più agevolmente, ostacolata di tanto in tanto dai ritardatari.

Il piano è pressoché deserto, si aggirano soltanto i professori che lasciano le aule ormai vuote e pochi studenti nostalgici che si guardano intorno con occhi zeppi di immagini. Una professoressa sta abbracciando una ragazza che ha il viso rosso e gli occhi stretti.

L'auletta numero 6 è in fondo al corridoio.

Cammino lentamente come la prima volta, tentando di ricreare i suoni, le voci, la luce che penetra calda dalle larghe finestre e disegna grandi rettangoli sul pavimento, nei quali per leggere ci si sarebbe potuti persino stendere. Rammento il cenno del capo del professor Marchesi, la targhetta, il foglio, le firme, le differenti calligrafie.

In un attimo sono davanti alle ante della porta. La vernice grigia si sta consumando, come pelle, e con questa le immagini lì contenute vanno sbiadendo. Presto l'impronta del mio palmo sulla maniglia sarà sostituita.

Allora trattengo più a lungo la mano sul metallo, per abbracciarlo come la professoressa stava facendo con la ragazza, per permettere che prenda ancora un po' del mio calore, del mio sudore.

La stringo più forte e la porta si apre.

Il professor Vatti è in piedi di spalle e sta sistemando le carte nel mobiletto. Sulla lavagna si possono ancora scorgere le lettere scritte in gesso: "lipolisi", leggo tutto insieme.

«Salve» saluto.

Lui si volta, stringe gli occhi buoni per studiarmi, e mi sorride.

«Margherita, ciao!».

Guardo la sedia davanti alla cattedra e mi viene spontaneo andare a sedermi. Incrocio le gambe e poso la borsa per terra.

«Prof, sono venuta qui per ringraziarla» balbetto.

«Grazie a te».

Gli esami

Il tempo degli esami s'avvicina a balzi, avanzando a piè di danza tra le torride giornate di inizio estate. I volumi di storia e letteratura si accalcano sui tavoli all'aperto, vantando il loro sapere a un ingenuo venticello che di tanto in tanto, cedendo alla curiosità, si arrischia a sfogliarli. Affascinato dal loro risuonare solenne, racimola ogni data o nome importante che le bocche di noi giovani studiosi lasciano come gioco al suo soffio.

Andiamo ripetendo e ripetendo e i pomeriggi proseguono interminabili, finché lo stesso venticello, per attirare la nostra attenzione, si leva con fare dispettoso. Allora le menti, sfinite dal continuo esercizio, si affidano a lui e si lasciano condurre altrove, verso luoghi di distrazione.

Il gruppo di studio, riunito nello spazioso terrazzo a

casa di Luna, si dedica a chiacchiere leggere e risate sollevate, derubando il vassoio carico di spuntini e bibite ghiacciate, che ogni volta la sua mamma prepara con amore.

Di solito siamo io, Luna, Carlotta, Federica, Lorenzo, Giulio e Tommaso con l'aggiunta talvolta di qualche nostro e loro compagno di classe. Spesso Benedetta, Davide e Flavio si uniscono a noi. E il venticello sembra ravvivarsi quanto più la compagnia si allarga.

Ci incontriamo dopo pranzo, o mangiamo insieme seduti attorno al largo tavolo del terrazzo. Il sole è cocente sulle teste e, sulla pelle scoperta, le prime abbronzature sono già evidenti.

Di comune accordo abbiamo istituito un programma serrato, distribuendo i capitoli da ripassare in giorni precisi, stabilendo i turni di interrogati e *professori*, e in quest'ultimo caso obbligandoci a escogitare le domande più complesse e rognose. Certo è che ci stiamo preparando con grande impegno e dedizione.

Non siamo però sempre confinati nel terrazzo, né ci escludiamo del tutto dai festeggiamenti per l'arrivo della nuova stagione. Nelle mattine, quando le famiglie in vacanza indugiano nei lenzuoli di lino e l'aria delle strade non è ancora stata sciupata dal respirare profondo degli abitanti svegli, io vagabondo con Tommaso. Sfrecciamo tra le vie della città con il vecchio motorino del padre, che lui, finalmente conseguita la patente, può guidare.

Salgo a cavallo della sella, dietro di lui, e mi aggrappo

alla maglietta pulita e profumata. Allora rincorriamo il simpatico venticello che schizza ovunque e gli stiamo tanto alle calcagna che posso sentirlo addosso. I giorni, come cani al parco, sembrano trotterellarci dietro guaendo gioiosi.

La prima volta che sono salita su questo motorino è stata il 10 maggio, appena due giorni dopo il colloquio con l'agenzia. Quel pomeriggio, sul presto, era arrivata la telefonata che dal termine del colloquio avevo atteso con apprensione.

La voce giovanile di Angelica, l'agente presentatami da Francesca, mi comunicava che la mia domanda era stata accettata. Senza neppure riprender fiato, ho chiamato Tommaso e ho esclamato concitata: «Incontriamoci al muretto, ti devo dire una cosa!».

«Ho una notizia anche io» ha risposto lui, prima di attaccare.

Per i venti minuti che ha impiegato a venir da casa sua alla mia, l'ho atteso marciando su e giù per il viale, contando i passi tra un albero e l'altro.

Sette passi fissi.

I pruni erano rigogliosi e i loro figli erano tanto numerosi da creare delle uniche nuvole che rimanevano impigliate tra i fusti degli alberi.

Nella mia trepidante passeggiata ho colto un fiore da un ramo basso e l'ho rigirato tra le dita. D'istinto sono andata al lato opposto della strada, dimora dei pini reali, e ho incastrato lo stesso fiore nella corteccia. Il tronco ha trattenuto nel suo grembo legnoso quel dono. Al mio ritorno l'ho poi trovato nella stessa posizione, con l'unica eccezione che il sole carezzava i soffici petali rosa.

Tommaso, simile a un lampo, è arrivato sul motorino, strombettando all'impazzata.

Dopo avergli detto anche del mio felice successo, mi sono lasciata convincere a fuggire. Nella beatitudine di un volo a terra, abbiamo raggiunto un campo incolto fuori città. Dove la strada si allargava in uno spiazzo laterale, abbiamo lasciato il motorino. Scavalcando il guardrail, eravamo poi caduti sull'erba dove i papaveri giocavano a nascondino.

«Dopo lo spettacolo avevo bisogno di correre, certe volte sembra che il corpo me lo imponga... ti va di...?» ho iniziato a dire, in piedi sulle gambe frementi.

Prima che potessi terminare la domanda, lui ha afferrato la mia mano ed è scattato in avanti, inoltrandosi fino a dove l'erba oltrepassava il ginocchio.

Il ruggito delle macchine sulla strada vicina non era che un fischio smorzato. In lontananza si scorgevano dei campi seminati e una minuscola fattoria bianca.

Lì siamo rimasti fino a quando i raggi dei minuti precedenti al tramonto sono scesi per un'ultima danza.

Gli esami scritti sono fissati per tutti gli studenti per il 18 e 19 giugno, rispettivamente il tema di Italiano e la prova di Latino e Greco. La sera prima del tema, le classi maturande del Saffo si radunano fuori dalle mura del cortile, con gli occhi oltre il grande cancello arrugginito, quella sera chiuso da un lucchetto.

I ragazzi bloccano l'intera strada, generando un po' di scompiglio tra le macchine di passaggio a quell'ora. Davanti all'entrata, i Devil-kiss sistemano le attrezzature portatili per amplificare il suono e lì si piazzano con i loro strumenti. Greta, la cantante del gruppo, sta intonando una delle classiche canzoni da notte prima degli esami, ondeggiando le braccia e facendo cenno ai presenti di imitarla. Il canto si leva lento sopra le nostre teste e scivola tra le sbarre del cancello. Si infiltra attraverso le ampie finestre e si tuffa nei corridoi ora scuri e desolati, illuminandoli. Rimbalza per i gradini, fa la suo eco nella palestra e rimbomba nelle mura imbrattate, proiettando quei ricordi che conduce con sé.

Alla nostra vista il liceo Saffo si impone tanto che pare voglia dire di essere anche lui sceso in strada a cantare, a sentirsi padrone della notte. Nelle sue fondamenta sembra più stabile e voluminoso, irrobustendosi con la melodia.

Mi vengono i brividi.

Studenti che per cinque anni hanno condiviso la stessa quotidianità, senza mai scambiarsi una parola, al massimo uno sguardo sottinteso, ora si rivolgono frasi di incoraggiamento, eliminato ogni riserbo. Teniamo sollevati i telefoni con le torce accese e li muoviamo in alto, descrivendo degli archi, affinché si riflettano sulle ampie finestre della scuola e disegnino una notte di stelle.

I residui sfavillanti di quel sogno restano sulle pareti anche la mattina seguente mentre, dopo essere stati richiamati e smistati, ci avviamo al posto assegnatoci, con agitazione tale da far sudare freddo.

Per il nervosismo mi sono massacrata le unghie e, spezzandone una scheggia troppo spessa, mi sono procurata un fastidioso bruciore al dito, che ora tento di alleviare stringendo la mano in un pugno.

Prendo posto al mio banchetto singolo, addossato al muro di un corridoio del primo piano. Quando tutti gli studenti sono disposti e a ciascuno vengono consegnati due fogli protocollo firmati e timbrati, la professoressa aziona il cronometro.

Per tre ore c'è un silenzio tombale rotto ogni tanto dal rumore di una penna posata, di un foglio voltato o di un sommesso colpo di tosse. Le pareti su cui le nostre teste assorte si poggiano sembrano curvarsi.

La penna è instabile nella mano e per via del dito ferito mi è scomodo sorreggerla, poi, come tempo prima è accaduto scrivendo la prima lettera a Teo, la carta si fa d'un tratto scivolosa e la calligrafia trova il suo svolgimento. Se da qualche parte la penna si ricarica, è sicuramente nelle mie vene, prelevando il sangue come inchiostro, perché mai in un compito scolastico ho messo tanto cuore.

Al cambio della seconda ora, la professoressa che prima controllava gli studenti della mia sezione, passeggiando guardinga tra le file di banchetti viene sostituita. Arriva la professoressa Minerva Posta, e sarebbe impossibile non farvi caso visto il lungo e svolazzante vestito che sfoggia. Sui capelli, tinti di un rosso quasi violaceo, non porta il solito turbante, bensì una fascetta decorata con fiori finti. Sorrido, non tanto per l'aspetto buffo, quanto per il ruolo che, senza saperlo, ha svolto nella vicenda tra me e Tommaso.

Rammento la sua scatola verde che, credendo di cattivo auspicio, ha regalato a Tommaso. Penso a come quella stessa scatola sia stata il forziere del nostro tesoro per più di un mese.

Ha ragione La Mimmi: il destino esiste e la matematica ne è una prova.

Torno a dedicarmi al tema con maggiore serenità, mentre sul braccio sta una farfalla color crema, volata fuori dal semplice pensiero della scatola.

Leggo più di una volta il mio tema, curando ogni sottigliezza e finalmente, quando già gran parte degli studenti ha lasciato i banchi, mi decido ad alzarmi e ad andare a consegnare, con mani accaldate e tremanti, il foglio alla professoressa.

Allora mi precipito giù senza voltarmi indietro finché non sono fuori, di nuovo nella folla di studenti.

Un ragazzo che non individuo urla: «E la prima è andata!».

Se la prima è andata, penso, le altre non possono che succedere e finire prima che ce ne accorgiamo.

L'indomani infatti viene seguita la stessa procedura per la prova di Latino e Greco. Tra le braccia i vocabolari pesano, come accumulando in loro tutte le traduzioni che negli anni sono state fatte e l'età delle lingue antiche. Con i volti chini sugli idiomi li sfogliamo assorti, tanto da non far nemmeno caso al silenzio circostante. Quei vocabolari narrano la storia dei loro proprietari. Sono stati riempiti di segnalibri, evidenziati di giallo fosforescente, alcuni disegnati sul frontespizio e scritti a bordo pagina. Molti sono stati logorati, alle volte persino sfasciati e poi riparati goffamente con un nastro adesivo piuttosto inefficace. Certe pagine sono strappate, alcune addirittura eliminate, altre sono macchiate di caffè, altre ancora hanno briciole incrostate. Come rulli di tamburi, risuonano in tutta la struttura i tonfi provocati dalla chiusura di quei grossi volumi. Uno a uno gli studenti si liberano anche della seconda e più faticosa prova.

Il mio orale è fissato per il 23 giugno. A causa dell'ordine seguito, a partire dalla classe estratta a sorte, gli esami della sezione F e della sezione L coincidono per giorni e orari.

Secondo il documento affisso alla bacheca nell'atrio, io e Tommaso sosterremo l'orale a distanza di appena un quarto d'ora.

Dopo gli scritti il gruppo di studio si scioglie. C'è un solo tentativo di ripristinarlo, durante il quale finiamo tutti per convenire che giunti a questo punto si deve proseguire da soli. Così studiamo ognuno per conto proprio e la terrazza di Luna non vede più ospiti. Per i restanti giorni io mi segrego in casa, non vedendo nessuno, né facendomi sentire molto.

L'afa è più che tollerabile in confronto alle spossanti ore appresso ai libri. Persino il venticello ne ha abbastanza di sentir menzionare poeti, fisici, generali e presidenti.

L'ultima notte, finché non mi addormento, è agitata. Con le palpebre pesanti, mi rigiro nel letto senza trovare pace: fa troppo caldo perché possa avvolgermi nelle lenzuola, ma è molesto il dormire scoperti. Sebbene non riesca in alcun modo a prendere sonno, sono troppo stanca per impegnarmi in qualche passatempo. Se il solo pensiero di un libro non mi desse la nausea, tonerei a ripassare, finché ne ho il tempo.

Avverto una certa fame, visto che a cena ho mangiato poco o nulla, ma lo stomaco accartocciato e dolorante mi impedisce di soddisfarla.

Questo stato d'agitazione va pian piano mescolandosi a un dormiveglia confuso.

Poi si rabbonisce di colpo, per intero inghiottito da un sonno profondo e senza sogni, che per mano mi scorta fino al mattino. Mi sveglio, spalanco gli occhi e, dopo giusto un secondo di ignara serenità, realizzo: oggi ho l'esame.

Mi lavo con cura e indosso i vestiti che intanto ho preparato. I miei genitori vengono con me a scuola.

Quel giorno il Saffo ha un aspetto insolito.

Seguo le indicazioni fino all'aula dove si terranno gli orali della mia classe. Nel corridoio ci sono parecchi miei compagni: alcuni camminano avanti e indietro in inquieta attesa, altri invece, avendo già sostenuto l'esame o dovendolo sostenere nei giorni successivi, sono venuti solo ad assistere. Le mie amiche sono tutte presenti, ma soltanto Carlotta oltre me avrà il colloquio.

Io sarò chiamata per terza, lei è la prima.

Partecipo al suo esame, seppur non riuscendo a prestare molta attenzione. A ogni professore che apre bocca, l'ansia monta dentro di me. Non assisto a quello seguente, ma vado in bagno per sciacquarmi la faccia e versare qualche lacrima isterica.

Torno nel corridoio e poco dopo, sbucando da una frotta di persone in uscita, il professor Marchesi si affaccia alla porta e mi fa cenno di entrare.

Per alcuni istanti sono atterrita, incapace di seguirlo, poi faccio un passo avanti.

L'aula è libera al centro, apparendo di parecchio più grande. Da un lato una fila di sedie è addossata alla parete per gli spettatori, dall'altro dei banchi sono stati uniti e disposti a ferro di cavalo. Dietro i banchi sono seduti, severi ed esigenti, sei professori. Della commissione quattro non li ho mai visti.

Mormoro un «Buongiorno» spaventato e prendo posto nell'unica sedia centrale davanti ai banchi. Nel sedermi lancio uno sguardo al pubblico alle mie spalle. I miei genitori siedono in prima fila, intorno le mie amiche e altri compagni di classe.

Se l'occhiata sfuggevole non mi inganna, Tommaso non c'è.

Torno a guardare fisso i professori, di fronte a me è seduto un omino calvo con gli occhiali e l'aria antipatica, che deve essere il membro esterno nominato presidente di commissione. Mette sotto i miei occhi tre buste di carta marroncina e mi invita a selezionarne una.

Tre possibilità. Tre cieche possibilità da cui dipende il mio esame, la mia maturità.

Con quale coraggio ne indicherò una? La mia scelta non valuta alcun criterio, né è immediata.

Fino all'ultimo sono indirizzata verso la seconda busta, ma un vago formicolio alla mano, orientato a sinistra, la fa infine ricadere sulla prima.

Il presidente apre la busta e tira fuori la riproduzione di un manifesto d'epoca, un soldato tiene tra le mani un'enorme arma e accanto sta la scritta "Arruolatevi nell'artiglieria contro aerei dell'aeronautica". Dunque, con titubanza comincio a esporre le mie conoscenze correlate, di tanto in tanto interrompendomi con un colpetto di tosse per schiarire la voce e inumidire la gola. A un certo punto la vista mi si appanna e credo di svenire, tuttavia dopo un lieve capogiro i volti attenti dei professori tornano nitidi, e da quel momento l'esame fila liscio.

Mi vengono fatte domande di ogni materia e circa a tutte, più o meno dettagliatamente, so rispondere. Tiro un forte respiro di sollievo quando si passa alla correzione delle prove scritte.

D'un tratto mi sento come se volessi ricominciare l'esame da capo e affrontarlo con più calma.

La professoressa Carelli riferisce soddisfatta l'esito del compito di Latino e Greco, sfogliando il foglio protocollo che qualche giorno fa è stato per me tutto ciò che importasse. Scopro che al contrario di quanto credessi, è andata piuttosto bene. Quindi interviene la professoressa di Italiano. Inforca gli occhiali tenuti al collo da una catenina ed estraendo da una cartella il mio tema, pronuncia: «Per quanto riguarda il tema volevo farti i complimenti: mi è piaciuto molto. Ottimo sul piano grammaticale e lessicale. È ben strutturato e articolato e denota studio e consapevolezza. Inoltre traspare una tua forte sensibilità. Insomma, brava. Al di là della valutazione, volevo però farti una domanda...» e cerca con il dito una riga. «Ecco, qui proponi una metafora molto interessante: l'iridescenza di un corpo. Dunque, già che ci siamo, potresti illustrarmi e spiegarmi più approfonditamente il pensiero che c'è dietro?».

«Certo» dico.

Stringo le mani tra le cosce per asciugare il sudore e frenare l'evidente tremito che insiste, sfogando la tensione a cui fino a questo momento il corpo è stato sottoposto. Dopo qualche secondo di silenzio, parlo con una nuova voce, che risuona audace. In cuor mio ho sperato che la professoressa notasse quella parola, la quale esprime un concetto che per tanto tempo è stato per me intrigante e ugualmente indecifrabile. Sciolgo le mani dalla stretta e prendo fiato, il *non so chi* si rizza accanto a me.

«L'iridescenza è la proprietà ottica per la quale alcune superfici poste alla luce assumono un ventaglio di tonalità differenti in base all'angolo di osservazione. Una di queste superfici è ad esempio quella delle bolle di sapone. Ecco, io credo che noi, noi uomini e donne, siamo come delle bolle di sapone. Ci aggiriamo per l'aria, chiusi in questi globi trasparenti, al di là dei quali tentiamo di vedere, ma non scorgiamo mai nulla. Però lo sentiamo questo bisogno, quasi fisico, di sapere. Di sapere cos'è che noi non vediamo. E perseguiamo imperterriti la ricerca. Diciamo di tutto e di più, usando parole, lettere conseguenti che hanno un apparente significato. Enunciamo teorie, formuliamo ipotesi. Ci poniamo domande. Ci poniamo domande di continuo, in modo assillante, morboso. Diamo delle risposte alle nostre domande, forse per simulare un minimo controllo almeno sui pensieri, o forse per via di quella tendenza a finire che è presupposto dell'uomo. Finire una domanda, finire un pensiero, finire un'azione, finire una vita. Una tendenza a finire che noi avvertiamo sotto forma di curiosità. Quella curiosità che è il primo istinto, con la paura, di cui disponiamo sin dalla nascita. Curiosità e paura, desiderio di sapere e repulsione per l'ignoto. Potrebbero sembrare elementi uguali e forse lo sono, o forse sono contrapposti, magari complementari. Io credo che siano figli e genitori della vita. Come l'una ci sprona a sperimentarla, così l'altra ci trattiene dal danneggiarla, dando origine con il loro alternarsi a una relazione che ogni giorno è crescita, evoluzione nei secoli. Sono i due volti dell'amore per la vita e infatti tanto più la amiamo, tanto più ne siamo curiosi e spaventati. Allora dico che dobbiamo essere dei grandi amanti noi, noi uomini e donne, se per sola curiosità torniamo sempre a chiederci cosa c'è al di là della bolla, e se al tempo stesso per semplice paura non abbiamo mai accettato la risposta più ovvia. Sì, perché la parete della bolla è di fatto trasparente, dunque la risposta l'abbiamo sempre avuta: non c'è nulla. Nulla che possiamo vedere, figuriamoci comprendere. Nulla. Nulla che sia realmente alla nostra portata. In tal caso ogni studio è futile, ogni ricerca vana. Ogni teoria, ipotesi, ogni discorso, parola, ogni lettera conseguente non ha valore. Ma allora perché la paura ci impedisce di rassegnarci? Perché noi, progettati a finire, rimandiamo inconsciamente la fine di questa estenuante ricerca? Perché seguitiamo ad affliggerci, ad avvilirci, a tormentarci per questo ambito significato? Il significato di cui, tanto ossessionati, abbiamo iniziato a disegnare, a cantare, a suonare, a raccontare, a scrivere, a pensare. Un significato per il quale abbiamo concepito l'arte. L'arte che altro non è che quei fasci colorati nella nostra bolla. Perché, mi chiedo, siamo giunti al punto di dipingere su una parete incolore? Perché la natura umana, nel suo più recondito disegno, custodiva da principio la vera risposta, la nostra risposta. E lo spiega l'iridescenza. Secondo tale proprietà noi sappiamo che certi riflessi sulle bolle di sapone sono determinati dall'incontro con un raggio di luce. La luce che non abbiamo mai distinto nel nulla, la luce che, rivelando, è. La luce che mostra il significato ed è il significato. E se quei riflessi colorati sono arte, sono segni della nostra ricerca, e se ugualmente sono prodotti dalla penetrazione di un raggio, allora la risposta è: il significato, il significato dell'esistenza lo troviamo nella sua stessa ricerca. Lo scopo è l'inseguire la fine, non giungervi. Cercare, non trovare. Il trovare implicherebbe una risposta unica e definitiva mentre, come noi ben sappiamo da quei fasci colorati sulla parete, l'essere dell'esistenza è multiplo e variabile. L'esistenza è un riflesso, ciò che subisce una riflessione, una deviazione, un ripiegamento. E cos'è che ripiega? È la parete trasparente che ci circonda. È la bolla di sapone. Siamo noi, noi uomini e donne. Siamo noi che possiamo scegliere quale colore, quale angolazione. In questo rompicapo, la soluzione è che possiamo deciderla noi, possiamo inventarci la risposta alla nostra domanda. Se non fosse così, se si trattasse solo del nulla, allora non ci avrebbero dato una bolla di sapone. Allora l'Universo, che sempre rilascia i suoi prodotti uniformandoli a sé stesso, non avrebbe ideato l'iridescenza».

L’ultima lettera

Quando la mia voce si ferma, mi accorgo che dall’inizio del discorso sono cresciuta di intensità. L’insegnante d’Italiano non guarda più me, ma si è voltata verso la prof Carelli, la quale, anziché ricambiare lo sguardo, mi scruta allibita.

C’è qualche secondo di pungente silenzio, tutti tacciono, forse credendo che il discorso non sia finito o forse non avendo nulla da dire.

Sento la lingua pastosa, ma soddisfatta. La prima a smentire la sensazione che il tempo abbia cessato di scorrere è proprio la professoressa di Italiano che, volgendo nuovamente lo sguardo a me, chiede: «Che hai intenzione di fare dopo la scuola?».

«Vorrei laurearmi in Medicina e anche tentare di seguire una carriera d’attrice» rispondo chinando il capo.

«Tutt'e due le cose?» interviene Carelli, senza perdere negli occhi quell'espressione acuminata.

«Ci proverò... So che è molto improbabile, ma sento di non poter rinunciare a nessuna delle due strade. Sicuramente arriverà un giorno in cui mi troverò a un bivio e dovrò prendere una direzione. La prenderò con tranquillità. Ma solo perché consapevole di aver provato a fare entrambe le cose».

«Potresti pensare di scrivere... Hai delle cose da dire» interviene il presidente di commissione, la cui voce non si è sentita da quando ho selezionato la busta.

Io sorrido, ripensando a quel libro su cui spesso mi sono ritrovata a fantasticare.

Dicono: «Bene grazie, può bastare».

Stringo la mano a ciascuno dei professori della commissione, che mi rispondono con vari «Buona fortuna». Il viso della professoressa Carelli si apre in un largo sorriso, il più grande che le ho mai visto fare, e trattiene la mia mano un istante in più degli altri. Allora volto loro le spalle e vedo tutte le persone a cui voglio bene, lì davanti a me, per me. Luna, Carlotta e Federica mi accerchiano, tempestandomi di complimenti e baci affettuosi, mentre altri compagni di classe si avvicinano facendo le congratulazioni e dandomi colpetti sulla schiena. Nel mezzo della mischia di persone oltrepasso la porta e mi sposto nel corridoio, nel quale la folla si allarga e posso individuare e distinguere alcuni volti.

Giusto una mezz'ora prima ero in piedi nello stesso punto con aria irrequieta. Adesso realizzo quanto quel corridoio possa essere mutevole alla percezione, a seconda dell'emozione con cui viene percorso.

Ecco, di nuovo un riflesso su una bolla di sapone.

D'un tratto le pareti, prima pallide e massicce, si sono rischiarate e brillano di un lieve giallo, come se della luce sia stata condensata in pittura e poi passata a più mani mentre sostenevo il colloquio. L'odore di vernice fresca è nell'aria.

Mi appoggio al muro sollevata, il peso dell'agitazione evapora bruciato dalla leggerezza dell'atmosfera circostante, la sua sostanza abbandona vaporosa ed effervescente il mio corpo. Fuoriesce dai pori della pelle, provocandomi un leggero brivido, fuoriesce nei respiri pieni, dagli occhi che, sensibili alla sua effervescenza, lacrimano. Mia madre mi viene incontro commossa e consumo quel pianto di liberazione con lei. Poi mi volto verso mio padre. Mi accarezza il viso e per la prima volta da che ne ho memoria noto i suoi occhi imperscrutabili farsi umidi.

Dopo i miei genitori mi salutano e, raccomandandomi soltanto di divertirmi, spariscono per le scale a braccetto.

Finalmente vedo Tommaso. È davanti a me e mi guarda con il suo tenero mezzo sorriso. Appoggiata a lui sta Antonella, che invece sorride mostrando tutti i suoi denti bianchi, leggermente distanziati al centro. Immagino che si siano affrettati a raggiungere l'aula del mio colloquio non appena Tommaso ha terminato il suo. Corro incontro a lui.

«Com'è andata?» chiedo.

Per tutta risposta lui mi abbraccia con forza, al punto da sollevarmi completamente da terra. Adagio il capo su quelle spalle che sembrano avere la forma precisa per ospitarlo e inspiro il profumo dei suoi capelli. Per un tempo che non saprei riferire, piroettiamo su noi stessi, annodati. Quando ci sciogliamo, non ho il tempo di ricompormi che Antonella mi sorprende abbracciandomi a sua volta. Con occhi luccicanti dice: «Sei un'ispirazione per me».

Del gruppo di studio che si è riunito in quei primi pomeriggi estivi, siamo tutti stati esaminati. Io e Tommaso abbiamo chiuso la lista. Così scendiamo le scale calpestando un gradino ogni due e ci catapultiamo nel cortile, tutti liberi.

Lì indugiamo prima di lasciare definitivamente quel posto.

Il cortile è deserto. In una delle aiuole incolte, troviamo un vecchio pallone sgonfio. Ci mettiamo a giocare a palla con lo slancio di un bambino, ma credendoci quanto un bambino non farebbe. Quasi con religiosità. Sappiamo che, finché rimaniamo nel cortile, nulla può toccarci, neanche il tempo. Sentiamo che qui possiamo ancora essere bambini, per un'ultima volta. Facciamo tanto chiasso da richiamare l'attenzione della bidella tarchiata e dalla voce catarrosa, che si affaccia dal portone e ci redarguisce: «Ragazzi, altri alunni stanno facendo gli esami, abbiate rispetto».

Quando si volta zoppicante, noi scoppiamo in risatine soffocate.

Quindi Giulio lancia in aria il pallone e con un calcio lo scaglia lontano nell'azzurro, oltre le mura della scuola. Senza un segno, né uno sguardo o una sentenza, varchiamo tutti insieme l'uscita del Saffo.

Accarezzo una sbarra del cancello rugginoso. Un po' di polvere rossastra si appiccica al mio palmo. Mentre la studio sorridente, niente affatto intenzionata a pulirla, Tommaso mi passa il casco bianco, su cui a pennarello indelebile è stato disegnato un piccolo fiore.

Salgo sul motorino dietro di lui e guizziamo via. Scappiamo. Porgo le palpebre alla brezza calda, che rumoreggia sul mio viso. Voglio che scolpisca i miei tratti, li levighi. Quando riapro gli occhi intravedo un vero e proprio mare che attende all'orizzonte. Sfrecciamo nella sua direzione come se volessimo tentare di attraversarlo, e in breve giungiamo abbastanza vicino da sentire i suoi scrosci di risate, da sentire tutti gli scoppi che le onde collezionano come tesori, raccogliendone man mano durante i loro lunghi viaggi nei paesi lontani.

Il motorino rallenta e si spegne a pochi passi da una vasta distesa di sabbia tanto scintillante da dolere alla vista. Con un salto disinvolto scavalchiamo la staccionata che costeggia la strada e, levate le scarpe, corriamo a rompicollo su quei morbidi tizzoni. Mi lancio di peso in acqua, senza curarmi dei vestiti che ho ancora indosso. Non appena riemergo, vedo la testa di Tommaso sbucare accanto a me, i riccioli appesantiti che gli si appiccicano sulla fronte. Seppur bagnati, i suoi capelli mantengono per magia quel colore straordinario.

Tra gli schizzi, sentiamo in lontananza uno sbattere di portiere d'auto e l'avvicinarsi di voci festose. Facendo capolino da un vialetto che si inoltra nella macchia di vegetazione alle spalle della duna, e dove la staccionata che abbiamo scavalcato si interrompe, arriva una compagnia di ragazzi muniti di zaini e sacche. Sono i nostri amici, che hanno impiegato più tempo perché venuti con le macchine, chi in quella piccola di Luna, chi in quella di Flavio.

Allora usciamo dall'acqua e andiamo loro incontro. Distendiamo dei teli da mare ai piedi di una duna, dove l'ombra di un pino difende dal sole incandescente, e ci stringiamo lì. Sebbene manchi un'oretta al pranzo, mangiamo subito i pochi panini al prosciutto, preparati a casa da Federica e Giulio, e la crostata alle visciole premurosamente impacchettata dalla mamma di Luna. Dopo il ristoro, ci sdraiamo ad accogliere l'arrivo del pomeriggio che viene e passa, come le ore al mare, emancipate dal tempo, nel loro istantaneo torpore.

L'azzurro evanescente del cielo si amalgama e la luce si addensa. I raggi discendono in spiaggia cavalcando l'aria attorno a noi, sfiorando i capelli, rimbalzando sui nostri volti, indagando nei nostri occhi. La sfera infuocata del sole va calando, lasciandosi dietro una scia di caldo arancione. Il mare ai suoi piedi assume lo stesso colore, come se il sole sia colato in acqua e l'abbia tinta. Poi, si tuffa completamente nel mare.

«Andiamo? Ci vuole una decina di minuti a piedi...» dice Giulio, scrollando la sabbia dal suo orologio.

Allora ci alziamo, raduniamo le nostre cose e ripieghiamo i teli. Prendiamo il sentierino dal quale sono sbucati i nostri amici e in un paio di minuti raggiungiamo la strada. Dopo aver lasciato gli zaini nelle macchine, Giulio, in quanto conoscente del proprietario, ci fa strada verso il locale che abbiamo scelto in uno di quei torridi pomeriggi di studio, fantasticando sulla festa del dopo esame.

L'oscurità macchia il cielo mentre noi con passo pigro procediamo spensierati, la prima stella brilla inaugurando l'ingresso della luna. Giungiamo a uno stretto vialetto d'ingresso, sotto un grande cartello bianco segnato da due candele da giardino che, poiché i lampioni non sono ancora stati accesi, è quasi totalmente buio. Già da un centinaio di metri abbiamo iniziato a sentire una musica, ora assordante al punto da non riuscire a parlare se non gridando.

Il locale al chiuso è assai piccolo, ospita solo il bancone del bar e il guardaroba. Dal lato opposto all'entrata si apre una larga porta che dà sulla spiaggia libera. Fuori è stato allestito un tendone e dal palco scoppiano le luci stroboscopiche. Ai piedi del palco una calca scatenata saltella. Ci uniamo ai corpi sudaticci e confusi.

Balliamo, balliamo nel nostro primo giorno da adulti.

Adulti che forse non siamo, forse non saremo così in fretta e forse non diverremo mai. Certo è che siamo diversi da ieri e, malgrado non sappiamo come si è verificato né quando, avvertiamo il cambiamento. Lo cogliamo nella musica e nella danza, persino nella sabbia. Il terreno prende la forma delle piante dei nostri piedi nudi e di conseguenza diventa ondulato.

Il cambiamento balla tra noi.

Ed è questa stessa sera, appartati in riva alla spiaggia e con i vestiti ancora umidi per il bagno del pomeriggio, che Tommaso mi regala un bacio dolce, da ricordare. Ed è il bacio più dolce, che segna il nostro addio.

L'indomani mattina mi sveglio verso mezzogiorno, mentre i miei stanno pranzando. Sono tornata molto tardi e talmente stanca da cadere subito addormentata, senza neanche svestirmi e coprirmi con le lenzuola. Sbadigliando mi alzo, mi siedo alla scrivania e accendo il computer. Da quando sono stata ammessa all'agenzia è un gesto che ripeto meccanicamente ogni mattina, prima ancora di lavarmi e prepararmi. Infatti la signora Angelica, parlando a gran voce tra i suoi bracciali tintinnanti, mi ha assicurato che mi contatterà non appena si presenti un buon provino. Attendo dunque fiduciosa che giunga una mail con la convocazione e a ogni risveglio scrollo la pagina della posta per aggiornarla, più volte, fino ad aver appurato che non c'è alcuna novità.

In cuor mio non posso fare a meno di credere che la mail sia nascosta lì da qualche parte ed è soltanto un po' timida a mostrarsi.

A quest'ora della giornata il rettangolo di luce ha già raggiunto le gambe della scrivana, così che parte della mia schiena viene rischiarata. Ripensando alla sera precedente con un misterioso sorriso sulle labbra, controllo la posta.

Sussulto. Con mani trepidanti clicco sulla casella.

Si tratta di un provino per un ruolo minore, ma pur sempre un ruolo. Per la sorpresa il mio respiro inciampa in gola e lì rimane per qualche secondo incapace di rialzarsi. Io, come lui, sono inerme: star ferma significa farsi corrodere e muoversi implica troppa fatica.

Poi l'impeto mi porta con sé, indirizzato a raccogliere la borsa abbandonata sul pavimento all'ingresso della camera. Prendo a frugarci dentro, cercando il mio telefonino e sperando fortemente che sia ancora carico dal giorno prima.

Devo subito parlare con Tommaso, devo dirglielo e avrò la certezza che sia vero. Trovo il cellulare, ma non è più quello l'oggetto della mia attenzione. L'occhio è caduto su una lettera, la busta è color avorio e decorata da una fantasia floreale blu e rossa, la stessa della lettera d'invito al ballo. Stringo la carta tra le dita. Sorrido: non ricevo lettere proprio da quel giorno. Scoppio a ridere, chiedendomi quante altre sorprese mi riservi la giornata. Per un lasso indeterminato di tempo rimango in questa posizione, con espressione inebetita, spostando freneticamente gli occhi dalla busta, al telefono, al computer.

Come tempo prima, il ricciolino al centro della lettera pare sollevare la carta incollata. Allora la sensazione che la lettera possa esplodere prevale e mi risolvo ad aprirla. Mi alzo e, saltellando in tondo per la stanza, leggo ad alta voce le parole in calligrafia fine e ondulata. Ma accade che dopo appena una riga la voce viene a mancare e mi devo appoggiare al letto, lasciando cadere di botto la borsa a terra.

Margherita,
devo andare. Me lo dicevi anche tu quando mi stringevi la mano, tanto forte, per non lasciarmi. Me lo dicevi quando mi sorridevi e tutto spariva, c'eri solo tu e nient'altro esisteva. Me lo dicevi quando mi guardavi e all'improvviso l'infinito lo sentivo, lo capivo, così semplice. Lo sai, tu sai tutto. Ma sai cos'è l'equilibrio? No, non lo sai. L'equilibrio è una condizione per la quale un corpo rimane fermo per un compensarsi delle azioni che su di esso si esercitano. Margherita, per muoversi bisogna sempre disporre d'energia. Come per far muovere una macchina serve consumare benzina, per far volare una mongolfiera lasciare pesi, per far brillare un fuoco bruciare legna, per dire sì dire no ad altro. In qualsiasi azione c'è un guadagno e una perdita. Tu sei la mia forza, e per compensarti mi è stata inflitta la sola cosa capace di contrastarti, il terrore di non averti più, magari non oggi, domani. Sono intrappolato in un cerchio, che ogni giorno va stringendosi. Mi soffoca. Lo odio. Devo trovare un modo per tracciare i miei punti, per ricavare da quelle definizioni e calcolare da quelle regole del mondo la mia libertà. Devo capire e afferrare la mia scelta. Devo andare, partire, studiare, vivere altrove così che possa ritornare da te e accompagnarti,

tuo, Tommaso

Chiazze colorate, immagini di momenti passati si susseguono, nebulose e fulminanti. Si dileguano senza tregua dalla vista, dalle mani, da me che precipito in basso. Boccheggio con il cuore che palpita, compresso nella gola, dolorante. Mi guardo attorno disorientata, tentando invano di afferrare l'aria con gli occhi e aggrapparmi. Prendo il telefono che prima ho cercato, ma scivola dalle mani. Dopo il terzo tentativo riesco a premere il tasto d'accensione: è carico.

«Sta andando da nostro cugino a Milano, il treno è verso le 16» dice Antonella tutto d'un fiato, prima ancora che abbia aperto bocca. Ha previsto il motivo della mia chiamata. La debolezza della sua voce è agghiacciante.

«Grazie» rispondo concitata, e metto giù.

L'arcobaleno

Ormai del tutto dimentica del provino, studio convulsamente intorno. Gli occhi quasi mi fanno male per lo sforzo di non perdersi un viso, un passo, un minimo movimento nella gente. Un muscolo del collo si è contratto malamente dopo un movimento del capo incerto. L'aria viziata della stazione è esasperante, così come le mete che si accavallano sui grandi schermi, spostandosi e invertendosi da far venire il mal di testa.

Trovare Tommaso in questo scompiglio sarà difficile. Più di una volta lo chiamo ad alta voce, unendo le mani alla bocca a mo' di megafono, senza tuttavia ottenere altra risposta che sporadici sguardi vagamente incuriositi. E anche quegli sguardi in poco mi superano e tornano indifferenti, dimenticandosi per sempre di me.

Nessuno si ferma a dirmi: «Il ragazzo che cerchi è là».

L'idea di andarmene non mi sfiora neanche lontanamente. Non credo di trovarlo, ma d'altra parte non ho altro luogo dove stare. Almeno nella gremita banchina la disperazione che d'un tratto mi angoscia può essere con l'inganno persa nella confusione.

Ogni corpo circostante prende un aspetto scialbo, finché un particolare colore spezza l'andamento. Rosso scuro brillante, quasi dorato. I suoi capelli sembrano illuminare tutto intorno e schiarire visi, passi, minimi movimenti.

Tommaso prosegue con fare severo, guardando rigidamente davanti a sé e mantenendo le mani sulle spalle ricurve, a reggere un ingombrante zaino. Da lontano gli corro incontro e, per poco non cadendogli addosso, gli blocco la strada. Sulle prime lui sorride al mio volto sconvolto, come se la sola mia visione basti a farlo sorridere, a prescindere. Eppure, nemmeno un secondo dopo, assume un'espressione gelidamente desolata.

«Dove vai?» chiedo con voce arrochita.

«Da mio cugino a Milano».

Non è sorpreso nel vedermi, lo ha immaginato, se non addirittura sperato.

«Smettila! Dove vai?».

Lui non risponde perché la risposta me l'ha già data e sa che l'ho sentita.

«Da quanto tempo lo hai deciso?» dico allora con gli occhi pizzicanti.

«Qualche giorno prima degli esami, ma sentivo l'arrivo di questo momento da quella sera…».

Ricordo perfettamente la sera di cui parla. La notte del balcone e della brezza sussurrante, la notte del pianto.

«Rimani qua».

«Non posso».

«Sì che puoi».

«Allora non voglio».

«Ma perché non vuoi?» mi lamento con una vocina straziata, quasi petulante, infantile.

«Ti ho... ti ho spiegato nella lettera».

«No» è l'unica cosa che dico.

«È giusto Marghe...».

«No! È giusto perché tu pensi all'astratto. Lo so che abbiamo sempre ragionato così, ma considera un attimo anche la banalità, la realtà: io ci rimarrei male. E questo è giusto?».

Tommaso abbassa il capo con l'aria di un cane bastonato.

«Io... io non voglio che la nostra storia si consumi. Io me ne andrei pur di farla rimanere quasi irreale. Lo so che ti sembra assurdo, è assurdo. Ma ti prego capisci. Io devo trovare il modo di rassegnarmi, e finché non l'avrò fatto non posso restare. Non posso farti questo. Non posso tollerare che la nostra storia sia rovinata da questi sporchi problemi qualsiasi. Voglio che questa storia, questa nostra storia sia ricordata come una corrispondenza di lettere, che sia ricordata per sempre giovane e spensierata. Per sempre la storia di due innamorati. Non permetterò che nulla le faccia del male. Io voglio che l'unico motivo per cui svanisca è perché è troppa, troppa per essere vissuta in questo momento».

«Ti prego, scusami» aggiunge.

Sospiro tristemente e mi stringo a lui. Comprendo fin troppo bene l'onestà dei suoi gesti. Non posso negarlo, io l'ho sempre saputo, perché siamo uguali, perché abbiamo paura, perché preferiamo le lettere ai discorsi, perché amiamo le scatole verdi e i registratori e salutarci dai balconi e tutte cose che forse nel mondo non hanno luogo. Perché la nostra adolescenza deve rimanere su questa banchina, ferma, cristallizzata, deve rimanere per sempre. Allora faccio un profondo respiro e prendo il suo viso fra le mani, fissandolo con risolutezza.

«Tornerai da me, vero? L'ultimo giorno?» domando, ma con più dolcezza.

«L'ultimo giorno tornerò a sposarti, ricordi? Lo avevi promesso» risponde lui accennando un sorriso.

«Promettilo anche tu. Promettimi che verrai. Non lasciarmi sola in quel giorno».

«Non ti lascerò sola in nessun giorno».

«Non avere paura» dico accarezzandogli, toccandogli, tastandogli il viso.

Un dolore forte accompagna l'ultimo richiamo di una voce metallica per il treno al binario 13.

La banchina si è spopolata, in quel tempo durante il quale i viaggiatori giunti sono ormai andati via e quelli in partenza sono già nel treno.

Tommaso parte e questa è l'ultima volta che lo vedo.

Quando ci separiamo, allontanandoci a passo lento in

direzioni opposte, nessuno dei due si volta indietro, eppure entrambi riusciamo a vedere chiaramente il volto dell'altro.

A un certo punto, appena prima di immergermi nella folla dell'androne, mi fermo e sono certa che lui faccia lo stesso dall'altra parte.

Dalle alte finestre passa la luce e disegna enormi rettangoli sul pavimento lercio, uno dei quali si scompone in un lieve arcobaleno. Questo si blocca ai piedi di una grande colonna del portico ricoperta di specchi. Seguendo il suo corso finisco a guardarmi.

Gli occhi verdi non sono mai stati tanto verdi. Tanto verdi che il cuore fa un guizzo. Finalmente riconosco il riflesso. Riconosco quel viso. È il *non so chi.* Quell'essere autentico che per anni si è riproposto con insistenza, prendendo le sembianze di ciò che voglio, che mi chiedo, che temo. Ma adesso, per la prima volta, lo riconosco. Adesso, per la prima volta, so chi è. È me, io sono lui. Margherita.

L'ultima sorpresa di Teo per la sua Emma è proprio questa rivelazione.

E a passi netti, ora più forte, ora con raddoppiata energia, esco dalla stazione. In strada il cielo mi accarezza. Entra nel corpo e scivola dentro, si dirama nei muscoli, trabocca nella pancia.

«Ciao amore mio, come stai?» dico sottovoce all'Universo.

Egli pare sorridere, simile al volto riflesso su un finestrino lontano.

Questo giorno è un giorno di sole.

La storia di Gabriele

Nonna Enrica è una signora piuttosto giovane, sulla sessantina, alta, con i capelli neri tinti, sempre ben sistemati in un taglio corto démodé, e vestita per lo più di completi monocolore.

Lungo il vialetto di ingresso cammina altera, con un'aria contrariata sul volto, riprendendo istericamente il bambino con una voce roca, resa così forse dal fumo.

Lui, che si chiama Gabriele, trotterella con la cartella, sproporzionata per grandezza, sulle spalle esili. Indossa sempre l'uniforme blu della scuola, che è sgualcita sulle ginocchia.

Poi, arrivati all'atrio, si dividono: la nonna prende l'ascensore e il bambino si precipita su per le scale per arrivare primo alla porta di casa.

È in quel momento, quando lei temporeggia ad aprire le porte dell'ascensore e a premere il tasto del piano, così da far vincere il nipote, è in quell'indugiare che si legge una sua dolcezza nascosta.

Dieci minuti più tardi, puntualmente, Gabriele, senza la cartella e con una fetta di pane tostato e formaggio in mano, corre giù per le scale con la felpa dell'uniforme aperta e svolazzante.

Al centro del cortile, seduto sul muretto dell'aiuola, attende l'arrivo di un bambino dalla palazzina di fronte a quella della nonna.

L'altro ragazzino si chiama Giordano e ha circa la sua stessa età, otto anni.

Deve essere suo cugino perché – ha constatato il portiere Massimo – abita in un appartamento sulla cui porta è scritto "Proietti", lo stesso cognome della signora Enrica.

Il portiere Massimo conosce Gabriele un pomeriggio di ottobre in cui il bambino è solo, a giocare con bastoncini e foglie nell'aiuola.

Il cugino non vive più lì da qualche settimana, è stato portato via una sera, all'improvviso, dalla mamma (la proprietaria dell'altro cognome, scritto sulla targhetta vicino a Proietti).

Il portiere non ha indagato sulla separazione dei genitori di Giordano, si attiene alle sue osservazioni discrete, a partire dal volto inquieto che la mamma ha da qualche mese e dall'aggressività del padre quando entra sbattendo il portone.

Quel pomeriggio il portiere nota il bambino senza compagno di gioco dalla guardiola.

Si guarda intorno: con cosa può divertire un bambino?

Lui figli non ne ha, a dire il vero non ha proprio una sua famiglia.

Ciò che più si avvicina a un legame affettivo stabile è quel rapporto con i condomini fatto di cenni di saluto distratti, di occhiate sfuggenti tra un'uscita e un'entrata, di «È arrivato il mio pacco?» e «Mi può aprire?», persino di sorrisi soddisfatti il giorno dopo i lavori di pulizia nel cortile o quando la luce viene riattivata a seguito di un blackout.

Si costringe – perché non gli piace mai ricordare – a pensare ai suoi giochi da bambino. Percepisce, vago e fuggevole, un odore di bucato. Capisce cosa deve fare.

Abbandona la guardiola per qualche minuto e va nel suo appartamento, un angusto locale al piano terra, a procurarsi parte del necessario: la bacinella dei panni (vuota) e un flacone di sapone.

Esce in cortile e si avvicina a Gabriele. «Ti andrebbe di aiutarmi?».

Sul volto del bambino si dipinge, dopo un'iniziale diffidenza, la più innocente curiosità. Accetta timidamente.

Si dirigono alla pompa d'acqua del cortile, srotolano il tubo e riempiono la bacinella, mescolandovi il sapone liquido.

Poi Gabriele, sotto indicazione di Massimo, corre su dalla nonna, al secondo piano, per prendere un filo di lana e degli elastici.

Massimo va nello sgabuzzino degli attrezzi e trova due stecche, resti di un tavolino pieghevole ormai rotto. Poi costruisce un attrezzo, con il quale insegna al bambino a fare le bolle di sapone.

Quel pomeriggio non ne viene neanche una.

Ma il pomeriggio seguente Gabriele vuole riprovare, e anche quello dopo ancora.

E un martedì ne riescono a fare persino tre molto grandi, di cui una, dice Gabriele, assomiglia a un cavolfiore.

Gabriele riconosce una forma in tutte le bolle di sapone.

Ogni tanto si ferma qualcuno di passaggio a osservare o a complimentarsi, e Livia e Filippo, due fratelli del secondo piano, sono anche scesi a chiedere di partecipare.

Una volta nonna Enrica è venuta ad assistere al gioco con un sopracciglio sollevato e si è tanto arrabbiata con entrambi quando uno schizzo d'acqua le è finito addosso.

Però poi ha annuito, lasciato trasparire di nuovo un indizio di dolcezza, quando il nipote le ha chiesto se non sembrava anche a lei che una certa bolla assomigliasse a una scarpa e non a un phon per capelli, come sosteneva Massimo.

Massimo e Gabriele diventano amici, e restano tali, anche quando il gioco delle bolle non li diverte più.

Gabriele passa i pomeriggi nella guardiola, anche solo per guardare, di nascosto da sua nonna, i cartoni animati nel piccolo e vecchio televisore che il portiere tiene lì: ha trovato il suo posto.

Glossario

Lipolisi: dall'italiano, in biochimica, processo di idrolisi enzimatica dei grassi, ossia la scissione dei grassi neutri (trigliceridi) particolarmente evidente nel tessuto adiposo.

Fernweh: dal tedesco, la nostalgia per un posto in cui non si è mai stati.

Schilderwald: dal tedesco, un bosco di cartelli.

Toska: dal russo, un sentimento di grande angoscia spirituale senza causa, un desiderio privo di oggetto.

Mångata: dallo svedese, riflesso della luna sull'acqua, simile a una strada, dall'unione di *måne*,"luna", e *gata*, "strada".

Forelsket: dal norvegese, l'euforia che si prova quando inizi a innamorarti.

Merak: dal serbo, il senso di unità con l'universo derivante dal semplice piacere.

Zweisamkeit: dal tedesco, l'alone di solitudine che avvolge due anime innamorate, l'isolamento in cui si nascondono per poter godere soltanto della reciproca compagnia.

Weltschmerz: dal tedesco, la consapevolezza che la realtà fisica non potrà mai soddisfare i bisogni della mente.

Xibipiio: dagli indigeni dell'Amazzonia, quell'esperienza della transizione, l'atto di cominciare o terminare qualcosa, di trovarsi al limite di un fenomeno.

Iridescenza: dall'italiano, la proprietà ottica per la quale alcune superfici poste alla luce assumono un ventaglio di tonalità differenti in base all'angolo di osservazione.

Ringraziamenti

Ringrazio la mia mamma che è stata la prima lettrice, ringrazio Elvira senza la quale questo traguardo non sarebbe stato possibile, ringrazio tutta la casa editrice Giulio Perrone per la fiducia e la pazienza con cui hanno curato il mio racconto, in particolare ringrazio Giulia Caminito, per avermi insegnato tanto su come migliorarsi. Ringrazio infine Lara, a cui dedico questo progetto, per averci creduto da subito.